무엇이 되어 만나리

무엇이되어 만나랴

조순자 단편소설집

정출판

작가의 말

꼭 소설을 쓰고 싶었습니다.

그때가 18세, 작가로서의 인생 목표를 정해 놓고 오직 그 실천의 길을 향했습니다. 국문과를 선택했고 동서와 고금의 책들을 닥치는 대로 읽었습니다. 또 한 시대를 풍미하던 빼어난 명작과 예로부터 현대까지 꾸준히 사랑받는 고전에도 심취했습니다.

그러나 인생의 보편적이고 현실적인 과정을 '나'라고 피해 가기란 쉽지 않았습니다. 사랑에 빠지고 결혼하고 가족이 생기고 또 일을 하며 많은 세월이 흘렀습니다.

지금 생각해 보면 내 소망하던 바, 본질에서 어긋났던 그 세월은 꿈이었던 듯싶습니다. 꿈에서 깨어나 본래의 소망하던 글쓰기에 올인All in 하게 되니 이제사 내 본연의 인생을 찾은 듯합니다. 그래서 지금 행복하고 충만합니다.

소설의 본질은 이야기입니다. 그래서 소설가는 얘기꾼입니다. 얘기는 우선 재미있어야 하고, 그 재미 속으로 감정이입되어 동감하고 위안받고 때로는 다소 난해한 삶의 길잡이가 된다면 더 바랄 것이 없겠다는 생각입니다.

진흙 속에 묻힌 한 알갱이 '나'를 알아주시고 이끌어 등까지 밀어 주신 작가 김지연 선생님께 두고두고 감사드립니다.

　음과 양으로 협조하고 응원하는 나의 가족에게도 두터운 신뢰와 사랑을 보내며, 한국 체류 중, 조카 내외와 그 가족들의 친절하고 빈틈없는 서포트에도 깊은 감사의 마음을 전합니다.

　늘 격려의 박수로 힘을 실어 주던 나의 오랜 친구들, 함께 의논하고 지혜를 나누는 우리 문우 여러분들에게도 진심에서 우러나오는 고마운 마음을 고백합니다.

　또 미주 벅스카운티 장로교회 신실한 믿음의 식구들과도 하나님 안에서 영광과 은총을 함께 나누고 싶습니다.

　결코 '나' 하나만의 결실이 아니라 우리 사랑하는 모든 이웃들에 의한 아름다운 열매로 세상의 큰 울림 되어 퍼져 나갔으면 좋겠습니다.

2017년 7월
안양 수리산 자락에서
조순자

추천사

김 지 연
(한국소설가협회 이사장)

조순자 선생의 첫 소설집 《무엇이 되어 만나리》의 상재를 기쁜 마음으로 축하합니다! 무엇보다 좋은 소설을 써 주셔서 동료 선배로서 흐뭇하고 뿌듯한 마음이 앞서 크게 박수쳐 드립니다!

감동스런 것은 소설을 향한 선생의 의지와 열정 때문입니다.

날씬한 몸매와 동안童顔으로 또한 순수하고 고운 심성으로 선생의 외모는 40·50대의 분위기지만, 실제로는 초로初老로 접어든 의지 굳세고 자립심과 자기 의식이 강한, 그러면서도 섬세한 심장을 가진 재능인이기 때문입니다.

소녀 때 가졌던, 좀 더 정확히는 대학의 국문학과에 재학 중일 때부터 소원했던 소설가로의 꿈을, 미국 이민 십수 년간27년의 삶을 포함해 긴 반세기를 넘어 드디어 이루었고, 그리고 그 꿈의 첫 결정체를 데뷔 후 반년 만에 바로 만들어 냈기 때문입니다.

예술은 의지와 노력만으로 성취하기 어려운 분야임은 누구나 잘 아는 사실이지만, 그러나 선천적 재능이 넘친다 해도 피나는 노력이 따르지 않으면 천연의 원석原石 그대로 파묻혀질 수밖에 없는 것을, 조 선생은 타고난 의지력과 각고의 노력으로 당신 안의 재능을 솟구쳐 기어이

발광發光케 했음에 놀라는 것입니다.

소설이란 허구이지만 저자의 두뇌와 심장을 거쳐 추출되는, 사실보다 더 사실적인 창작품이라 보면, 작품과 저자는 별개의 것이 될 수 없듯이 이 소설집 안에는 저자의 청춘도 사랑도 고통도 실패도 성공도 모두 아우른 짧지 않은 지난 세월의 애환이 녹아 있음을 느낄 수 있습니다.

조 선생의 작품들은 디아스포라 인생의 서정성이 바탕에 깔려 있으면서도 자립을 위한 치열한 삶의 역동성이 강점으로 독자를 끌어들이고 있습니다. 표제작인 〈무엇이 되어 만나리〉에는 세상을 향한 강렬한 도전으로 자기 인생의 정점을 스스로 형성하는 등장인물들의 유별한 삶이 허구만이 아닌 실사례일 수도 있을 것이라 다가와 감동적이었습니다.

이민을 간 재외 작가들의 작품을 접하다 보면 대체적으로 국내 작가들과는 다른 특징을 가끔 발견합니다. 그들의 작품 속에는 그들이 이민을 떠나던 해의 한국의 문화·정치·경제·사회가 21세기 지금의 현실인 양 그려지고 있다는 것입니다.

이민이 잦던 70, 80년대의 한국의 제반 문화의식이, 30여 년 후의 현재에는 너무나 급변하여 이민 당시와는 상이한데, 그때의 인식과 개념으로 작중 사건이나 갈등, 인물의 성격을 묘사한다는 것이지요. 그러다 보니, 재외 작가들이 가장 큰 시장으로 알고 있는 고국 독자들의 호응을 얻기가 쉽지 않은데, 조 선생의 소설은 예외적으로 그것을 넘어서고 있어 다행이었습니다.

만리타국으로 이민을 갈 수밖에 없었던 사연, 혹은 낯설고 물설은 곳에서의 지독한 외로움의 극복과 회한, 그곳에서 우뚝 자립하기까지의 고달픈 역경 과정, 혹은 자녀들의 성장 문제, 인종 문제 등이 소재와 주제일 때 국내 독자들은 흥미를 갖게 되는데, 이 소설집은 크게 벗어나지 않으면서 소설의 중요한 조건인 '재미'도 아울러 갖추고 있어 더욱 반가웠습니다.

조 선생은 초로에 접어들어 기어이 '소설가'의 꿈을 이루고 첫 창작집을 상재했지만, 사실은 지금부터 시작입니다.

작품의 소재와 주제는 남유다른 체험에다 거기에 세계를 향한 깊고 넓은 안목으로 픽션이 버무려지면 더욱 완벽에 가까운 감동적인 소설이 창출될 것이라 믿어 의심치 않습니다. 엽편 단편 중편 장편 소설 등 어떤 형식을 취하든 분명히 더욱 좋은 글을 쓸 수 있을 것이라는 확신감이 드는 것은 소설을 당신의 생명인 양 사랑하는 조 선생의 열정과 당신 속에 잠재된 무한한 천연의 광맥 때문입니다.

집필 때마다 독자를 의식하면서 나의 집요함이 혹여 독자를 지루하고 짜증나게 하는 것은 아닌지, 당초의 설계도 소재, 주제, 구성가 일상적인 그저 그런 내용으로, 지나간 구식 인식과 개념으로 혼자 가르치듯 중언부언하는 것은 아닌지, 스스로 피 달이듯 거듭 파악해 가면서 임하면, 확실히 조 선생의 독자는 무한대로 증폭할 것입니다.

디지털 문화와 영상 매체로 인하여 소설을 읽지 않는 시대이지만, 그러나 앞으로 30년은 너끈히 독자를 감동시키고, 핍박한 정신을 구원해내는 소설을 빚어낼 작가로 거듭 추천·격려하면서 조순자 선생의 앞날에 팽팽한 건강과 대망의 문운文運이 터트려지기를 진정으로 기원합니다.

2017년 7월 5일

차례

1

무엇이
되어
만나리

무엇이 되어 만나리

좋은 예감

어느 화창한 사월의 이른 아침, 명수 씨는 커튼 사이로 들어오는 환한 아침 햇살에 눈이 부셔 잠에서 깨어났다. 부스스 일어나 창문을 활짝 열어 보았다. 새들의 요란한 지저귐과 함께 연초록 싱그런 바람이 밀물처럼 쏟아져 들어온다. 마악 새순이 돋아 아기 손바닥 같은 나뭇잎 숲 아래로 아련히 흐르는 델라웨어 강은 아직 안개에 싸여 꿈꾸듯 고요하다. 명수 씨는 지난밤 충분한 수면으로 가볍고 상쾌한 기분이 날개가 돋아나 훨훨 날 것만 같았다. 산다는 것의 기쁨과 용기와 힘이 솟구쳐 뭔가 대단한 행운이 다가오고 있다는 기분 좋은 예감이 전신을 휘감는다. 방문이 열리며 아내가 쟁반에 커피와 토스트를 담아 들여왔다. 원두를 갈아 갓 내린 커피의 향이 방 안에 퍼지며 더욱 충족한 기분이 된다.

"곧 내려갈려는데 뭐 여기까지 갖고 오셨나, 하하! 여하튼 땡큐."

"잘 잤어요? 오늘 날씨가 참 좋으네요."

아내도 생긋 웃으며 말했다. 방금 샤워를 끝낸 듯 그녀의 맨얼굴은 발그레한 홍조에 윤기 나는 검은 머리가 젖은 채로 치렁치렁 늘어져 있다. 아이를 낳아 보지 않은 여자, 그래선지 몸매도 흐트러짐 없이 유연하고 얼굴은 동그라며 뺨이 부드럽게 도드라져 앳되 보인다. 아직도 남편 앞에선 수줍은 낯가림이 늘 소녀 같은 분위기지만 이제는 오십이 훌쩍 넘어가는 연륜 따라 사려 깊고 침착한 눈매, 겸손하고 공손하며 덕성스러운 아내, 너무 사랑스러운 그대. 명수 씨는 아내가 필요한 용건이 있을 때 이런 대화의 자리를 만든다는 생각이 떠오르자, 문득 긴장한다.

"말해 보시오. 이 좋은 아침에 상의할 일은 무엇이요?"

아내는 짐짓 커피 한 모금을 입 속에 굴리며 시간을 끌었다.

"당신 환갑 생일이 가깝잖아요? 이번엔 좀 큰 생일 파티를 하고 싶어요."

"아, 환갑잔치라니 노인네 생일 파티는 내겐 어울리지 않아."

명수 씨는 오늘따라 고혹적인 아내의 얼굴에 깊은 눈빛을 보낸다.

"난 차라리 당신과 호젓한 여행이 기대되는데."

그러나 아내는 현실적이고 냉정했다.

"아니예요. 어머님 돌아가시고 우린 5년 동안이나 근신하며 지냈어요. 이젠 분위기도 좀 바꾸고 사람들과의 친교도 필요해요."

아내의 생각이 무리도 아니다. 아내가 시부모에게 그토록 극진하게 효도하면서도 자손을 못 보여 드린 자책으로 꽤나 괴로워했던 걸 잘 알고 있다. 참으며 숨죽여 산 아내의 긴 세월. 그래, 당신도 이제 기 펴고 맘 편히 살라구.

"그래요, 당신한테 일임할 테니 알아서 해요."

명수 씨는 흔쾌히 말하며 얘기를 맺으려 한다. 하지만 아내는 아직할 말이 있는 듯 망설였다.

"제가 가게에서 하는 일이 너무 많아 매니저 한 사람을 구하려고 해요.

오늘 한 사람을 인터뷰하기로 했는데 당신도 함께 봐 주지 않을래요?"

명수 씨는 순간 뜨악한 표정이 된다. '당신과 내 일은 서로 다르잖아.' 하는 그의 심정을 간파하는 그의 아내 이은주는 덧붙여 말했다.

"알아요, 당신 마음. 그러나 당신은 사람을 많이 겪으니까 아마도 적절한 사람을 구별할 수 있다는 생각에 부탁하는 거예요"

결국 아내에게는 언제나 마음 약한 명수 씨.

"당신 사무실엔 언제 가면 되겠소?"

이들의 타협은 이쯤으로 마감되고 각자 자신들의 하루 일상을 위해 준비한다. 명수 씨는 짙은 청색 스트라이프 정장에 서류 가방을 들고 BMW 세단에 올라 시내 중심가 로펌 사무실로 떠나고, 아내 이은주 씨는 자신의 오랜 사업처 K클리너 로고가 새겨진 토요타 밴을 몰고 일터로 출발한다. 이내 그들의 커다란 저택은 새소리만 가득한 고즈넉한 분위기 속에 휩싸였다.

약속한 오전 11시. 명수 씨는 바쁜 시간을 틈내 아내가 운영하는 K클리너에 도착했다. 카운터에서 손님의 옷을 받고 있던 아가씨의 눈인사를 받으며 안으로 들어서자 넓은 팩토리는 보일러에서 나오는 뜨거운 열기로 가득하고 여러 명의 히스패닉들이 남자의 바지와 재킷, 여자들의 드레스나 블라우스 등으로 분류된 햄퍼를 하나씩 배당받아 각자의 프레스대 앞에서 칙칙푹푹 뜨거운 스팀을 뿜으며 부지런히 다림질을 해내고 있다. 웽웽 굉음을 내며 돌아가는 세 대의 드라이 클리닝 기계, 많은 양의 셔츠를 망에 담아 빨고 있는 대형 런드리 기계, 그 앞쪽에는 일곱 개의 드랍샵에서 모아 온 옷가지들이 산더미로 쌓여 있어 클리너 공장의 베테랑 톰 영감님은 땀을 줄줄 흘리며 짙은 색 옷과 엷은 실크옷 따위를 능숙하게 분류하고 있었다.

'아, 여긴 언제나 뜨거워 숨막힌다. 이은주 대단한 여자야.'

올 때마다 한 번씩 중얼거리는 말을 그는 이날도 또다시 되뇌이며 이 층으로 오르는 계단으로 향한다.

사실 이 클리닝 공장이 명수 씨의 일가가 미국 동부 필라델피아에 터를 잡을 수 있었던 효자 사업이었다. 1980년대 이들은 함께 공부하기 위해 유학생 신분으로 미국에 들어왔던 젊은 부부였다. 그러나 현실이 둘이 함께 공부하기에는 너무 빠듯한 형편이어서 은주 씨가 공부를 포기했다. 남편 명수 씨의 학업을 뒷바라지하기 위해 은주 씨는 클리너에 발을 들였다. 그 후 이십여 년이 지나며 명수 씨는 변호사 꿈을 이루는 동안 은주 씨는 놀라운 사업 수완을 보여 클리너를 인수하고 건물을 사고 곳곳에 드랍샵을 열어 엄청난 발전과 부를 이루었다. 델라웨어 강이 내려다 보이는 운치 좋은 자리에 큰 집을 짓고 동부 버지니아 청정 바닷가에 빌라를 소유하며 아메리칸 드림이 실현되나 했지만 아이들이 뛰놀지 않는 텅 비고 적막한 커다란 집. 명수 씨의 어머니는 그걸 끝내 한탄하며 5년 전 세상을 떠났다. 그리고 그 비탄의 그림자는 아직도 은주 씨의 가슴에 상흔으로 남아 있었다.

아내의 사무실이 있는 이층 계단을 올라가며 명수 씨는 뒤통수에 닿는 따가운 눈총에 몸이 오싹했다. 근원지는 처음 보는 낯선 여인. 키가 크고 광대뼈가 나와 거세 보이는 한 여인이 그의 뒤를 따라 오르고 있었던 것이다. '누굴까?' 의아해하며 아내의 사무실 문을 열 때 그녀도 함께 따라 들어왔다.

"카니 박이세요?"

은주 씨가 남편 명수 씨보다 먼저 그 낯선 여인에게 반갑게 인사했다. 그리고 남편에게 소개한다.

"오늘 인터뷰하기로 했던 카니 박 여사예요."

명수 씨는 그 여인을 찬찬히 살펴보았다. 검은색 정장 바지 수트에 약간 희끗한 머리칼이지만 관록 있는 단발 헤어, 자신감으로 충만하여 직시하는 강한 눈빛, 거세고 자기 주장이 강하겠다고 생각하며 그녀에게 자리를 권했다.

"영어도 웬만큼 하신다구요?"

명수 씨 물음에 그녀는 "영어는 물론이고 스패니시도 어느 정도 합니다. 카운터 일은 물론 종업원을 다루는 데도 어려움이 없을 겁니다." 했다.

"나이가 꽤 되시는 것 같은데 일하기 힘들지 않으시겠습니까?"

"내 나이 56세입니다. 신체 건강하고 여러 가지 일을 두루 거쳤으므로 무슨 일이든지 자신 있습니다. 뭐든지 맡겨만 주십시요."

말씨는 상냥했고 태도는 비굴하지 않았다. 아내는 벌써 이 여인이 맘에 든 모양으로 남편 명수 씨에게 눈짓을 했다. '너무 까다롭게 굴지 마세요.' 하고. 일하는 시간과 업무 영역, 그리고 보수에 관한 문제는 아내의 상담 몫이다. 명수 씨는 커피를 한 잔 마시고 아내의 사무실을 나왔다. 그러나 그 여자의 얼굴, 거무스름한 피부와 잔주름, 억세 보이는 서늘하고 짙은 인상이 지워지지 않았다. '쉽지 않은 세월을 거쳐 온 여자' 같은 느낌과 함께.

그녀 카니와 함께 일하게 된 이후 아내는 한결 마음의 여유가 생겼는지 명랑해졌고 무엇보다 말이 많아졌다. 전에는 둘이 마주 앉았어도 피곤으로 늘어져 뚱했는데 이제는 저녁 식사 후 여유 시간마다 재잘거리며 화제의 중점은 늘 카니 박이다. 종일 업무로 헤어졌다 만나는 시간, 좀 더 사적인 얘기가 필요하지 않을까 해서 명수 씨는 과장스런 몸짓으로 아내를 포옹하고 귀뿌리를 자극하며 속삭였다.

"온종일 당신 체온이 그리워서 꽁꽁 얼었어. 날 좀 녹여 줘."

하지만 아내는 그럴 계제가 아니라는 듯 몸을 비틀어 내며 말했다.

"여보, 오늘 굉장한 얘기가 있어요. 당신도 들어 봐야 해요."

런드리 셔츠를 다림질하는 한국인 부부가 있었다. 부부는 손발이 잘 맞아 시간당 다려 내는 셔츠가 200장은 너끈히 되었다. 매우 능률적이고 솜씨도 좋아 벌써 7년째 일하고 있는데 문제는 월요일마다 터지는 이들 부부 싸움이었다. 남편 이 씨가 갬블링을 좋아해서 토요일 주급을 타면 부부 합해 $1200 적지 않은 돈을 일요일 새벽부터 아틀란틱 시티로 달려가 카지노로 몽땅 날린다는 것이다. 그의 아내 미세스 리는 이게 너무 속상해서 남편에게 따지고 들면 이 경솔하고 무지한 인간, 아내에게 욕을 하고 심지어는 뺨을 때리고 발로 차기도 했다. 번번이 맞고 사는 미세스 리는 바닥에 주저앉아 대성통곡을 하고. 그러면 일도 늦어지고 분위기도 고약해져 도무지 바쁜 시간에 지장이 많았다. 이런 일을 수시로 당하고만 지냈는데, 카니 박 그녀가 단번에 해결했다는 것이다.

"이봐요, 이종규 씨. 당신 불체자불법체류자 맞지요? 브라질 무비자로 들어왔다 미국 여행객으로 위장해 들어와 눌러사는 거 아니냐구요? 더 말해 볼까요? 당신 한국 떠날 때 엄청난 부도 내고 도망 나왔지요? 당신 정신 차리지 않고 이렇게 허랑방탕하게 살면 나 당신 신고할 거예요. 아시겠어요?" 하니까 기세가 팍 죽어 싹싹 빌며 한국에서 많은 빚을 지고 밤도망 친 얘기까지 구구절절 고백하더라는 것이다.

"근데 여보, 카니는 인정도 많은 사람이예요. 미스터 리에게 앞으로 갬블링하러 카지노 가지 않고 마누라도 패지 않고 성실하게 일하면 자기가 그들의 영주권 획득을 도와주겠다는군요. 그 방법도 상당히 잘 알고 있더라구요."

은주는 남편 명수 씨를 슬쩍 곁눈질하며 말을 이었다.

"우리가 그들의 스폰서를 해 주면 어떨까요? 이 씨 부부를 우리가 스폰서로 나서서 신분 보장을 해 주면 그들이 영주권을 받을 수 있다는군요."

명수 씨도 그걸 모르는 바가 아니다. 그러나 후일담들이 썩 유쾌하지 않았다. 불체자들을 원룸 아파트에 합숙시키고 일당도 박하게 주면서 12시간씩 혹사시킨다는 얘기, 심지어 휴일에도 자기 집으로 데려가 청소나 정원 관리를 맡기며 노예처럼 부려먹는다는 소문, 그러나 그들은 자기 약점을 알고 있기에 이를 악물고 소정의 5년을 기다린다는 내용의 소문이었다.

"난 법을 어겨 교활하게 국경을 넘나드는 사람도 싫지만 힘 없는 사람들의 약점을 쥐고 비인간적으로 사람을 부리는 것도 원치 않는 일이요."

명수 씨는 무뚝뚝하게 말하며 손을 씻으러 화장실로 갔다.

어느 날 명수 씨가 K클리너에 들르게 되었다. 들어서 보니 작업장에 일이 멈추어지고 소동이 나 있었다. 말썽의 원인은 역시 이 씨. 히스패닉 여인과의 다툼이었다. 신체가 우람하고 성격이 직설적인 에리나, 화장실에서 나오며 미스터 리를 불렀다.

"변기에 있는 노란 물, 당신 오줌 그대로 있다. 치워라."

'아, 미안. 깜빡했어. 곧 치울게!' 했으면 수월하게 넘어갈 일을 이 씨, 한국적인 남성 우월감에 젖어 일단 일갈한다.

"그거 내거 아냐."

"요 거짓말쟁이."

엉덩이가 바위만 한 에리나의 심기를 거스르고 말았다.

"너 화장실 들어갔던 거 나 봤거던. 왜 거짓말 하니?"

평소 미운털 박힌 이 씨에게 다른 멕시칸들까지 우르르 몰려와서 왁

왁거리자 궁지에 몰린 이 씨 "아 씨발! 이게 뭐가 더럽냐고?" 하며 손가락을 변기 물에 찍어 쩝쩝 먹어 보인다. 어이가 없어진 관찰자들은 멍하니 보다가 서로 윙크하며 허리를 잡고 웃었다. 그리고 중지를 들어 보이며 "절크 jerk." 소리치고 각자 위치로 흩어졌다. 그런 모습을 지켜보다 명수 씨도 실소했다. '음, 화장실을 하나 더 늘려야겠군.' 생각하며 계단을 오르려는 명수 씨의 다리가 무엇엔가 탁 걸렸다. 방심했던 명수 씨 몸의 중심을 잃고 비척거렸다. 다행히 바닥에 넘어져 뇌진탕 걸리는 일은 위기일발 피했으나 어라! 그를 부축해 안고 있는 이는 카니 박.

"뭐야, 당신이 발 걸었어?"

분노로 으르렁거리는 그에게 돌아온 말은 단 한마디….

"너두 절크 jerk야."

'이 여자가 미쳤나? 나를 미처 몰라본 걸까?'

명수 씨는 많은 의문이 있었지만 카니는 이미 아무 일도 없었다는 듯 태연하게 카운터에서 기다리는 손님에게로 가고 있었다.

"하이 미스터 빌, 오랜만에 보는군요. 당신 딸은 이미 대학으로 떠나서 집이 허전하겠군요."

"노우, 절대 아니예요. 나와 아내는 호젓하게 제2의 신혼기를 즐기고 있지요."

"그럼 아마도 특별히 딸에게 베이비 시스터를 선물하려고요, 하하."

유난히도 나긋하고 유쾌한 그들 대화에 명수 씨는 화내고 따지고 할 기회를 잃어버렸다.

명수 씨는 생각할수록 카니 박의 정체가 무엇인지, 날이 갈수록 매우 떫고 거북한 존재인데, 반비례하듯 아내는 더욱 카니 박의 열광팬이 되어 갔다. 카니 박에 대한 아내의 신뢰는 나날이 더욱 굳건해졌다.

"여보, 카니 박은 내게 행운이에요. 그이는 컴퓨터도 능란하고 사무적인 일 처리도 완벽해요. 종업원 관리나 고객 관리, 심지어 오토레이션바느질도 잘해요. 도대체 그이가 못하는게 뭐가 있죠? 난 가게 일을 그이에게 맡기고 요즘엔 내 사무실에서 낮잠도 한참씩 자고 있어요."

명수 씨의 거부감, 불신에 혐오감마저 눈치챈 아내 은주 씨는 오히려 명수 씨를 위로했다.

"믿어 봐요. 그이는 우리에게 뭔가 특별한 행운을 주려고 온 사람 같아요. 경계를 풀고 친절하게 대해 줘요."

아내 은주 씨에게는 입 안에 혀처럼 싹싹하게 구는 여자가 명수 씨에게는 알 수 없는 적의를 보였다. 명수 씨는 더욱 영문을 알 수 없는 카니 박의 행태에 이제는 거의 알레르기를 일으킬 정도로 그녀를 의식하며 더욱 경원하게 되었다. 그날도 으레 일 삼아 K클리너를 들르게 되었다. 아내와 점심이라도 같이 할까 하는 생각으로. 프런트에 들어서다 갑자기 요의가 급해졌다. 화장실에 들러 넘치기 직전의 뱃속 물을 버리고 후련한 기분으로 나오는데 그 컴컴한 입구 복도에 누군가 서 있었다. 누군지 알아볼 틈도 없이 갑자기 느닷없이 덮쳐오는 포옹, 그리고 온몸을 빨아들일 듯 강렬한 키스, 그 깊은 키스의 아득한 몽환, 시공의 한계를 넘어 미지의 블랙홀로 끌려가는 기분이었다. 명수 씨도 은연 중 혀를 굴려 그 미지의 입 속을 탐닉했을까, 모르는 일이었다. 뜨거운 피가 펄떡이는 심장을 겨우 누르고 철없는 아랫도리의 반란을 민망해하며 상황 판단을 위해 정신을 추스르려는데, "죽이고 싶도록 미워. 죽여 버리겠어. 기다려." 귓가에 뜨겁고 축축한 목소리를 남기며 뛰쳐나가는 실루엣. 그 모습은 틀림없이 카니 박, 그 불길한 여인의 뒷모습이 아닌가.

명수 씨는 아내 이은주와 결혼한 후 다른 여인에게 엮인 일이 전혀 없었다. 공부하고 일하고, 그리고 항상 옆을 지켜 주던 배려심 깊고 따사로운 성품의 아내. 마음이 허전할 틈 없이 숨가쁘도록 바쁘게 살아온 미국 타향에서의 지금까지 삶이었다. 느닷없이 나타난 이 알 수 없는 여인의 뜨거운 관심과 접근에 영문을 알 수 없는 불편함과 의심, 그럼에도 거부할 수 없는, 그 의문투성이 마법적인 유혹에 빨려들려는 충동. '음, 내가 좀 모든 여자들 눈길을 끌 만한 매력이 있지.' 명수 씨는 스스로를 자위하기도 했다. 아내는 젊은 날의 자신이 원빈보다 더 멋졌다고 하지 않던가. 그러면서 명수 씨는 더욱 자주 가벼운 핑계를 대가며 K클리너를 드나드는 자신을 스스로 느끼지 못했다. 때로는 카니 박이 일하는 곳에 시선을 박고 지켜보곤 했다. 그 시선을 아는지 모르는지 카니는 전혀 무관심한 듯 손님을 받거나 옷들을 점검하고 정리하며 종업원들을 관리했다. 가끔 프레서가 뜨거운 기계에 손이나 팔이 닿아 데었을 때도 침착하게 처치를 해 주고 두통이나 소화장애가 생겼을 때는 적절하게 손봐 주기도 해서 종업원들에게도 매우 인기가 좋았다. '참으로 천연덕스런 여자다.' 감탄하고 있을 때

"여보, 오셨으면 사무실로 들르시지, 여기서 뭐 하세요?" 하는 아내의 목소리에 깜짝 놀라는 명수 씨.

"아, 잠깐 시간이 나서 당신과 점심이나 할까 하고 들렀소."

"잘 됐네요, 나도 지금 배가 고픈데. 아, 카니 자기도 점심 전이지요? 우리 남편이 점심 산대요."

은주 씨는 소녀처럼 들떠서 즐거워했다. '내가 아내에게 점심 서비스가 너무 오랜만인가?' 내심 생각하지만 카니와 점심을 같이 한다는 건 너무 오버다. 꺼림칙했다. 그러나 태도가 어떻게 나오는지 한번 봐 주는 것도 재미있겠다 싶다.

가까운 레스토랑에서 아내와 함께 마주 앉은 카니는 목이 깊이 파여 가슴골이 슬쩍 드러나는 푸른색 탑에 흰 반바지를 입고 있었다. 더운 클리너 안에서 일을 한 탓인지 피부에 땀이 엷게 배어 윤기 도는 가슴 볼륨이 괜찮고 드러난 다리가 근육질로 탄탄했다.

'근처 헬스에서 몸 관리를 부지런히 하는 모양이군.'

발끝부터 위로 향하는 명수 씨의 눈길을 그녀는 당돌하게 마주 바라보고 있다.

'나에게 관심이 있군요.'

소리는 없지만 그녀의 희미한 핑크빛 입술이 자신 있게 말하고 있다.

"카니, 맛있는 거 시켜요. 아주 드문 기회니까."

그리고 생각지도 않은 것을 남편의 이름으로 말하는 천진한 아내의 말이 명수 씨를 당황하게 했다.

"우리 남편이 카니에게 고맙게 생각하고 있어요. 카니 덕분에 내가 몸과 마음의 여유가 생겨서 요즘 남편에 대한 내 스킨쉽이 빈번하고 찐해져 행복하다나요."

순간 찌르는 듯한 시선이 명수 씨에게 꽂혔다.

'이건 아닌데.'

다만 아내가 웃자고 하는 말에 명수 씨도 얼굴이 뜨거워졌다. 잠깐 아내가 화장실을 가기 위해 자리를 비우자 순간 어색한 침묵이 흘렀다.

"당신."

동시에 나온 두 사람의 같은 말에 다시 놀라움으로 상대를 바라보며 말이 끊어졌다. 명수 씨는 일단 카니에게 선수를 양보했다.

"먼저 말해 보시요."

"사장님 부부는 정말 잘 어울리고 행복해 보이세요."

의외로 고개를 숙이며 낮은 목소리로 말하는 카니는 전의를 상실한 패자의 모습으로 풀이 죽어 있다.

"당신 왜 내게 무례하게 구는 거요? 나는 모욕감과 불쾌감을 느끼오. 내 아내의 종업원이 사장의 남편에게 이리 노골적으로 들이대는 게 미친 짓 아니오? 법 이전에 당신의 자중을 권해요. 다시는 내게 이상한 짓 하지 마시오."

명수 씨는 내친김에 엄숙하고 건조하게 말했다. 그래야 더 이상 파파라치 짓 안 하겠지 싶어서다.

명수 씨의 말을 들은 카니는 다시 고개를 들었다. 명수 씨가 한 위압적인 말은 싹 접어 놓고 부탁한다.

"김변님, 저를 한 번만 만나 주세요. 꼭 드릴 말씀이 있어요."

사무적으로 또박또박 뱉는 그녀의 말은 매우 진지하고 짙은 간절함마저 있었다. 아내가 다시 돌아와 앉았다.

"카니, 우리가 너무 오래 자리를 비운 것 같아요. 오후 딜리버리 시간 맞추려면 서둘러야 해요."

갑자기 바쁘게 서둘러 바람을 뿌리고 나가는 두 여인의 뒷 모습을 바라보는 명수 씨는 뭔가 끝맺음이 말끔하지 않은 껄끄러움과 또 앞으로의 알 수 없는 어떤 가능성이 궁금해지는 종잡을 수 없는 마음으로 뒤숭숭한 머리를 털며 일어섰다.

오늘따라 명수 씨는 많이 피곤했다. 길고 긴 하루 Long day! 기업의 하이에나, M&A mergers and acquisitions, 인수합병 회사의 뒤치다꺼리나 하는 자신의 업무에 완전 토할 것 같은 혐오감을 느낀 하루였다. 다른 분야 업무로 바꿔 볼까? 벌써 몇 번이나 갈등했던 화두, 그러나 오늘도 명쾌한 답이 나올 리 만무했다. 이 바닥에 구르는 돈이 얼마인데 M&A에서의 큰 돈의 흐름은 여느 다른 분야의 업무와는 비교가 안 되었다. 그러나 이 기업 사냥꾼들의 술수는 너무 비열하고 냉혹했다. 경영이 어려운 유서 깊은 기업을 헐값에 사들여서 재정비한답시고 오랜 세월 일해 온 고임금 기능직과 임원들을 차례차례 해고한다. 생산 단가를 낮추기 위해 생산 라인을 자동 시스템으로 바꾸고 인건비를 줄인다. 그렇게 해서 주가를 높여 기업 되팔기의 재협상을 시작한다. 해고된 사람들의 절망이나 생산품의 질적 저하, 나아가 미국의 경제를 침체시키고 빈부의 격차를 심화시키는 놈들의 밑구멍이나 닦아 주는 자신의 처지에 몹시 환멸감이 느껴졌다.

이날 그런 와중에 해고된 고참 임원과의 면담은 명수 씨를 더욱 우울하게 했다. 토마스 우디라고 자신의 이름을 밝힌 그는 34년간 James Inc 가구 회사에서 일하던 고참 디자이너이고 제작자였다. 미국을 대표할 정도로 명성을 날리던 유서 깊은 회사가 운영난으로 허덕이게 된 건 3대 업주로 바뀐 다음부터였다. 허약하고 약삭빠른 그는 간판을 내리고 문을 닫기보다 헐값에라도 팔아 돈을 챙기자는 것이었다. 미스터 우디는 마지막 페이체크를 받고 서명하며 쓸쓸하게 말했다.

"나는 똑똑하게 기억해요. 창업주였던 미스터 제임스가 손자 윌리엄이 5살이 되자 공장에 데려와 무등을 태우고 두루 보이며 '이건 너의 것이니 영원히 지키고 번영시켜라.' 말했었죠. 그런 미스터 윌리엄이 맡은 지 십 년이 채 안 되어 조부의 회사를 말아먹었군요."

그러나 명수 씨, 오늘 그녀를 단둘이 만난다. 카니를 생각하며 기분을 바꿔 볼 생각이다. 그들은 약속대로 약속한 시간 약속한 장소에서 만났다. 감미로운 음악이 오월의 훈풍처럼 가볍게 흐르는 레스트랑, 조용하고 우아하게 담소하며 식사하는 사람들, 그들 속에서 활짝 웃으며 다가오는 카니 박. 명수 씨는 깜짝 놀란다. 나 힐리웃 스타 만나는 것 아닌가 하고. 카니는 완전 다른 사람 다른 모습으로 걸어왔다. 반백의 머리를 이마 위로 살짝 세워 마치 여왕의 왕관처럼 품위 있었고, 가슴골이 깊게 패인 감색 드레스, 깊고 그윽한 눈으로 정성 들여 매만진 스모키 화장, 그리고 지옥불을 품은 듯 붉은 입술, 위엄과 열정이 멋지게 어울려 여전사의 두목 같고, 전설 시대 여왕 같은, 그러면서 동시에 주술로 적을 무력화시키는 마녀의 유혹. '도대체 넌 누구냐?'

"와 주셔서 감사해요. 우리 저쪽 바Bar로 갈까요? 거기도 가벼운 식사쯤은 할 수 있고, 나는 식사보다 술 한 잔이 더 땡기는군요."

넓은 레스토랑에서 카니는 익숙하게 한쪽 편, 칸을 막은 바Bar로 인도한다. 명수 씨는 카니의 뒤를 의식 없는 좀비처럼 휘청휘청 뒤따르고 자리를 잡고 앉은 후에도 멍하니 그녀를 바라본다. '내가 누구를 만나고 있지?' 분간이 안 가는 어리둥절한 표정으로.

"나, 낯익지 않나요?"

멍한 그를 보며 카니, 장난치듯 생글거리며 묻는다.

"아니요. 당신은 특히 오늘, 전혀 낯설어요. 당신은 누구지요?"

까르륵 웃으며 카니 손가락을 튕겨 웨이터를 부른다. 얼마 후 카니가 주문한 칵테일 코스모폴리탄, 명수 씨를 위한 더티마티니가 나오고 플리처와 나쵸, 그리고 로디스후라이 등의 안주감이 차려진다. 이윽고 현실감을 느낀 명수 씨, 진지하게

"자, 이제 본론을 얘기할까요? 내게 할 이야기가 무엇이지요?"

직업 본능의 침착과 냉정, 또 객관적인 자세를 지키려 애쓰며 말한다. 이미 코스모폴리탄 칵테일을 몇 모금 털어 넣어 볼이 발그레해진 카니, 먼눈이 되어 미지의 어느 때를 바라보며 속삭이듯 묻는다.

"'오목이'를 아시냐구요?"

"오목이가 누구야? 갑자기, 나 모르는데."

점심도 거른 빈속에 마티니 한 잔에 짜르르 풀어지는 명수 씨. 요술처럼 다가오는 기억의 어두운 터널, 저편 흑백 필름 같은 영상. 그 당시 명수 씨네는 어느 소읍, 그래도 번화가인 중앙로에 살았다. 아버지가 군에 소속된 장교였으므로 아버지 임지 따라 새로 이사 온 곳이었다. 소년 명수는 이사에 신물이 났고 빈번한 전학으로 부평초처럼 학교에 적응하지 못했다. 학교에는 안 가고 읍내를 빈둥거리며 쏘다니다 쫄갱이 중딩에게 삥처서 담배도 사고 중국집 짜장면도 사 먹고, 나머지 시간엔 공원서 낮잠으로 메꾸다가 하교 시간 맞추어 집에 들어가면 하루가 땡처리 되던 이를테면 고딩 깡패였다. 똥은 똥대로 모인다고 그렇고 그런 같은 부류가 명수 곁으로 모이며 그들과 어울려 떠돌던 무심했던 그 시절. 아이들의 휘소리와 잡담이 귀에 꽂혔다.

"그 기집애네는 낮에 아무도 없어서 아무나 드나든다더라."

오목이 그 애는 말하자면 동네에서 누구나 건드리고 간다고 소문난 가난하고 외로운 여자애였다.

명수네도 마침 가까이에 살아서 흉하게 떠도는 소문은 들었다. 오목이 아버지는 주문에 따라 집수리를 해 주는 미장이였고 지독한 술주정꾼이었다. 일당 몇 푼 받으면 술값으로 다 날리고 집에 들어오면 애꿎은 마누라를 팼다. 결국 오목이 엄마는 골병 들어 일찍 죽고 어린 딸 오목이가 그 수난을 고스란히 물려받았다. 일곱 살 오목이는 조그만 손으로 밥을 하고 빨래하고 집 안을 치웠다. 추운 겨울, 술 취한 아버지에게 무참하게 맞고 쫓겨나 마당에서 기르는 개집에서 개를 끌어안고 밤을 지새는 날도 허다했다. 새벽, 술 취해 잠들었던 아버지가 부스스 일어나 연장 망태 둘러메고 일하러 나간 뒤에야 집 안으로 들어온 오목이는 다시 어지러운 방을 치우고 빨래를 하고 밥과 국을 끓이고, 학교 근처에도 못 가 보며 무지랭이로 자라서 열몇 살쯤 되었다. 천치 같은 계집애, 또래들의 소문을 들은 뒤로는 오목이가 매 맞으며 내지르는 애처로운 비명에 잠 못 이루던 밤도 있었지만 가엾다는 생각보다 멸시하고 짓밟고 싶은 혐오감으로 화가 나서 이불을 뒤집어쓰고 잠을 재촉하던 불쾌한 기억도 있었다.

"근데, 오목이란? 왜 오목이의 얘기가?"

명수 씨가 불현듯 눈을 휘둥그레 뜨며 묻는다.

"오목이가 명수 오빠를 참 좋아했어요. 오빠가 거리로 지나는 모습을 늘 훔쳐봤지요."

명수 씨의 머릿속이 아득해진다.

한번 오목이네 집 앞 빈터에서 난투극이 벌어진 적이 있었다. 오목이가 서로 제 것이라고 건들지 말라고 소유를 주장하다 벌어진 두 불량소년의 싸움. 사춘기 소년 명수, 그 꼴들이 하도 역겨워서 그 두 놈을 늑신하게 두들겨 패 주었다. 무리들이 흩어진 뒤 조용해진 빈터에 오목이가 나왔다. 창백하고 비쩍 말라 수수깡처럼 껑충한 그 애, 새까만 긴 머리가 얼굴을 반이나 덮어 표정을 알 수 없던 그 애가 놀랍게도 살며시 명수의 손을 잡았다. 그리고 잡아끌었다. "어, 어." 하며 끌려 들어간 방에서 오목이는 뜻밖에도 치마를 걷어올렸다. 기가 막히지만 오목이의 앙상한 두 다리와 아직 밋밋하고 말갛게 드러나 보이는 다리 사이의 그곳. 명수를 바라보던 오목이의 반짝이는 눈에 가득한 재촉, 기다림. 사춘기 소년 명수는 불현듯 들끓는 욕망과 알 수 없는 분노와 멸시로 그 위에 엎어지고 말았다.

'계집애가 뭣도 모르고 아무렇게나 가랭이를 벌리니 동네 양아치들이 꼬이지.' 멸시하면 할수록 더욱 드센 힘으로 그녀 속으로 깊이깊이

들이밀며 몸부림치다 끝내는 화통을 힘껏 뿜어냈다.

"알아요? 그게 오목이식 사랑의 표현이었어요. 고마운 마음에 보답할게 그것밖에 방법을 몰랐던 거지요. 오목이에게는 당연히 은밀한 사랑과 감사의 표시였고 그 순간이 무지하게 행복했답니다."

"그런데 오목이가 어쨌다는 것이요? 그 여자의 마음까지도 당신이 안다고요?"

명수 씨는 그 옛날의 오목이 얘기가 썩 유쾌하지 않았다.

소년 명수의 부모도 공부는 안 하고 늘상 땡땡이질에 불량 학생들과 어울려 쌈질이나 하고 건들대는 아들을 더 이상 방치할 수 없다는 자책을 하며 서울로 이사했다. 명수도 지방 소읍에서의 치졸 방만했던 일상을 씻어내고 대학 진학을 위해 입시 준비에 열중하며 질풍노도의 사춘기를 정리했다.

"오늘 나 만나려는 용건이 이거였소?"

"아니, 아니요."

카니는 고개를 살래살래 저었다. 그리고 명수 씨를 똑바로 바라보며 말했다.

"부탁이 있어요."

눈빛이 이글이글 타고 있었다. 욕망일까, 분노일까, 아니면 전에 말했듯이 죽이고 싶도록 미움일까. '왜? 나하고 저 여자와 무슨 상관이 있기에.' 명수 씨는 어깨를 으쓱했다. 그러나 승낙을 강요하는 저 무서운 눈빛.

"일단 말해 봐요."

명수 씨는 부드럽게 말했다.

"다음 주 토요일, 당신 생일 파티가 근사하게 열린다지요? 사장님이 나도 초대해 주셨어요."

"그럼 오면 될 거 아니오."

"나와 춤출 기회를 주세요. 당신 아내 앞에서 멋지게 춤추고 싶어요."

"……"

미처 영문을 몰라 황당해하는 명수 씨를 보며 카니가 "하하하." 방자하게 웃었다. 이상하게 명수 씨는 노엽지 않았다. '잘난 사내는 이런 대시도 능란하게 받아쳐야지.'

"염려 말아요. 나의 사장님 이은주 씨에게도 허락을 받아 놨지요. 하하하."

"좋아요, 나도 기대가 되네요."

"그럼 됐어요. 내 용건은 이것이었어요. 전 이제 일어날게요. 내일도 일을 해야 하니까요. 오늘 밤 기분 좋은 밤, 좋은 꿈 꾸세요."

카니는 일어섰다.

"아니, 카니. 잠깐 물어볼 말이 있어요. '오목이'가 어떻다는 말이오? 그 여자의 친척이오?"

그러나 카니는 상관없다는 듯 손을 흔들며 더블로 마신 코스모폴리탄에도 전혀 흐트러짐 없이 모델 같은 우아한 걸음으로 프런트를 향해 걸어갔다. 살짝 위로 당겨져 도드라진 그녀의 엉덩이가 리듬 타듯 살랑대는 뒷모습을 오래도록 바라보며 유난히 길고 피곤한 이날, 아직 시장기도 채우지 못한 명수 씨의 배 속부터 온몸에 취기가 확 퍼졌다.

카니, 그녀가 도무지 자신에게 어떤 존재인지 분간이 안 되는 명수 씨는 밖으로 나와 인디고블루 하늘의 수많은 별들을 올려다보았다. '어때? 카니, 멋진 수수께끼 같은 여자 아냐? 난 준비가 돼 있다구.' 허리를 펴는 명수 씨 얼굴로 보드라운 초여름의 산들바람이 감미롭게 스쳤다. 은주 씨는 텅 빈 큰 집에서 이제까지 모르던 막연한 불안과 낯선 외로움으로 남편을 기다리며 잠 못 이루고 있었다. 남편이 이렇듯 연락 없이 늦는 일이 없었는데 웬일일까 하며.

과연 이은주 씨의 통 큰 스케일과 세심한 계획에 따라 김명수 씨의 육순 생일 파티는 화려하고 거창하게 열렸다. 시내 번화가에 위치한 메리어트 호텔 9층 넓은 홀, 꽃으로 장식한 백여 개의 테이블, 뷔페식으로 차려진 풍성한 음식과 한쪽 바에서 제공되는 무제한 리필 각종 술과 음료수, 이 지역 내에서 난다 긴다 하는 각계 명사들과 동업종에서 친밀한 관계를 갖는 비지니스 파트너, 그리고 친척들로 홀은 가득 찼다. 초대한 이들이 거의 자리를 차지해 시끌벅적한 분위기가 초장부터 흥겨웠다. 시간이 되자 턱시도를 입은 명수 씨와 자잘한 꽃무늬 수를 놓은 미색 저고리와 연두색 치마, 한복으로 곱게 차려입은 은주 씨가 손을 잡고 입장한다. 모두 일어서서 손뼉을 치고 플래시가 터지고. 마치 은혼식을 치르는 부부 같았다. 중앙 앞쪽에 준비된 생일 케이크를 명수 씨 부부가 함께 자르는 동안에는 어린 조카 손주들이 앙증맞게 생일 축하 합창을 했다. 부부가 중앙 자리에 앉자 하객들이 꽃과 선물을 올리고 축하 인사와 덕담들을 나누었다. 평소 명수 씨 부부가 은연 중 베풀었던 은덕의 결과이리라. 또한 모든 이들의 눈길을 받은 한 여자, 카니는 검은색 긴 드레스에 머리를 틀어 올리고 길게 드러난 목에는 열 두 개의 다이아몬드가 하얀 풀레튬 사슬에서 반짝인다. '저 날씬하게 키가 크고 이국적으로 세련된 여자는 누구일까?' 하는 대중의 관심은 아랑곳없이 홀 안을 이리저리 다니며 손님들을 체크하고 음식을 점검하며 주의 깊게 분위기를 살피는 카니는 이곳에서도 영락없는 은주 씨의 충직한 매니저였다. 대충 인사가 끝나고 식사도 무르익는 시간, 악단이 음악을 연주하여 분위기를 업시키고 초청 가수가 나와서 예전 한명숙의 히트곡 '사랑의 맹세'를 멋들어지게 불러 흥을 돋우었다.

첫 댄스는 주인공 명수 씨 부부가 플로어에 나가 준비했던 춤을 선보였다. 셀린 디온의 '사랑의 힘power of love' 곡에 맞추어 느린 스텝으로 춤추는 은주 씨는 명수 씨 목을 감싸 안고 부드러운 사랑의 눈길을 보내며, 이를 지켜보는 모든 이들도 로맨틱한 분위기에 녹아든다. 어린 조카 손주들이 작심하고 연습을 많이 했는지 K-Pop 스타 티아라의 '롤리폴리' 춤과 노래는 너무 깜찍하고 귀여워서 많은 사람들의 갈채와 환호를 받았다. 드디어 명수 씨가 카니의 손을 잡았다. 어느새 카니의 긴 드레스는 무릎 위로 깡충 짧아져서 매끈하고 탄탄한 두 다리가 드러나 있다. 라틴계 빠른 리듬에 따라 현란하게 움직이는 가슴과 배 엉덩이, 숨이 차서 미처 따라가지 못하는 명수 씨를 부드럽게 리드하며 명수 씨의 눈 속을 파고들어 열정과 도발적 몸짓으로 밀착해 오는 뜨거운 입김, 감겨 오는 탱글한 피부의 접촉. 카니가 명수 씨의 목을 끌어안으며 속삭였다.

"내가 평생 기다리고 기다리던 이 순간이에요. 이제까지 열심히 끈질기게 살기를 참 잘했어요."

명수 씨는 현실과 꿈 속을 넘나들며 몽롱한 의식 속에서 말한다.

"카니 당신은 누구요? 어느 행성에서 살다가 홀연히 내 앞에 나타났단 말이요?"

카니는 애매하게 웃으며 명수 씨를 더욱 꼭 끌어안는다.

"당신을 만나서 너무 행복해요. 오늘 파티 끝나고 저에게로 오세요. 이 호텔의 1208호에서 기다리고 있을께요."

음악이 끝나가자, 카니는 의미 있는 깊은 눈초리로 명수 씨를 지긋이 바라보며 말하고, 그로부터 물러났다.

"친구들과 뒷풀이 약속이 있소. 좀 늦을 수도 있으니 당신도 친구들과 집으로 가서 재미있게 노시구려."

명수 씨는 아내에게 이런 술수를 쓰는 게 영 태연하지 못했다. 그러나 은주 씨 반색을 하며

"아, 잘 됐네요. 나도 친구들과 어디 가서 수다나 실컷 떨 테니까요."

머릿속에 또렷이 새겨져 있는 1208호. 명수 씨는 터질 듯 흥분된 마음으로 노크한다. 카니는 또다시 달라졌다. 금방 샤워를 끝내고 맨얼굴에 흐트러진 젖은 머리, 그러나 느슨하게 여민 흰색 가운 아래 드러난 맨살은 결코 평범하지 않게 눈길을 끌었다. 명수 씨의 눈길을 의식하고 카니, 좀 지친 듯 몽롱한 웃음을 지으며 나이트 테이블로 인도한다. 테이블 위에는 와인과 두 개의 글라스가 있다. 그러나 명수 씨 알 수 없는 조급함에 눈 가득 들어오는 널찍한 베드 위에 흰 시트, 여러 개로 겹쳐진 쿠션, 욕망이 부글댄다.

"나를 죽이고 싶다고 하지 않았나? 좋은 기회야. 나를 죽여 보라구."

카니는 서두르지 않고 글라스에 와인을 따르며 심상하게 말했다.

"당신 오목이가 궁금하지 않나요? 오늘 밤은 그녀에 대해서 얘기하려고요."

소녀 오목이

오목이는 바보가 아니었다. 그리고 소문처럼 헤픈 계집애도 아니었다. 소문과 사실의 괴리, 보호해 줄 사람도, 감싸 줄 사람도 없는 어린 소녀 오목이는 이런 소문을 알지도 못하고, 관심도 없었다. 다만 하루하루 마주치는 혹독한 현실에서 살아가는 법을 온몸으로 겪어 냈을 뿐이었다.

최초 맛을 들였던 구멍가게 아저씨가 오면 얼른 캄캄한 다락방에 올라가 숨죽이고 그가 제풀에 물러갈 때까지 웅크리고 있었다. 구멍가게

아저씨는 처음으로 오목이 자신의 저렴한 값을 깨우쳐 주었다. 아버지가 돈을 전혀 주지 않은 며칠이 지나자 집 안에 쌀만 조금 남아 있고 먹을 게 아무것도 없었다. 오목이는 아버지의 저녁 밥상을 차리기 위해 골목 앞 구멍가게에 가서 두부 한 모와 계란 두 개를 집었다.

"돈을 내야지."

구멍가게 아저씨가 말했다.

"지금은 돈이 없어요. 다음에 낼게요." 하는 오목이를 아저씨는 퀴퀴한 방으로 끌고 들어갔다. 욕심을 채운 후, 아저씨는 "돈은 안 내도 된다. 또 뭐가 필요하면 언제든지 오너라." 하고 친절한 척 느물느물하게 말했다. '아저씨는 나쁜 놈이야. 다신 이 가게에 오나 봐라.' 오목이는 다시는 절대 그 가게에 가지 않았다. 먹을 게 떨어지면 맞아 죽을 각오로 아버지에게 말했다.

"돈 좀 주세요, 반찬거리 사게요."

돈을 타면 먼 뒷길을 돌아 큰 거리 번잡한 가게에서 식품을 구입했다. 그 후에도 몇 번인가 가게 아저씨가 집으로 찾아오고 또 무슨 영문인가 낮에 오목이가 혼자 있다는 소문에 건달들이 꼬여 들었지만 오목이는 꼭꼭 숨어 있기만 했다. 사실과 소문이 이렇게 달랐지만 누구 하나 오목이를 변호해 주지 않았고 소문은 뻥튀기처럼 부풀어만 갔다. 그런 오목이가 그 사람, 명수 오빠가 지나가는 것을 본 후부터 길로 향한 창문에 붙어 서서 몰래 밖을 내다보는 버릇이 생겼다. 하마 들킬세라, 몸은 옆으로 빼내고 얼굴만, 두 눈만, 살며시 창으로 내놓고. 교모는 납작하게 눌러 삐뚜름하게 쓰고, 교복 상의 칼라 훅을 풀어 셔츠가 허옇게 드러나고, 힙 부분은 꽉 끼지만 바지 가랑이는 거리를 쓸어낼 듯 넓게 퍼진 나팔바지. 그리고 과연 책이 들어 있나 싶게 납작한 가방을 옆

구리에 끼고 완전 날라리 고딩의 모습이지만 오목이는 그 멋진 모습에 한없이 가슴이 뛰었다. 그러던 어느 날 자기 때문에 집 앞 빈터에 몰려들어 시끌벅적 쌈들을 해대는 건달들을 통쾌하게 패 주고 쫓아냈던 명수 오빠를 보고 이게 꿈이 아닌가, 오목이는 너무 기쁘고 감사하고, 그래서 뭐라도 그에게 보답하고 싶었는데, 무엇으로 어떻게 해야 하나.

열다섯 오목이의 몸에 이상이 생긴 걸 처음 알아 본 이는 가끔 오목이를 찾아들던 교회 전도 부인이었다. 그이는 가엾은 오목이의 처지를 동정하며 교회로 인도하려고 애썼다. 그러나 강퍅한 오목 애비에게 허락을 받는 것은 애저녁에 가당찮아 가끔 오목에게 들러 간절한 기도나 해 줄 뿐이었다. 그이는 본래 기독교인이었는데 불교 신자 시댁에 도저히 견디지 못해 남편을 박차고 뛰어나온 신앙 앞에 근성 있는 여자였다. 그러나 세상에서 '소박데기'라는 꼬리표는 어쩔 수 없어 여염집 여인들에게 소외당하는 외로움이 있었다.

"오목아, 너 왜 배가 불러오는지 아니?"

"전도사님, 나 요새 밥맛이 너무 좋아 되게 많이 먹어요. 그래서 살이 쪘나 봐요."

"바보야, 네 배를 만져 보렴. 뭐가 꿈틀대지 않니?"

"네, 맞아요. 배 안에서 뭐가 움직여요. 이게 뭐지요?"

"아기란다. 대체 뭔 짓을 한 거냐? 너 사내를 가까이한 적이 있느냐?"

"네, 마냥 좋은 사람이 있어요."

"너네 아버지가 애 밴 걸 알면 널 죽일 거다."

오목이는 그제야 두려움으로 얼굴이 하얘졌다. 전도 부인은 '휴우' 한숨을 쉬었다. 오목이는 전도 부인의 주선으로 난폭한 아버지 몰래 노량진역 옆 '자애 모자원'으로 보내어졌다. 거기는 오목이처럼 어린 나이에 임신한 처녀 애들, 또는 남편을 여의고 남겨진 아이들과 살기 막막한 홀어미들을 수용하여 의식주를 지원하고 자립할 수 있도록 기술 교육과 일자리를 알선해 주어 새로운 삶을 살게 해 주는 고마운 사회 봉사기관이었다. 오목이가 그곳으로 간 것은 제2의 탄생과도 같은 기회이고 행운이었다. 전도 부인의 간절한 부탁도 있었겠지만 원장님은 어린 소녀 오목이를 각별히 보살펴 주었다. 공동생활의 기본을 익히고 글자도 깨우쳐 주었다. 모자원에서 잘 먹고 편하게 지낸 오목이는 달이 차자 건강하고 잘생긴 남자아이를 낳았다. 원장 어머니가 아기에게 '왕'이란 이름을 지어 주고 모자원 온 가족들도 축하해 주며 옷과 기저귀 등을 보태 주었다. 모자원 식구들에게 철부지 어린 엄마 오목이는 아기를 씻기고 젖 먹이고 잠 재우는 방법들을 배우며 아기는 건강하게 잘 자랐다. 얼마 후 오목이는 재봉 양재 기술도 교습받았으나 그녀의 특별한 재주는 음식 만들기였다. 그녀의 손이 지나가면 요술인 듯 비상한 맛에다가 넉넉지 않은 재료만으로도 훌륭한 몇 가지의 음식을 만들어 내는 재주에는 모두들 감탄했다.

왕이가 4살쯤 되었을 땐 피부가 희고 훤칠한 외모에 의젓함까지 겸해 모자원 식구들의 사랑을 듬뿍 받고 오목이도 이제 돈벌이도 할 수 있도록 강하고 독립적인 여성으로 성장해 있었다. 하루는 원장 어머니가 오목이를 불렀다.

"미8군 장교가 홈메이드를 구한다더라. 그래서 네 이야기를 했더니 아주 좋아하더라. 네가 좋다면 네 아들도 입양할 의향이 있다 하고. 너한테 아주 좋은 기회인데."

"내 아들 왕이는 누구도 안 줄 거예요. 내가 길러야 해요."

"네 아이를 그들 앞으로 입양하면 왕이는 미국 시민으로 좋은 교육도 받을 수 있다는 얘기야. 너도 그 집에서 같이 살면서 네 아이를 직접 키울 수 있고 말이야. 잘 생각해 봐."

"왜 하필 나지요? 난 말도 통하지 않는 외국인이 싫은데요."

"그들이 너한테 바라는 건 딱 한 가지. 자기들 마음에 드는 음식을 먹고 싶다니 넌 원하는 음식만 잘 만들면 돼."

모자원 식구들은 이런 좋은 기회가 어디 있냐며 모두들 어서 가라고 야단들이었다. 오목이는 나름 생각했다. '사랑하는 사람 오빠의 소중한 아기, 아마 왕이가 없었다면 내 인생에 새로운 기회도 없었을 거야. 아버지의 폭력적인 일상에서 비천하게 살았을 뿐. 나는 왕이처럼 새로 태어난 거야. 왕이가 자라듯 나도 같이 자라는 거야. 왕이와 함께라면 뭘 못하겠어?' 며칠 후 오목이는 원장님을 찾아가 말했다.

"원장님, 왕이만 뺏어 가지 않는다면 그 집에 가겠어요, 보내 주세요."

오목이 모자가 들어가 살게 된 곳은 미8군 소속으로 한국에 파견 근무하는 리처드 딕슨 대령colonel과 그의 아내 멜리사 무어 딕슨 부부 집이었다. 그들의 나이는 오십이 가까웠고 딸과 아들 남매가 있으나 본국에서 대학 재학 중이므로 부부만 한국에 나와 살고 있었다. 미세스 멜리사는 페미니즘에 관한 학문 연구에 몰두하며 사회적 여성 지위 향상에 관심이 많은 학자였다. 따라서 아직 여성학에 불모지인 한국에서 몇몇 대학교에 출강하며 여성학의 기초를 만들고 후학을 가르쳐 여성학의 전문 학자를 양성하려고 노력하고 있었다. 따라서 비록 메이드로 들어온 오목이에게도 관심과 이해로 따뜻하게 대해 주고 서양 음식 만드는 것도 차근차근 가르쳐 주었다. 지적으로 당당하게 살아가는 미세스 멜리사를 보며 오목이도 여자로서의 반듯한 자질과 근본을 배우고 스스로도 자부심과 자존감을 갖추려 생각을 모았다.

"그들은 5년을 복무하고 본국으로 돌아가게 되었어요. 인정 많은 그들은 우리 모자도 초청해 주었어요. 곧 뒤따라간 우리 모자에게 기본적으로 살 길을 마련해 주셨구요. 난 미국으로 건너오며 두 가지 목적을 확실하게 정했어요. 첫째, 내 아들 왕이를 훌륭하게 기르기. 둘째, 아들 왕이에게 부끄럽지 않은 엄마가 되기 위한 나 자신의 계발. 그리고 그 두 가지를 뒷받침하기 위해 열심히 돈 벌기. 그때만 해도 신천지 미국에서 일거리는 지천이었어요. 난 양식 만드는 데 자신이 있고 미세스 멜리사가 스폰서가 되어 레스토랑에서 쉐프를 한참 했지요. 페이도 나쁘지 않아 돈을 많이 모았어요. 그래서 얼마 후 내 음식점을 차렸어요. 그러나 경영이 서투른지 얼마 안 가 문을 닫았어요. 실패했던 거죠. 그러나 왕이가 대학에 진학하려면 내가 주저앉을 수 없었어요. 난 생선가게를 열었지요. 새벽 일찍 어시장에 나가 싱싱한 생선을 받아 와서 부위별로 깨끗이 손질하여 진열해 놓고 원하는 이들에게 즉석 튀김이나 스테이크로 구워 주기도 했지요. 그 새로운 상술이 완전히 대박이었어요. 돈을 푸대로 벌었어요. 그러나 내 목적은 돈이 아니었어요. 내 아들이 성장함에 따라 그에 상응하는 멋진 엄마가 되고 싶었어요. 난 아들이 상급 학교에 진급하는 것처럼 끊임없이 계속 열심히 공부해서 학력시험을 보고 수료증을 받아내고, 드디어 아들이 대학 가던 해에 근처 주립대학으로 가는, 그런 식으로요. 물론 졸업까지는 많은 시간이 걸렸지만 나는 해냈어요. 남편 없이 아들 하나를 키우는 어린 여자가 얼마나 고생이 많았을까, 동정이나 연민을 바라는 건 아니예요. 그건 그다지 어렵지 않았어요. 아들보다 겨우 열 다섯 살 더 먹은 젊은 엄마가 마음만 먹으면 뭔들 못하겠어요? 내 아들 왕이는 동생 같기도 하고 때로 튜터개인교사가 되어 주고 또 친구가 되어 주었어요. 아들과 난 그냥 한 인생, 그 자체였죠. 이해가 되나요?"

카니는 와인을 한 모금 마시고 명수 씨를 똑바로 바라보며 얘기를 계속했다.

"천지사방을 모르고 스스로 미혼모의 길로 들어선 것, 내가 자청한 것, 그게 내 운명인 것, 나 충분히 알아요. 그래서 더 잘 살아 내려고 치열하게 매달렸지요. 그러나 때로는 살아오며 가슴 깊이 스며드는 그리움과 외로움, 그건 원과 한을 넘어 내 거룩한 신앙 같은 사람, 그 사람이 너무 밉고 원망스러워 뜨거운 분노가 내 심장을 할퀴었어요. 그 사람을 멀리서 바라보며 죽이고 싶다. 짓밟고 싶다. 분노와 원한이 훨훨 타오르는 것이었어요. 내 인생 전체를 관통하여 쇠꼬챙이로 꿰뚫은 참담한 고통, 그걸 그에게도 똑같이 갚아 주고 싶었어요."

잠잠히 듣던 명수 씨 쇠꼬챙이로 심장이 꿰인 듯 먹먹한 가슴으로 카니를 끌어안는다.

"당신은 누구지요? 난 오목이가 생각나지 않아요. 먼 옛날의 에피소드일 뿐, 마치 전설이나 민담 같은 얘기를 듣는 것 같구려. 그런데 난 아무것도 모른 채, 태평하게 살아온 내 자신이 부끄럽소. 카니, 이제 내가 당신을 어떻게 해야 하나요? 왜 이제야 나타난 거요?" 하며 볼을 비빈다.

눈물로 젖은 카니의 얼굴, 그 위에 명수 씨의 뜨거운 입술이 온통 휘젓는다. 이윽고 카니의 입술이 벌어지고 둘은 걷잡을 수 없는 열망과 욕정으로 뜨거운 활화산이 되어 한 몸으로 깊이깊이 침잠한다.

아무것도 생각되지 않았다. 아무것도 들리지 않았다. 그리고 이젠 원망도 분노도 소멸되었다.

간밤의 긴장과 피곤 과로로 아직 잠에서 깨어나지 못한 명수 씨. 카니는 두 손으로 그의 얼굴을 감싸고 볼과 이마, 입술에 키스한다. 그러나 명수 씨는 가슴 터지도록 궁금한 그것, 카니는 가슴 속에서 치밀어 올라와 목에 걸려 있는 그것을 마치 마지노선처럼 꾹꾹 눌러 두며 피차 건드리지 않는다.

하루의 일과가 끝나 사람들이 모두 퇴근하고 기계들도 잠잠하니 사방은 무섭도록 조용했다. 은주 씨는 사무실에서 아직 일을 하고 있다. 일주일 동안의 입출금을 정리하고 내일 토요일 종업원들에게 지급할 주급을 계산했다. 클리너에서 주로 일하는 멕시칸들은 불법체류가 많고 또는 생활 상태가 미국에 아직 적응이 안 되어 은행계좌도 없는 이민자들이 많았다. 그들은 언제나 현금cash 지급을 원했다. 손에 현금이 만져질 때 비로소 돈벌이의 보람과 의미를 느끼는 것이었다.

본래 중국인들의 상권이던 세탁 업종이 1980년대부터 한국인들에게 넘어오고, 한국인들의 근면성과 깔끔하고 재빠른 솜씨가 환영받아 한때 한인 업소가 호황을 누렸다. 그러나 90년대를 정점으로 2000년 들어 9·11 참사와 이라크, 아프가니스탄 전쟁으로 인하여 미국 경제가 곤두박질치고, 또한 마이크로소프스를 비롯한 첨단 아이티 산업의 종사자들이 정장 슈트보다 캐주얼 복장이 대세가 되어 울이나 실크 소재의 클리닝온리 옷이 대폭 줄었다. 이에 따라 각종 의류회사들은 경쟁적으로 물세탁 바지, 다림질이 필요 없는 링클프리 셔츠들을 출시하고 등등의 이유로 세탁업은 사양길로 들어섰다. 세탁계 내에서도 이미 포화상태의 과밀한 가게들이 출혈경쟁이 치열해지고 설상가상 비엣남월남인들이 게릴라 전법으로 엄청 빠르고 손쉬우며 무지하게 저렴한 가격으로 밀고 들어와 혼란은 가중됐다. 이런 여러 이유들로 경영난에 허덕이며 인건비를 줄이려고 고용인을 해고하고 주인이 직접 그 노동을 커버하려니 너무 힘들고 또 펄크가 해롭다는 공해 시비로 규제가 날로 까다로

와져서 손을 털고 정리하는 가게가 늘고 있는 실정이다.

은주 씨도 공장과 드랍샵을 여러 개 거느리고 있었으나 이젠 수지가 안 맞는 곳은 처분하고 지금은 여섯 개의 드랍샵과 독립 건물인 큰 규모의 세탁공장 하나만을 운영하고 있었다. 미국에서의 기업은 주인 혼자 독식이 근본적으로 되지 않았다. 종업원의 최저급료가 법으로 정해져 있고 기계가 돌기까지의 유틸리티 전기세, 가스비, 재료 구입 비용 들이 만만치 않고 정부에 내는 세금 그것은 총수입의 35% 대의 커다란 지출이다. 하나의 비지니스를 열어서 경영한다는 건 결국 여럿이 모두 먹고살자는 민주적 기본 개념이다. 은주 씨가 이런 제한과 규제에도 번영을 이루어 낼 수 있었던 것은 외형적 수입도 중요하지만 내면적으로 은주씨의 근검절약과 규모 있는 재테크가 크게 도움이 되었던 것이다. 이 한주일 오늘의 수입도 썩 만족할 만한 것은 아니지만 그래도 은주 씨는 지출을 계산하고 그 나머지 자신의 몫과 투자금액의 일정 수준이 겨우 채워진 것에 감사한 마음이었다. 자신의 영토에 깃들어 먹고사는 여러 가족들, 이제까지 여기를 스쳐 가며 아이들을 키워 내고 생활 기반을 다져 독립해 간 수많은 초기 이민자들을 생각하면 나름 보람을 느끼고 있었다. 사무적 일을 끝내고 한숨 돌리고 있을 때, 전화벨이 울렸다. 명수 씨였다.

"나 아직 일이 끝나지 않아 좀 늦겠소. 걱정 말고 먼저 들어가 쉬어요."

은주 씨는 막연한 불안감에 머리를 갸웃한다. 남편 명수 씨의 전에 없이 빈번하게 늦는 귀가, 시도 때도 없이 멍때리며 흔들리는 눈빛, 그리고 느닷없이 베푸는 과도한 친절.

'아, 뭔가 그에게 일이 생기고 있어. 무얼까?'

"아, 참, 여보."

은주 씨가 다급하게 남편을 부른다.

"카니가 당신과 나를 자기 집에 초대했어요. 이번 일요일이에요. 난 그러겠다고 했으니 당신도 주말 비워 두세요."

전화선 저 너머에서 명수 씨는 후드득 숨을 몰아쉰다. 그러나 곧 평정한 목소리로 "알았소. 집에 가서 다시 얘기합시다." 하고 전화를 끊었다. 은주 씨는 잠시 하루의 피곤을 잊고 생각에 잠겼다. 카니는 자기가 결혼은 하지 않았고 미혼모로 아들을 하나 키웠다고 했다. 그리고 오늘 어떤 사정이 있어 이곳 일을 그만두겠다고 했다. 이제 들어와 자리를 잡고 우리 가게에 필요한 존재가 되었는데 대체 무슨 일일까. 카니는 매우 미안하다고 했다. 그래서 자기 집에 초대하여 한번 대접하고 싶다고 했다. 은주 씨는 그녀가 정말 알 수 없는 사람이라 생각되었다.

놀라운 인연

왠지 카니의 초대를 지극히 꺼리고 화피하려 하는 명수 씨를 설득하고 달래서 겨우 집을 출발한 것은 일요일 정오가 조금 지나서였다. GPS에 카니가 불러 준 주소지를 입력하며 "아, 미드타운 부촌에 사네요. 밀리언 주택이 즐비한 곳인데 말이예요." 은주 씨가 웃으며 말했다. 병목 현상의 도로 탓인지 한참이나 자주 밀리고 정차를 반복하며 시간이 지체되었으나 한적한 2차선 소로로 접어들자 바야흐로 풍성하게 우거진 신록에 가려 큼직한 저택들이 드문드문 보이는 동네 길로 들어섰다. 느릿느릿 번짓수를 확인하며 가다가 야트막한 돌담 위에 집 호수만이 금속글자로 표시된 곳에서 네비게이션 안내는 끝났다. 집은 보이지 않고 가느다란 외선으로 프라이빗개인용 도로를 따라 드물게 보는 회화나무가 자잘한 파스텔조 연두색 이파리를 팔랑이며 줄지어 서 있다.

"미국에서 흔히 볼 수 없는 회화나무일세. 이걸 집 안에 심으면 큰 인물이 난다는 길상목으로 동양에선 귀하게 여기는 나무지."

여태껏 뚱하던 명수 씨가 비로소 한마디 했다. 나무가 후리후리하고 미끈하고 실한 게 과연 귀티의 풍모가 보인다. 차가 파킹랏에 멈추어 서자 기다리고 있었던 듯 카니가 현관문을 열고 나왔다. 청바지에 체크 무늬 셔츠가 신선한 활력을 풍겼다.

"찾아오는 데 힘들지 않으셨나요? 잘 오셨어요. 들어오세요."

안으로 들어서는데 40 전후로 보이는 한 남자가 웃으며 맞이했다. 은주 씨는 무심히 그를 보자 '헉' 들이킨 숨을 내쉬지 못하고 얼어 버렸다. 눈만 크게 뜨고 그 남자의 얼굴을 뚫어지게 바라본다. 명수 씨도 막상 그를 보자 가슴에서 억장이 무너지듯 몸에 중심을 못 잡고 다리에 힘이 풀려 주저앉으려 했다. 남자가 얼른 명수 씨의 팔을 잡아 게스트룸으로 안내하고 자리에 앉도록 권했다. 그리고 악수를 청하며 자신을 소개한다.

"제 이름은 왕김이라고 합니다. 참 많이 뵙고 싶었어요."

그는 침착하게 말했다.

"여보, 젊었을 적 당신을 꼭 빼닮았어요! 당신이 옆에 없었다면 당신이 '젊어지는 샘물'을 먹고 젊은이의 모습으로 나타났다고 생각할 뻔했어요. 어쩌면 저렇게 똑같지요?"

은주 씨는 숨죽여 얘기했지만 카니와 왕김은 주의 깊게 들으면서 슬그머니 웃었다. 널찍한 실내의 통유리 너머로 덩굴장미가 한창인 화사한 뒤뜰이 한눈에 보이고 잘 꾸며진 수영장에는 맑은 물이 푸르게 찰랑이고 있다.

"아, 제 손자들도 소개하지요. 사내아이가 둘." 하며 카니는 이층을 향하여 "션, 루키, 어서 내려오너라. 린다, 너도 어서 와서 인사해야지." 외친다. 아이들은 기다렸다는 듯이 통통통 뛰어 내려왔다.

"큰놈은 12살 션이구요, 얘는 10살 루키랍니다. 그리고 내 예쁜 며느리 린다구요."

아이들은 갈색 머리에 검은 눈, 당당한 체격의 소년들이었고, 그리고 금발 부드러운 푸른 눈의 며느리는 의외로 수줍고 조용해 보였다. 그러나 서툴지 않은 한국어로 "음, 잘 오셨어요. 만나서 반가워요!" 하며 명수 씨에게는 고개 숙여 인사하고, 은주 씨에게는 다가와 다정하게 허그한다. 가족 모두가 이들의 방문을 몹시 기대하고 흥미로워하는 듯한 분위기였다. 명수 씨는 다시 맞은편 소파에 앉은 왕을 찬찬히 살펴본다. 여기에 자신의 DNA 일부가 이렇게 크게 일가를 이루고 존재하다니, 마음은 전혀 의도하지 않은 바였으나 자신도 모르는 사이 싹이 트고 자라나고 가지를 뻗어 꽃이 피고 열매를 맺어… 아, 나란 놈은 잘 살아왔다고 자부했음에도 이 가족들 앞에선 어쩐지 치졸하고 부끄러운 모습에 면목이 없었다. 은주 씨도 눈을 반짝이며 왕을 주시했다. 그리고 옆에 있는 남편을 바라보고 최소의 공배수가 어떻게 되어 이런 묘한 분위기인가 예민하게 관찰한다.

"미스터 김은 무슨 일을 하고 있어요?"

은주 씨가 왕에게 물어본다.

"네, 저는 쎈메리 하스피탈성메리 병원에서 흉부외과 닥터로 일하고 있으며 소속 대학에 나가 학생들을 가르치기도 합니다. 제 아내도 병원에서 일하고 있으며 주로 청소년들의 일차 진료를 맡는 홈닥터입니다."

부드러운 목소리, 친절하고 공손한 태도, 그러나 내면에는 무한한 긍지와 무게감이 느껴진다. 참으로 잘 기른 아들이다. 카니가 쟁반에 치즈, 비스킷 체리 등의 스낵을 내오고 며느리 린다도 콜라와 소다수를 들고 와 얼음을 넣은 유리잔에 따른다.

"디너는 5시쯤 시작해도 되겠습니까?"

린다가 조심스럽게 손님들께 물었다.

"그럼요, 괜찮아요."

은주 씨가 대답하자 린다가 생긋 웃으며 "오케이, 땡큐." 하며 주방 쪽으로 간다. 왕도 슬그머니 자기 아내를 따라 자리를 뜬다.

"카니, 어쩌면 아들을 저렇게 훌륭하게 키웠어요? 다른 자녀도 있나요?"

"아니요, 단 하나뿐인 아들이에요."

"그런데 카니, 아들을 언제 낳았는데 벌써 손자까지 두었어요?"

"네, 제가 어린 십 대에 엄마가 되었어요."

카니는 재빠르게 말하며 슬쩍 명수 씨를 본다.

"서양 며느리와 사는 게 불편하지 않나요?"

은주 씨는 자신의 시집살이 시절을 떠올리며 물었다.

"글쎄요, 그런 걸 느껴 볼 틈 없이 내가 집에 잘 안 붙어 있어요. 이 집은 제가 일 때문에 세계 곳곳을 누비고 다니다 휴가나 받으면 들를 뿐이니 다만 제 아지트 같은 곳이지요."

카니는 흰 이를 드러내 활짝 웃으며 말한다.

"그것도 좋은 방법이네요. 그런데 카니, 세계 곳곳을 누비며 다니는 직업이 무엇이지요?"

그때 왕과 린다가 와서 상냥하게 말한다.

"디너가 다 차려졌어요. 오셔서 식사하세요."

흰 레이스 커튼이 팔랑이는 창을 통해 비쳐 드는 밝은 햇빛으로 환하고 널찍한 식당, 큰 테이블에는 새하얀 린넨 식탁보 위에 포크 나이프 스푼 린넨 냅킨까지 단정하게 세팅되어 있다. 갓 구워 낸 따뜻하고 구수한 롤빵과 크림스프, 샐러드, 메인 디쉬로는 적당하게 익힌 비프스테이크, 사이드디쉬는 구운 베지터블, 후식으로 과일과 아이스크림, 모든 게 깔끔하고 정성스럽게 만든 맛있는 음식들이다. 카니가 자랑스럽게 말했다.

"오늘 음식은 아들과 린다가 직접 만든 작품이랍니다. 마음껏 맛있게 드세요."

식탁에 둘러앉은 사람들은 각자 다른 생각에 빠져 식욕은 별로인데 산뜻하고 심플하게 준비한 메뉴는 흠잡을 수 없이 완벽하다. 선과 루키는 일찌감치 자신들의 몫을 해치우고 양해를 구하며 자리를 떴다. 대충 먹고 난 은주 씨가 상냥하게 말했다.

"참 맛있게 잘 먹었어요. 도대체 이런 하이퀄리티 음식은 어디에서 전수받은 거지요?" 며느리 린다에게 물으며 칭찬을 겸한다.

"시어머니의 음식 솜씨가 무척 좋으세요. 난 따라가기 불가능합니다."

일동은 다 같이 웃고 카니는 며느리 린다에게 살짝 윙크한다. 식사가 끝난 후 명수 씨 부부는 카니와 함께 뒤뜰 데크로 나가 한 잔 더 하기로 했다. 제법 날씨가 화창하여 풀장에서는 왕이가 아들아이들과 물속에서 공놀이를 하고 있었다. 덩굴장미가 만발하여 향기를 뿜어내고 아이들이 아빠와 함께 즐겁게 공을 주고 받으며 지절대고 깔깔 웃는 모습. 명수 씨 부부가 이제까지 전혀 본 적 없는 아름다운 풍경이었다. 그 행복한 모습을 보며 세 사람은 말없이 와인을 마셨다. 와인병이 비자 카니가 새 와인을 가지러 자리를 뜬 사이, 은주 씨가 남편을 흘겨보며 날카롭게 말한다.

"당신 비겁하군요. 왜 솔직하지 못하죠? 난 당신의 비밀이 의심스러웠어요. 난 이미 카니가 어리디어린 미혼모였다는 걸 말해 주어서 알고 있었어요. 아들과 기막히게 어려움을 겪으며 힘들게 살아온 내력도 들었어요. 여러 가지가 궁금하고 의심스럽고 그래서 더 관심이 많았는데 이제 여기 와서 그녀 아들의 퍼즐을 넣고 보니 똑 떨어진 그림이 보여지네요. 카니가 굳이 우리를 초대한 이유가 이해되지 않나요? 아니면 혹시 카니와 당신이 짜고서 나를 놀려 먹는 건가요?"

"아니, 아니 그건 절대 아니고, 나도 처음으로 왕이를 보았소. 두루 모두에게 부끄럽고 면목 없을 뿐이오. 근데 일인즉슨 까마득한 옛날의 에피소드. 잊고 있었고 솔직히 믿을 수 없었고 또 현실에서 인정한다는 게 매우 괴로웠소. 그런데 막상 와 보니 부정할 수 없음을 알게 되었소. 도대체 내가 어떻게 해야 하겠소?"

한없는 무력감을 느끼며 명수 씨가 소심하게 말한다.

"난 짐을 싸서 나가면 그만이예요. 난 홀몸, 아주 심플하죠. 카니와 그 아들을 인정하세요. 그리고 새 가정을 만드세요. 외롭고 힘들게 살아온 모자를 따뜻하게 감싸 주세요."

별로 술을 즐기지 않는 은주 씨가 와인 몇 잔에 놀랍도록 대범해졌다. 모르겠다. 진심에서 나온 말인지, 스스로의 설움으로 목이 메며 눈물이 왈칵 솟구쳤다. 카니가 새 와인 한 병을 들고 온다.

"카니, 당신도 나빠요. 우리 생활에 스파이처럼 스며들어 이렇게 해묵은 헤비급 지뢰를 터뜨리는 건 무슨 의미인가요? 우리 부부의 평온한 삶을 산산조각 파괴하려는 목적인가요?"

은주 씨는 흥분하여 두 주먹을 꽉 쥔다.

"미세스 리, 불쑥 나타난 우리 가족이 당혹스럽다는 거 이해해요. 하지만 당신이 유치하고 속 좁게 나온다면 나로선 대실망이예요. 난 당신을 무척 좋아하고 친근감을 갖고 있었거든요. 그리고 당신은 평소 모든 게 갖추어져 행복한 것 같았지만 단지 자식이 없어 아주 쓸쓸해했잖아요? 비록 당신이 낳지 않았지만 당신 남편의 아들, 가족을 보면 매우 좋아할 거라고 생각했어요."

문득 은주의 머릿속으로 시부모님의 이미지가 떠올랐다. 시아버지는 겉으로 드러내 말씀한 적은 없지만 깊이 탄식하다 돌아가셨던 것이고, 조금 더 오래 사셨던 시어머니는 내 생전에 자식을 보이라고 떼를 쓰셨다. 며느리, 네가 정 안 되면 아들 네가 나가서라도 자식 하나 낳아 오라고 성화셨던 시어머니. 은주 씨는 선천적 나팔관 협착으로 임신이 불가능한 여자였다. 그럼에도 꿈쩍 않고 은주를 아끼고 바른 생활만을 하던 남편 명수 씨. 은주의 흥분은 제풀에 꺼져 들고 자신의 결핍에 서러움으로 눈물만 쏟아졌다. 카니도 넘쳐나는 눈물을 두 손으로 닦아 내며 부드럽게 말했다.

"미세스 리, 우린 아무것도 바뀌는 게 없어요. 다만 새로 알게 된 사람들과의 관계망이 넓어졌다는 사실만 받아들이기 바래요. 얼마나 멋진 일입니까? 우리 모두 훌륭하지 않나요?"

카니는 각자의 글라스에 새로 딴 와인을 따랐다.

"그런 의미에서 우리 셋, 건배해요."

카니의 쾌활한 목소리는 마법처럼 세 사람의 긴장과 흥분을 스러지게 하고 구름에 가렸던 햇빛이 살짝 드러나듯 이들의 혼돈과 울분 속 마음이 가벼워진다. 카니는 잔을 부딪치고 길게 한 모금 마셔 목을 축인 후 다시 말을 이었다.

"저는 왕이 결혼하고 생활도 안정되자 평소 뜻한 대로 유엔본부에 들어가 일을 하고 있어요. 최근에는 '경제사회이사회'에서 일하고 있었지요. 세계 도처에서 일어나는 전쟁이나 천재지변이 있으면 즉시 현지로 가서 피해 현황을 조사하고 보고하며 또한 일목요연하게 도와야 할 목록을 작성하여 각 구제 활동 단체에 도움을 요청하는 거예요."

카니는 비워진 각 유리잔에 와인을 더 따르며 말을 계속했다.

"그런데 이번에는 좀 더 적극적이고 도전적으로 일하기 위해서 유니세프Unicef로 자리를 옮겼어요. 그리고 문화나 종교, 정치적 이유로 열악하기 짝이 없는 아프가니스탄 여성들을 위해 그곳으로 갑니다. 나는 자라나는 소녀들에게 교육의 기회를 주고 여성들의 인권신장과 사회참여의 획기적 변화를 위해 전력을 다할 겁니다. 기한은 정해진 것이 아니고 아마 거기서 오래 살 각오를 하며 떠나는 거예요."

"아, 거긴 아직 전쟁이 끝나지 않은 곳인데 위험하지 않나요? 오랜 역사로 종교나 문화적 편견이 너무 심하다고 하던데."

은주 씨의 말이다. 명수 씨도 걱정스럽게 카니를 바라본다.

"충분히 알고 있어요. 다른 국제 봉사 단체들과 연대하여 일을 진행할 겁니다. 그리고 이제 곧 출발할 날짜가 되었어요. 그래서 클리너 공장에서 일도 더 못하게 됐어요. 죄송해요."

카니는 너무 많은 말을 쏟아낸 듯 와인을 한 모금 더 마신다. 그리고 의미심장하게 명수 씨 부부를 응시했다.

"제가 바라는 것은 오늘 처음 인사한 내 아들 왕이와 그의 가족을 포함한 모두 함께 원만하고 정다운 인간 관계를 형성해 주시라는 것입니다. 제 의도는 이것이 전부입니다." 하며 나머지 잔을 비운다. 카니의 긴 이야기가 끝나고 그들은 각자 다른 상념으로 조용히 와인잔만을 비운다.

늦어지는 저녁 시간, 명수 씨 부부가 카니의 집을 떠날 때, 은주 씨가 닥터 김에게 말했다.

"머지않아 당신을 우리 집에 초대하겠어요. 당신 가족 모두 꼭 와 주세요."

"아, 물론 가겠습니다. 잊지 않고 기다리겠습니다."

왕은 정말 기쁜 듯이 말했다. 명수 씨는 말할 수 없이 행복한 마음과 뿌듯한 마음, 그러나 뭔지 서운하고 아쉬운 마음 그 양극의 심정에서 분간이 안 가는 어색한 웃음을 띠며 고개를 끄덕이는 것으로 대신했다.

닥터 김도 더없이 부드러운 눈길로 명수 씨를 바라보았다.

2

마리는
누구인가

마리는 누구인가

무더운 나날이었다. 바깥은 뜨거운 칠월의 폭염이 까만 아스팔트를
한껏 달구고 있었다.

설란이 일하는 이 공장 안도 별반 다르지 않았다.

여러 기계에서 뿜어져 나오는 뜨거운 스팀에 그녀의 뺨과 목에서는
땀이 냇물처럼 흐르고 온몸은 금방 물에서 나온 듯 푹 젖었다.

설란은 이 뜨거움이 좋았다. 몸과 마음, 정신 속에 가라앉은 불순물
과 앙금이 들끓는 땀에 용해되어 배출되는 후련한 카타르시스를 느끼
는 것이다. 그녀는 세탁소에서 바지를 전문으로 다림질하는 팬츠 프레
서이다. 일이 하루 종일 서서 하는 것이고 무지 힘든 노동이지만 그녀
는 자신의 일이 나쁘지 않았다. 최신 기계의 성능이 좋아 웬만하면 기
계가 다 해 주지만 손끝에서 주름이 반듯하고 깔끔하게 다림질된 바지
를 행거에 걸어 내는 직업에 그녀는 만족했다. 이렇게 열심히 일한 대
가로 주말마다 봉투에 담겨 건네지는 $600 페이pay 또한 그녀의 큰 보
람이었다. 평일에는 일 때문에 시간이 없고 일요일은 교회에서 하루 종
일, 그래서 그녀는 실제 돈 쓸 일이 거의 없었다. 외삼촌네 얹혀사니 의
식주의 부담이 없다. 가끔 그녀 자신이 선호하는 초콜릿이나 쿠키, 아
이스크림을 가까운 편의점에서 사 가지고 와, 세상 이야기 잡담을 나누

며 사이좋게 나눠 먹으면 외삼촌은 그것으로 대단히 행복해 하고 "내가 너를 데려오기 잘했어. 네가 있어 다행이야."를 연발했다. 설란은 쓰지 않은 돈을 $1000 단위로 돌돌 말아 고무밴드로 묶어 옷장 서랍 속에 넣어 두고 마음으로 부자가 되었다.

그런데 그가 설란의 눈앞 프레스대에서 일을 시작한 후로 설란은 자꾸 그에게 신경이 쓰였다. 큰 키지만 비쩍 말라 좁다란 등판에 여리고 긴 팔, 빈약한 근육의 가느다란 다리, 그보다도 그는 당최 첨 하는 노동인 양 동작이 영 어설펐다. 그러나 엄숙할 정도로 집중하여 전력을 쏟아 열심히 일하는 그의 모습이 우습다가 안쓰럽다가 끝내는 자신의 과분한 오지랖이 조금 머쓱해지기도 했다. 그가 온몸이 땀범벅이 되어서 한눈도 안 팔고 성실하고 진지하게 일하는 모습을 보며 그녀조차도 무의식 중에 속도를 내어 열심히 바지를 다림질하게 되었다.

엊그제 평소 말이 없던 그가 불쑥 그녀에게 이름을 물어 왔다.

"한설란이예요." 라고 말하자 그는 땀으로 젖은 수척한 얼굴에 빙그레 웃음을 보였다.

"설란, 나도 알고 있는 설란이 있는데…. 이름 참 예뻐요."

"어머! 설란이 나 말고 또 있어요? 드문 이름인데, 궁금해요. 그 설란은 특별할 거 같아요, 누구지요? 얘기해 주세요."

결국 그녀가 졸라서 그들은 일이 끝난 후 근처 카페에 들어가 그가 알고 있는 설란의 얘기를 듣기로 했다.

설란은 중국 태산이 원산지로 일월에서 이삼월경 눈 속에서 피어난다고 했다. 눈 위로 엄지 검지 사이 한 뼘쯤 파아란 대궁이 올라오고 칼

끝 같은 잎새 몇이 올라와 대궁 끝에 여리디여린 보라색 꽃이 땅 쪽으로 고개를 숙여 함초롬히 피어나는데 그 청아한 향기가 삼사백 미터 사방으로 은은하게 퍼진다고 했다. 그녀의 눈을 똑바로 응시하며 말하는 그의 강한 눈길을 감당하기 벅차 설란은 그만 눈을 내리깔아 당황한 마음을 숨기려 했다.

"한겨울 눈 속에 꽃이라니요. 정말 신비하고 고고한 꽃이군요. 그런 꽃 한번 보고 싶네요."

그녀는 들뜬 목소리로 말했다.

"그런데 난 그 꽃을 우리나라 소백산에서도 보았어요. 한겨울 산 능선을 오르는데 난데없이 내 영혼을 끌어당기는 듯한 꽃향기가 났어요. 마치 과거에 어느 한때, 아니 전전생에서 늘 맡았던 것처럼 익숙한 냄새였어요."

그는 갈증을 느껴 물 대신 담배를 꺼냈다. 한 개비를 입술에 물고 불을 부치며 말을 계속했다.

"향기 따라 눈길을 돌리니 오목한 양지에 십여 그루 군락을 이루며 눈 속에 설란이 피어 있는 거예요. 그 놀라움과 기쁨은 이루 말할 수 없었지요."

그는 먼 눈길 되어 파르스름한 담배 연기 한 모금 내뿜은 다음, 푸른 기체 뭉게뭉게 부유하는 허공을 바라보았다.

"마음 같아선 한 포기 파내 가지고 와서 우리 집 뜰에 심고 싶었어요. 하지만 그 꽃은 바로 거기, 그 자리에 있어야만 그 빛깔 그 향기 그 생명을 지킨다는 생각에 내 욕심은 접고 대신 내가 겨울마다 그 꽃을 찾기로 마음을 정했어요."

그래서 그는 매 겨울마다 눈 속에 피어나는 신비하고 향기로운 설란을 보러 그곳을 찾아갔다. 엉덩이 아래 눈의 차가운 감촉도 잊은 채 한동안을 설란의 청초하고 수줍은 자태와 향기에 도취되어 머문다고 했다. 하얀 눈으로 덮인 깊은 산속, 어느 양지바른 골짜기에 숨은 듯 보이는 듯 피어난 설란의 신비한 자태와 감도는 맑은 향기, 거기 매혹되어 떠날 줄 모르고 하염없이 앉아 있는 나그네, 그의 엄숙하고 진지한 모습과 에워싸고 있는 고요, 이러한 상상에 설란까지도 아름다운 전율에 마음이 아득해졌다.

"그러나 미국에 온 후 그곳에 가 볼 수 없어 쓸쓸했는데…."

그는 설란을 바라보며 활짝 웃었다.

"여기서 설란 씨를 보니 반갑네요!"

얼마 후 그는 설란에게 그림 한 점을 주었다. 무한한 시공인 양 하얀색 비단 폭에 날렵하고 유연하게 뻗은 다섯 개, 길고 짧은 잎새, 그리고 수줍게 이파리 사이로 보일락 말락 피어난 세 송이 설란, 수묵의 농담으로 원근감을 주며 세심하게 그려 낸 설란은 은은한 향기를 품은 듯했다.

아래쪽 왼편으로 써 내려간 휘호.

"향기가 나를 부르네."

그리고 붉은 낙관으로 찍은 '나석'이라는 이름이 선명했다.

설란은 자신의 춥고 어두운 방 안에 환한 불이 켜지고 움츠렸던 손과 발이, 피어오르는 온기로 따뜻해지고 있었다.

그가 일을 그만둔다고 했다. 카운터 미스 손이 무심코 전해 준 말이다. 그 말을 듣는 순간, 설란은 가득히 부풀어 올랐던 만조가 썰물 되어 빠져나가듯 마음이 휑해지고 눈앞이 그대로 어두워졌다. 순간 설란은 다시 한 번 자신의 약점을 확인한다. 마음의 허약함과 어수룩함, 도대체 허락 없이 들어와 자리 잡은 그의 존재, 그리고 겪게 되는 이 무너지는 듯한 소멸감. 그녀는 그런 자신에 대한 연민으로 남모르게 혀를 끌끌 찬다. 그리고 슬그머니 앞쪽 프레스대를 건너다보았다. 그는 땀으로 등판이 쩔어 있어도 여전히 꼿꼿한 자세로 푹푹 스팀을 내뿜으며 재킷을 다림질하고 있었다. 빠르고 익숙한 솜씨는 아니지만 쉬지 않고 꾸준히 신중하고 꼼꼼하게 일하는 그를 주인도 인정해 주었다. 주인이 먼저 레이아웃시키는 건 아닐 텐데 그가 이곳을 떠나는 이유는 무엇일까.

설란은 그의 생각으로 일이 손에 잡히지 않은 채 하루가 엄벙덤벙 지나갔다. 드디어 그가 일을 끝내고 모든 직원들과 작별의 악수를 나누는 것을 보며 그녀는 먼저 주차장으로 향했다. 낯익은 그의 검은색 랜드로버 짚차가 보이자 그 뒤로 몸을 기대고 하늘을 올려다보았다. 오랜만에 보는 것처럼 낯설게 다가오는 하늘은 아직 한낮의 더위를 품은 채 대지와 함께 펄펄 끓고 있다. 해가 지려면 한참 더 있어야 하는 긴 여름 오후의 한나절.

그의 모습이 보였다. 직원들과 인사를 나누며 누군가 "이젠 뭐 하실려구요?" 하는 물음에 "우선 천천히 여행이나 할 겁니다." 하는 그의 말과 "우와! 팔자 좋으십니다. 여행 좋지요." 하는 약간 선망과 질투 어린분위기에 상기되었던 그의 얼굴이 이젠 창백하도록 굳어진 표정 없는얼굴이 되었다. 그는 설란을 보고도 내면의 생각에서 벗어나지 못했는지 느린 반응으로 겨우 "설란 씨." 하며 몽롱하게 바라보았다.

"네, 의논 드릴 일이 있어 얘기 좀 하려구요."

하지만 가까운 카페에 들러 주문한 아이스티가 가득 든 컵에 물기가흘러내려 흥건하게 바닥에 고이는데도 서로는 아무 말이 없었다. 다만흐르는 음악 속에서 각자의 상념에 깊이 잠겨 있을 뿐. 설란은 할 말이있다고 했으나 그게 무언지 새삼 생각하고 있고, 설란이 떠나보내기 감당이 안 되었던 그의 시선은 나즈막한 음악이 흐르는 허공, 그 어디쯤에 멈추어 있을 뿐이었다.

그들에겐 서서히 저물어 가는 여름 한낮에 대해서도, 또 쉬임 없이 들어오고 나가는 사람들의 행렬에도 전혀 관심 없었다. 온 우주 공간에 단둘이서만 표류하고 있는 듯 그렇게 멍하니 다른 생각에 잠겨 있었다. 그러나 그들은 그 시간이 무척이나 아늑하고 편안했다. 그대로 정지되어 영원으로 흘러간다 해도 좋을 정도로.

"십장생을 아시나요?"

오랜 침묵을 깨며 설란이 불쑥 물었다.

"우리나라 전통 민화 말인가요?"

"네, 그게 뭔지 잘 몰라서요."

"세상 만물 중에서 영원을 상징하는 해나 구름 물 돌 같은 자연물, 또 생명이 있는 것 중에서 장수한다고 믿는 거북이나 기린 학 소나무, 신선들이 먹는다는 천도복숭아와 신비의 불로초인 영지버섯 등등 그런 걸 소재로 그린 옛 조상님들의 전통적인 그림을 십장생이라 칭했지요."

그는 설란의 뜬금없는 질문에도 차분하게 대답했다. 그러나 집중되지 않는 나른함.

"아, 장수의 상징들이 정형화되었군요. 난 조상님들의 그런 풍류라고 해야 하나, 감성이라고 해야 하나, 그런 게 좋아요. 시대를 초월하는 공감과 친근감 말이예요. 그 안에서 우리 조상님들의 순박한 염원을 볼 수 있어 좋지 않은가요? 영생불사의 상징들을 우리 생활 속에 놓고 건강한 장수를 기원하는 소망이요."

"건강한 장수…."

문득 그가 되뇌이며 입가를 비틀어 시니컬하게 웃었다.

"어머, 미안해요. 내가 뭐 잘못 말한 건가요?"

"아니, 아니, 아닙니다. 다만 내가 좀 딴생각을 하느라고. 아, 내가 미안해요."

강하게 부인하는 그에게 설란은 이제 핵심을 꺼내야 한다고 생각하며 그를 똑바로 응시했다. 지치고 공허한 그의 얼굴은 여느 때보다 더 피곤하고 늙어 보였으나 그의 눈은 설란을 향해 따뜻하게 웃고 있었다.

설란이 말했다.

"나는 그런 간절한 꿈을 지닌 한 사람을 알고 있어요. 그 사람은 바로 내 외삼촌이예요. '건강한 장수' 따위 관심도 없던 젊은 시절, 외삼촌은 정말 별 고생 다 하면서 돈을 벌었어요. 한참 아메리칸 드림이 유행이던 1970년대였어요. 시절도 한몫했고 외삼촌도 열심히 일한 결과 거의 부자가 되었지요. 그러나 너무 돈 벌기에만 몰두하다 보니 인생에 다른 면은 온통 부실함투성이가 됐어요. 가정이란 조합이 이루어지지 않았고 그리고 나이가 들며 육신이 무너지고 가진 거라곤 돈밖에 없는, 그리고 머릿속에 그리는 꿈과 소망과 염원만으로 지탱하는 가엾은 분이 되셨어요."

"꿈과 소망과 염원을 갖고 계시다구요?"

그가 놀랍다는 듯 반문했다.

"외삼촌의 뚝심은 굉장하세요. 뭔가 하고자 하는 목표가 생기면 끝까지 밀어붙이고 이루어내는 힘, 그게 그분의 인생을 지배해 왔지요. 그런 분이 삼 년 전 폐암에 걸린 걸 알았을 때 그 스스로 말년에 안주할 이상적인 멋진 집을 계획하셨어요. 알아요. 말년을 안주하기는 너무 늦은 감이 있기는 하지만요. 근데 뭔가 꼭 해야만 한다는 신념 앞엔 죽음도 다가오지 못하나 봐요. 아직 일을 하고 계시다니까요. 그러나 이제 집이 거의 마무리되어 가는데 우리 외삼촌은 다시 기력이 떨어져 가고 있어요. 저는 겁이 나요. 집이 다 완성되면 아마 몸져누우실 거 같아서요."

설란은 아이스티를 마신다. 외삼촌의 실의와 아픔을 생각하면 갈증으로 입안이 마르고 그래서 설란은 얼음이 다 녹아 홍차의 맛이 연하게 남고 밍밍한 아이스티를 한참이나 마셨다. 밖은 이미 어두워져 실내가 더욱 밝은 조명으로 빛나며 조금 더 사람들로 북적였다. 내일이면 훌쩍 떠나 미지의 다른 길로 흘러갈 사람에게 외삼촌 얘기라니, 어이없고 우습다고 생각하며 그를 보니 의외로 그는 정색하고 호기심으로 가득한 표정인 채 진지하게 다음 이야기를 기다리고 있었다.

"부탁이 있어요. 외삼촌이 새로 지은 집에 아직 빈 벽이 있어요. 그 자리는 십장생도가 들어갈 거실의 한 벽면이예요. 외삼촌은 그곳에 꼭 십장생도를 그려 넣고 싶어 하세요. 화가를 백방으로 수소문했으나 이 미국 땅에서 마땅히 구할 수 없어 지금 비어 있어요. 그곳을 십장생도로 메꿔 주시면 외삼촌 집은 완성이예요. 우리 외삼촌의 간절한 염원을 위해 십장생도를 그려 주세요. 당신이라면 훌륭하게 해 주시리라 믿고 부탁드려요."

"아, 그거였군요."

그가 희미하게 웃었다. 너무 뜻밖에 엉뚱한 부탁임에도 놀라거나 거부의 몸짓이 아닌 따뜻한 미소, 그의 인간에 대한 근원적이고 폭넓은 이해와 긍정이 설란의 마음을 또다시 설레게 했다.

"그럼 가능한 방향으로 잘 생각하시고 꼭 연락해 주세요." 하며 일어서는 설란은 결코 이것이 그와의 마지막은 아니라는 믿음으로 가볍게 굿바이 인사를 했다. 마치 미루었던 숙제를 다 해낸 어린 학생처럼 발뒤축을 들어 팔랑팔랑 가볍게 걸어가는 설란의 뒷모습을 지켜보던 그는 천천히 주차장으로 가며 인생의 갑작스런 변수에 머리를 흔든다.

우선 다음 날 일찍 출발하려던 여행을 미루고 그리고 마무리하려던 모든 일을 일단 중단하고 그리고 십장생도를 고민해 봐야겠다. 정말 좋은 소재이고 좋은 의미이고 그리고 그윽하고 예스런 형상과 조화, 그래서 한번 몰두해 볼 만한 그런 기회 아닌가. 더 중요한 건 그가 아직 세상에 남아 할 일이 있다는 게 무척이나 가슴 벅차고 뜨거워지는 게 아닌가.

얼굴로만 몰려드는 밝고 뜨거운 햇살에 와락 짜증을 내며 눈을 뜬 마리는 정신이 몽롱했다. 커튼 사이로 들어온 햇살이 강렬한 건 꽤나 늦은 아침이라는 것도 그녀는 몇 번이나 눈을 깜박인 후 알게 되었지만, 지난 밤 언제 어떻게 누가 집에 데려다주었는지 도무지 깜깜했다. '아, 내가 또 무슨 실수를 한 거야.' 마리는 후딱 건너편 옆에 트윈베드를 본다. 남편 사이드는 사람이 누웠던 흔적조차 없이 말쑥하고 집 안은 적막하기만 했다. 마리는 가슴이 덜컥 내려앉았다. 정말 이이가 떠나고 만건가?

어제 아침에 남편이 그랬다.

"나 내일 떠날 거다. 언제 오느냐고 묻지 말고 기다리지도 말아라."

마리는 언제부턴가 맨정신으로는 남편에게 아무런 대꾸도 못했다. 그렇다고 남편이 마리에게 많은 말을 하는 것도 아니기 때문에 그들은 한 지붕 아래서 부부라는 관계로 엮여 덤덤하게 살고 있을 뿐이었다.

그러나 마리가 술을 한잔 걸쳤다 하면 그런 아슬아슬한 균형도 깨지고 만다. 마리는 평소 불만과 울화가 그대로 폭발하여 큰소리 욕설 폭행 행패 포악이 마구 쏟아져 나오고 끝내는 통곡으로 밤을 지새우는 것이다.

"야! 이 나쁜 자식아, 나를 용서해 주지 말지. 왜 암말 없이 살고 있니? 그래서 나를 이렇게 죽지도 살지도 못하는 연옥살이를 시키냐? 차라리 이 못된 년을 발길로 뻥 차서 내쫓아라. 야 이 쪼다 같은 놈아, 내가 네 얼굴을 보느니 지옥 염라대왕하구 대면이 더 낫겠다. 너 무서워, 너 웃는 얼굴이 더 무서워."

　이런 되지도 않는 주정으로 온밤 소란을 떨다가 새벽이 다 되어서야 지쳐 잠드는 못된 술버릇. 마리는 머리와 이마를 톡톡 치며 토막토막 기억나는 어젯밤을 떠올렸다. 같이 일하는 디렉터 토미 김, 비지니스와 연관된 사람들을 만나 상담하거나 직원들과의 미팅, 식사까지, 사실 남편보다 더 많은 시간을 함께하는 그에게 거의 안기다시피 집에 돌아와 남편이 뻔히 보는 앞에서 토미를 끌어안고 자고 가라고 붙잡았지. '헤어지기 싫어.' 하면서. 아 이 주책, 날 어째야 하나. '떠나기로 맘먹은 남편이 밉고 원망스러워 그딴 식으로 폭발이 되었던가. 정말 이이가 가 버렸으면 어쩌지? 작별 인사도 없이 가 버리다니.'

　"절대 안 돼. 네버 에버 노우!"

　마리는 벌떡 일어나 가운을 걸치고 거실로 나갔다. 거실은 블라인드가 올려져 있어 밝은 햇빛이 화사하고 화씨 73°F로 에어컨이 작동되어 적당하게 서늘했다. 하지만 남편의 기척은 없다. 어디로 갔을까. 쌩 바람만 울리는 동굴 같은 가슴으로 먼저 파킹랏을 내다보았다. 남편의 검은색 랜드로버가 거기 있었다. 우선 안심하고 다음 발걸음은 백가든의 데크, 거기서 남편은 종종 커피를 마시며 신문을 보곤 했다. 그러나 거기에 그는 없다. 마리는 분주하게 눈을 굴려 가든 전체를 둘러보았다. 이윽고 그녀는 반신반의 놀라움의 시선으로, 가든 한편 별채의 화실을 바라본다. 창문이 활짝 열려 있는 것을 확인하며 마리는 뒷문을 밀치고 바람같이 달려 나간다. 여름날 아침 뜨거운 햇살이 마리의 조각같이 반듯하고 하얀 얼굴에 내리꽂혀도 전혀 신경 쓰지 않고 앞만 보고 달린다.

　정말 남편은 거기 있었다. 그는 아침 일찍 일어나자 오랫동안 잠겨 있던 화실의 문을 열고 먼지 낀 바닥을 청소했다. 여기저기 뒹구는 오래된 데생화, 굳어 버린 물감, 물통, 구겨서 던졌던 종이 조각들을 치우고 물걸레로 구석구석 말끔하게 닦았다.

마리는 우선 두근대는 가슴을 쓸어내리며 그러나 속마음과 달리 앙칼지게 쏘아붙였다.

"흥, 왜 아직 떠나지 않고 있어? 당신 말대로라면 지금쯤 어딘가 거리를 헤매고 있어야 되는 거 아닌가?"

분이 안 풀린 듯 마리는 계속 앙알댄다.

"다신 안 볼 줄 알았구만. 난 정리가 다 돼 있는데 당신은 아직 미련이 남았나 봐. 이봐요, 나석 화백님. 난 이제 당신 따위 관심 없거든."

"알아, 마리. 당신 나 없으면 못 산다는 거 이미 고백했거든."

"언제, 언제 내가 그랬다고? 거짓말, 쌩까고 있네."

"어제 당신이 날 붙잡고 울며 불며 가지 말라고 매달리더라구. 다 잊었나?"

"어머, 이런! 난 전혀 기억이 없는데요."

이제까지 빙그레 웃으며 농담처럼 말하던 남편이 써늘하게 웃음을 거두고 건조하게 말했다.

"내게 할 일이 생겼소. 그 일이 아마 나를 바꿀지도 모르겠소."

"흥, 많이 바뀌세요. 나하고는 상관없는 일이니까."

마리는 조롱하듯 소리쳤지만 '그래, 난 변할 수 없어. 저이에게 집착하는 내 마음은 바뀌지 않아. 난 왜 그를 배척하지 못하는 걸까?' 하는 엉뚱한 생각에 잠기며 돌아섰다.

자기가 무슨 고대 로마 황후라도 되는 양, 턱을 높이 쳐들고 새하얀 실크 가운을 펄럭이며 안채로 뛰어 들어가는 도발적이고 당당한 모습을 바라보며 나석은 새삼 피식 웃었다. 그러나 다음 순간 자신이 이렇게 웃을 상황이 아니라는 생각에 막막해진다.

'저 잘나고 멋진 여자를 나는 어째야 좋을까.'

마리는 꽤 괜찮은 여자다. 아름답고 재능있고 언변도 좋아 사회적으로도 잘나가는 텍스타일 디자이너이다. 독자적으로 그녀 자신의 사무실을 차려 그 방면에 전망 있는 젊은이들을 고용하고 그들과 함께 새 아이디어를 창출하고 종합하여 만든 새롭고 훌륭한 작품을 각 유명 섬유회사에 공급한다. 언제나 시대성을 고려하며 첨단으로 개발해 내는 그녀의 상품은 고급화, 특성화를 지향하는 일류 섬유회사에 좋은 가격으로 넘겨진다. 새 아이디어 경영 상담, 어느 하나 막힘없이 잘나가는 그녀의 사업이 그녀를 더 방자하게 만드는 것은 아닐까. 그런데 그녀의 바람기는 천성적인 것일까.

대학원생이었던 나석은 마리가 겨우 대학 2학년이었을 때 만나 천지 사방 영문도 모른 채, 둘은 결혼을 했었다. 대학 동문들과 함께 한국화 전시회를 열었던 어느 조그만 전시장에서 처음 그들은 만났다. 그녀는 명문 H대에서 디자인학과 재학 중이라고 했다. 모르겠다. 그녀가 그의 어떤 면에 그렇게도 빠졌던 것일까. 나석은 대학을 졸업하고 군대를 다녀오고 또 대학원에 재학하면서 오로지 그림, 한국화, 그의 중심 화제인 소나무만을 생각했으므로 변변한 연애 한번 못했었다. 그런 그에게 마리는 뜨겁게 꾸준하게 일방적으로 삽질을 해 왔다. 그래서 둘은 자주 데이트를 하였고 사랑하게 되었고 그리고 마리의 불같은 성화에 결혼까지 했다. 무엇이 잘못이란 말인가. 그들은 젊었고 둘은 사랑(이라 생각)했고 모든 주변은 순탄하게 그들을 돕고 축복해 주었다. 신혼살림은 마리와 그녀 아버지가 단촐하게 사는 집에 차렸다. 그곳은 정원이 딸린 크고 넓은 집이었다. 탄탄한 중소기업 사장인 마리 아버지는 어지간한 재력가였다. 어려서 엄마를 여읜 마리를 여느 엄마보다 더 지극정성으로 키우며 그는 딸에게 'NO' 하는 부정적인 언어는 전혀 하지 못했던 딸바보 아빠의 전형이었다.

그들의 결혼도 그의 딸에 대한 무한한 관용으로 순조롭게 이루어졌고, 마리가 왜 그토록 이기적으로 당당하고 자신만만했던지의 성격 형성도 그는 이해하게 되었다. 또한 그녀는 지독한 아버지 의존증, 즉 파파걸이었다는 것도 알게 되었다. 그런 끈끈한 유착 관계가 그들 부녀간 행복과 평형의 원천이었음을 그는 이해했고 그들의 행복을 다치지 않으려 조심하면서 그도 그 가족의 일원으로 무리 없이 흡수될 수 있었다. 그러나 신혼의 행복은 오래가지 않았다. 1980년 그 당시 새로이 각광 받는 텍스타일 디자이너로서의 첨단 컴퓨터 기술을 배우기 위해 미국 유학이 꼭 필요하고 한시가 급하다는 마리의 안달 때문이었다. 나석은 나석대로 한참 한국화 그림에 매달려 작품 제작과 전시 공모전에 참여하느라 바빴고 특히 어렵게 모신 한국 동양화의 대가 운보 선생의 문하에 들어가 매진 중이었다.

"그래, 마리 너 먼저 들어가 공부해라. 난 내 일을 어느 정도 매듭진 후 들어갈게."

그들은 그렇게 타협하며 헤어졌다. 놀랍게도 마리의 아버지는 한국에서의 사업을 모두 접고 전 재산을 정리하여 마리와 함께 미국으로 아예 이민을 가 버렸다. 그로서는 '오히려 잘된 일이야. 아버지가 있어 마리는 안전하게 미국에 적응하겠지.' 하며 다행으로 여겼다.

그가 마리를 찾아 미국으로 들어온 것은 8년이 지나서였다. 작년에 마리의 아버지가 세상을 떠났으므로 혼자 살기가 너무 힘들다는 마리의 독촉이 있었다. 그도 어지간히 세상일에 지쳐 갔고 무엇보다 마리가 그립고 보고 싶었다.

그런데 미국에서 만난 마리는 두 아이를 그에게 소개했다. 검은 머리 남자아이 엘리옷은 6살, 하얀 피부에 커다란 눈의 여자아이 샤론은 이제 4살.

"아가들아, 기다리던 니들의 대디가 오셨단다. 인사해야지."

그녀는 그렇게 말했지만 누가 보아도 그의 자식은 아니다. 어색한 인사가 끝나고, 아이들을 내니에게 맡겨 내보낸 후, 오랜만이라고 반갑게 안겨 오는 마리에게 그는 최대한으로 감정을 억제하고 평정을 가장한 목소리로 물었다.

"저 아이들을 우리의 아이라고 입적시킨 것이요?"

마리는 대답이 없었다. 그가 재차 묻자 "당신이 원한다면 이혼해도 좋아요." 하는 게 그녀의 대답이었다.

"그래 저 아이들의 아비들과는 아직 관계가 있소?"

그건 아니라고 했다.

"그들은 자기 자식들이 있는지조차도 몰라요. 난 단지 예쁜 아이를 갖고 싶었을 뿐이었다구요."

마리는 다소 의기양양하게 말했다. 그리고 어이없어 멍하게 서 있는 그의 곁을 쌩하니 스쳐 그녀의 작업실로 들어가 버렸다.

'아, 마리. 당신은 철면피요? 백치요?'

그의 마음속 지옥의 시작이었다.

그러나 마리는 그의 갈등은 아랑곳없이 저녁 잠자리에 뜨겁게 파고들었다.

"당신이 내게 온 게 얼마나 다행인지 몰라요. 난 아빠가 돌아가시고 난 뒤 혼자 남았다는 게 무척이나 무서웠다구요."

마리는 처음 만났던 당시부터 철저한 아버지 의존형 딸이었지만, 아직도 아버지 의존에서 벗어나지 못한 모양으로 바들바들 떨며 그의 품속을 파고드는 마리에게 그는 측은함과 애처로움으로 마주 꼭꼭 안아 주는 것이었다.

그러나 마리의 분방함은 그의 존재가 있음에도 여전하였다. 비지니스 관계라며 바에서 사람들과 모여 이성을 잃을 정도로 술을 마시고 아무하고나 어울리며 밤을 지새우는, 윤리나 도덕이라는 관념은 전혀 물 건너간 듯한 그녀의 생활.

'도대체 네가 왜 이렇게 사는 거니? 미국이라는 사회가 이 따위인 거니?'

그는 절망했고 그의 생활은 무너져 갔다. 울화가 치밀면 목적도 없이 차를 타고 한없이 하이웨이를 달리거나 말 없이 한국으로 홱 건너가거나, 그러나 갈등이 깊어질수록 그의 생각은 마리를 썩 벗어나지 못하고 다시 제자리로 돌아올 뿐이었다. 그리고 무럭무럭 자라는 그의 생소한 아이들에게 아빠로서의 자상한 역할을 해냈다. 아이들은 사랑스럽게 건강하게 잘 자라났고 학교 성적도 좋았다. 마리는 육아에는 자기 사업처만큼이나 정성을 다하여 항상 튜터를 고용해 아이들의 학습을 도왔다. 그런데 아이들이 진급하는 미들하이 부터는 먼 기숙학교로 보내 집에서 떠나게 했다. 멀리 떠나보낼 수밖에 없는 이유는 황당하게도 마리의 지나친 주벽 때문이었다. 마리는 마음속에 불만 불평이 쌓이면 영락없이 술을 만땅으로 들이켜고 들어와 주정으로 날밤을 새우는 것이다.

"나는 죄 많은 여자, 나를 동정하지 말고 내 곁을 떠나라. 난 우리 아빠만 있으면 된다. 내 맘속에 아빠는 하늘나라에도 안 가시고 내 곁에 남아 여전히 너그럽고 다정하게 나를 지켜 주신다."라고 소리쳐 대며.

"야, 나석 선배. 위선 떨지 말고 나를 떠나라. 생판 모르는 딴 놈의 자식들을 기르는 게 너는 좋으니?"

알고 보면 마리는 그에게 깊이 주눅 들어 있었다.

"마리, 제발 기죽지 마라. 이왕 네가 저지른 것 너답게 뻔뻔하고 이기적으로 살아라. 그게 너다운 면모고 나에게도 납득이 간다. 네 약한 모습으로 나를 헷갈리게 하지 마라."

그는 말도 안 되는 걸 위로랍시고 주절대며 그녀를 껴안고 입을 맞추며 자리에 눕히기도 했다.

때때로 마리, 그녀는 거친 방황 중에 문득 제정신이 돌아온 소녀처럼 깨끗한 민낯, 생머리를 늘어뜨리고 그의 품으로 왔다. 마치 신혼 초, 처음 남자 품에 안기는 수줍은 신부처럼. 그는 그녀를 물리치지 못하고 지옥불 같은 정염으로 으스러질 듯 껴안으며 마구 짓밟았다. 사랑이여, 미움이여, 갈증이여, 나를 태워 버려라. 그녀의 흐느끼는 소리에 그도 까무룩 정신을 잃는다. 아침에 날이 새고 그를 떠나기 전 마리는 속삭였다.

"당신이 있어 나는 힘이 나요. 언제나 내 곁에 있어 줘요. 떠나지 마요."

그는 마주 미소 지으며 입 맞출 수 없다.

'마리도 알고 있겠지. 나는 네 관대하고 너그럽던 아빠가 아니야.'

그는 돌아눕는다. 그러면서 그의 인생은 삶의 색감과 윤기를 잃고 서서히 사그라져 갔다.

때로 그는 자신의 힘과 의지력을 시험하려고 중노동으로 뛰어들기도 했다. 집 리모델링을 하는 건축 현장에서 페인팅 루핑 사이딩을 닥치는 대로 하거나 드라이클리닝 공장에서 땀을 쏟으며 프레스대를 잡든지,

힘의 한계까지 가혹하도록 혹사하며 도박처럼 자신의 육신을 던져 보기도 했다. 그러나 지리멸렬한 인생의 좌표는 '절망'이라는 표지판 앞으로 돌아와 머무를 뿐이었다.

'아, 나는 왜 벗어나지 못하는 걸까. 마리의 분방함, 마리의 나를 향한 어이없는 신뢰. 그래, 네 왕성한 삶의 의욕 그 나름 편안한 삶의 공식, 그 앞에 차라리 내가 내 삶을 접는다.'

그는 진심으로 원하지 않던 죽음의 덫으로 스스로를 서서히 옭아매어 갔다.

그런데 비로소 그는 마음이 끌리고 집중되는 일을 찾았다. 우연찮게도 온통 눈으로 덮여 막막한 산속에서 은은한 향기를 풍기는 청초한 설란, 그 여자를 알게 됐다. 죽음의 종착역을 조금 유예해도 되지 않을까 하는 마음이 꾸물꾸물 살아나기 시작하는 것이다.

설란이 자신이 살고 있는 집에 그를 초대했다. 와서 그림이 그려질 공간을 보고 계획해야 하는 것 아니냐고 해서다. 그는 당연하다며 기꺼이 그녀의 집을 방문했다. 이번에야말로 불세출의 걸작을 만들고 싶다는 의욕이 솟구쳤다. 설란의 외삼촌이 구상하고 설계하여 직접 지었다는 집은 정말 입구부터 남다른 특이한 손길이 느껴졌다. 프라이빗 도로에 명자나무가 가지런히 심어져 있고 현관 앞 둥근 정원에는 자그마한 대리석 분수에서 무지갯빛 물이 뿜어져 나왔다. 높은 대리석 석주가 양쪽으로 아치를 이루고 있는 안쪽으로 육중한 티크 소재 현관문. 어딘가 졸부의 조급한 염원이 애처롭다는 그런 느낌이 살짝? 그러나 선입감은 금물. 여하튼 건축물이 미니어처 신전같이 귀엽고 독특했다.

설란과 그녀의 외삼촌은 매우 반갑게 그를 맞이했다. 설란의 외삼촌은 70 중반쯤의 노인이지만 눈빛이 번쩍였고 쫙 편 가슴이 당당했다. 널따란 응접실, 가죽 소파에 좌정한 후 노인은 경계하고 감찰하는 날카로운 눈빛으로 그를 샅샅이 훑어보고 있었다.

'설란, 넌 나를 어떻게 소개한 거니.'

그는 속으로 가파른 비명을 지르며 등허리에는 진땀이 배어났다. 그러나 그는 침착하게, 준비해 간 작품첩을 보이며 자기 소개를 했다.

"저는 한국화 화가인 나석입니다. 전통 한국화의 맥을 이어 오신 운보 선생님 문하에서 11년을 배웠고, 대한민국 미술 공모전에 세 번 상을 받았으며, 미국 오기 전 개인전을 두 번 했습니다. 저의 대표 작품 도록인데 참고 삼아 보십시오."

노인은 돋보기를 쓰고 작품집을 찬찬히 살피었다.

"주로 소나무를 많이 그렸군. 소나무를 좋아하시오?"

"네, 저는 소나무를 그리려고 전국의 잘생긴 소나무를 찾아 방방곡곡 돌아다녔지요."

"소나무가 맘에 드네. 십장생에서도 소나무가 중앙에 턱 버티고 있지. 두툼한 밑둥에 쭉 뻗어 올라간 붉은 소나무가 장수의 기백을 보이지 않던가?"

노인은 꽤나 만족한 듯 말했다.

"설란이가 화백님 얘기를 많이 하더라구. 난 설란이를 완전 신용해요. 원, 그 애는 꾸밀 줄을 몰라요. 그게 좋기는 하지만 때로 걱정이 되서리…."

노인의 중얼거리는 말이 어떤 의미인지 얼른 감이 잡히지 않았다.

"어르신 암투병 중이시라던데 건강해 보이시니 다행입니다. 잘 치료받고 계시지요?"

"그게 생체 순환이 빠른 젊은이들과는 달리 노인에게는 천천히 진행된다더군. 별다른 치료는 따로 없고 설란이가 해 주는 자연 밥상이 약이 되나 봐. 설란이 곁에 있어 큰 위안이 된다오."

"어르신, 언제 미국에 오셨으며 가족은 어떻게 되시는지요?"

"허어, 나는 월남 파병 근로자로 갔다가 월남 패망 이후 아마 1970년 중반쯤인가, 철수하는 미군 따라 여기에 오게 됐다오. 그때만 해도 미국엔 건설 현장이 많았어요. 나는 장가갈 생각 같은 건 할 새도 없이 현장을 따라다니며 죽기 살기로 일만 했어요."

노인은 말할 거리가 생긴 것이 기쁜 듯이 기억을 더듬으며 말을 계속했다.

"오십이 다 되어서야 한 여인을 알게 됐지. 현장 푸드트럭에서 음식을 팔던 여자였소. 어째 떠나온 내 고향 여인네들처럼 눈이 끌리더라이거요. 알고 보니 멕시코에서 흘러들어 온 인디오 후손이었소. 우린 뜻이 맞아 동거하며 계획을 넓혀 갔소. 집도 짓고 아이도 낳고 사람답게 살아 보자고. 근데 내가 박복한 건지 삼 년을 못 채우고 교통사고로 먼저 가 버렸다오. 그 후 나는 마음을 두지 못해 이리저리 떠돌며 일만이 내 운명인 것처럼 거기에 매달렸소. 아마 설란이 내 곁으로 오지 않았다면 집 없는 떠돌이로 행려병자가 됐을 게요."

살그머니 사라졌던 설란이 외삼촌을 부른다.

"식사 준비됐어요. 어서들 오셔서 식사하세요."

가지런히 차려진 식탁에 나석은 눈이 휘둥그레진다. 여기가 한국의 지리산 골짜기인가. 싱싱한 배추김치, 국물이 잘박한 열무김치, 어린 상추 겉절이, 나물무침, 명태조림, 알 수 없는 이파리와 뿌리를 삭힌 장아찌, 그리고 버섯과 두부를 넣어 자글자글 끓는 뚝배기 된장찌개, 검은콩이 다문다문 섞인 하얀 찰밥, 소고기 사태와 무를 참기름에 볶아 정갈하게 끓인 맑은 국. 미국에 와서 십여 년을 살아오며 이렇게 맛깔스러운 한국식 집밥을 먹은 적이 없었다.

"이거 다 설란 씨가 만든 음식입니까?"

그러자 쑥스럽게 웃는 설란을 대신해 외삼촌이 말했다.

"설란은 강원도 심심산골에서 태어나 이런 음식만 해요. 그리고 그로서리도 자주 안 가고 자연 채취로 밥상을 차리지요."

"자연 채취라니, 여기서 이런 식재료가 다 나옵니까?"

나석의 놀라운 질문에 설란이 깨드득 웃었다.

"외삼촌 취미가 채소밭 가꾸기예요. 우리 밥상에 필요한 걸 손수 심으세요. 그리고 나는 뒤란 나무숲으로 가서 야생 나물을 찾아요. 한국 산과 좀 다르지만 그래도 난 그것들로 반찬을 만들려고 연구해요."

"여기서 어떤 야생 나물을 뜯습니까?"

그는 진심으로 궁금해서 물었다.

"눈여겨 자세히 살피면 습습한 응달에 고사리가 지천이고 참나물, 민들레, 산파, 담배나물 등 오뉴월 봄이면 먹을 게 지천이지요. 또 가을에는 살진 고들빼기로 겨울김치를 담그기도 하구요."

정말 소박하지만 맛난 점심을 먹고 외삼촌은 그림이 그려질 공간으로 그를 인도했다. 리빙룸 정면 벽과 응접실의 우측 공간 벽면이었다.

"여기에 십장생을 직접 그려 주구려. 마치 솔거의 황룡사 소나무 벽화처럼 말이요. 나는 공사판이나 쫓아다니던 놈이 뭘 알겠나. 화백님의 안목과 솜씨에 전적으로 맡기겠소."

"그런데 어르신, 요즘은 잊혀져 가는 십장생에 애착이 가는 특별한 이유라도 있으십니까?"

그는 강한 흥미를 느끼며 물었다.

"내 어린 시절, 선친의 사랑채에 가면 십장생 병풍이 있었다오. 운치 있게 뻗어 올라간 낙락장송과 선학, 사슴의 무리, 영생불사한다는 천도 복숭아, 영지버섯, 영특하게 물을 뿜어내는 천년 거북, 뿐이요? 붉은 해, 쌍으로 쏟아지는 폭포수, 바위, 구름과 청산 모든 게 신비했소. 어린 나는 옥황상제와 구름옷 선녀를 상상하며 하염없이 바라보았소. 어느 날 문득 늙고 병든 나를 깨달았을 때, 이 비좁고 답답한 현세를 떠나 십장생이 어우러진 선경으로 들어가면 내 본향이 거기 있지 않을까 생각한 거요. 아마 거기에 들어갈 염원이 있는 한 내 인생은 헛된 것이 아니요."

곁에 섰던 설란도 한마디 거들었다.

"그것 보세요. 우리 외삼촌은 정말 십장생의 세상을 꿈꾸고 계시다구요. 이제 바깥 정원 공사도 완전히 끝나고 이 벽면만 십장생으로 채우면 외삼촌은 더욱 기를 받으시고 행복한 백세 건강을 이루실 거예요."

"백 살씩이나? 원, 나는 설란 너나 시집보내면 죽어도 원이 없겠다."

"아니, 외삼촌 또 그 소리. 좋아요. 제가 시집가서 아들 딸 낳고 개들 시집 장가 보낼 때까지 오래오래 사세요."

외삼촌과 설란의 유쾌한 농담을 들으며 뻘쭘한 그에게, 외삼촌이 "나는 이제 좀 피곤하구려. 올라가 쉴려니 화백 선생은 설란과 차나 한잔 나누시오." 하며 위층으로 올라갔다.

"무슨 차를 내올까요? 화백님."

"향그러운 꽃차?"

그가 농담으로 한 말에 설란은 반색을 했다.

"아, 있어요. 민들레 꽃차."

설란은 주방으로 가서 오래지 않아 팔각 목반에 찻잔과 찻주전자를 들고 왔다. 찻잔에는 마른 민들레 꽃봉오리가 대여섯 개 담겨 있고 설란은 거기에 뜨거운 물을 부었다. 미구에 노란 꽃잎이 펼쳐지며 풋풋한 풀내와 은은한 꽃향이 모락모락 풍긴다.

"내 생전 처음 마시는 꽃차입니다."

그는 천천히 조금씩 꽃차를 마시며 혀 안에 굴린다. 다시 이미지로 당겨지는 눈 속의 설란, 설란의 향기.

차를 마신 후 설란은 평소 자주 다니며 야생 나물을 채취하고 산책을 한다는 뒤쪽 숲으로 안내했다.

"외삼촌은 이 숲을 통째로 다 사셨어요. 그냥 숲으로 지키시겠대요. 여긴 우리만의 왕국이예요."

"식구도 별로 없는 분이 왜 이토록 넓은 땅과 큰 집을 마련하셨을까요?"

"저도 잘 몰라요. 내가 십여 년 전 외삼촌께 처음 왔을 땐, 외삼촌은 허술한 아파트에 사셨어요. 금방 떠나도 잃을 게 없도록 아주 단출하게요. 근데 내가 와서 외삼촌에게 식사랑 살림 뒤치다꺼리를 하면서 외삼촌은 달라지셨어요. '너 때문에 돈 쓸 데가 생겼구나.' 하고 웃으시며 일을 벌이셨어요. 과연 나를 핑계 삼는 외삼촌이 새로운 삶의 희망을 느끼신 게 아닐까요?"

일껏 설명하던 설란은 말끝을 살짝 올려 미확인의 의문형으로 맺으며 그를 빤히 바라보았다. 잡목이 울창한 숲에는 길도 제대로 없는데 어디서인지 시냇물 흐르는 소리가 낮은 음악처럼 조용히 들렸다.

일요일이었다. 화창한 날씨와 맑고 싱그러운 공기가 사람들의 얼굴을 밝고 즐겁게 했다.

어디선가 복숭아 익어 가는 냄새가 났다. 나석은 캐주얼 면바지 버튼
다운 반소매 셔츠로 단정하게 차려입고 교회에 갔다. 예배 시간에 참석
하려는 게 아니라 예배가 끝나면 볼 수 있는 설란을 만나기 위해서였
다. 납작한 일 층짜리 소박한 교회 건물 뒤로 청소년들을 위한 널따란
잔디 구장이 있고 주변에는 키 큰 나무들, 그늘 아래 바베큐를 굽고 식
사도 할 수 있는 야외 식탁들이 드문드문 놓여 있었다.

나석은 그곳 한 벤치에 앉아 설란을 기다렸다. 매미가 한가하게 목청
을 돋우어 여름의 절정을 노래했다. 이윽고 낮 예배가 끝났는지 사람들
이 문밖으로 나와 흩어지고 조금 후 앞치마를 두른 설란이 들고 온 커
피 한 잔을 내려놓으며,

"저 오늘 주방 봉사하는 날이예요. 교인들의 점심 식사가 끝나려면 한
시간은 걸릴 텐데요. 기다리실 수 있으세요?" 고개를 갸웃하며 말했다.

"당연히 기다려야지. 이 먼 곳까지 왔는데 그냥 가라구?"

"아니, 제가 미안해서요. 그럼 좀 기다려 주세요."

말을 마치자 그녀는 팔랑팔랑 뛰어갔다. 나석은 빙긋이 웃으며 커피
를 한 모금 마신다. 쓴 블랙의 맛 다음에 길게 혀끝을 감도는 깊고 구수
한 여운. 이 맛에 세상 사람들은 커피에 열광하는 걸까. 그는 가방에서
작은 스케치북과 연필을 꺼내서 주변을 둘러보며 소재를 찾는다. 발밑
에 무성한 클로버와 굵은 나무 밑둥부터 기어 올라간 아이비, 그는 풀
속에서 작은 보라색 꽃을 찾아냈다. 아기 손톱만 한 작은 꽃이지만 다섯
장 또렷한 꽃잎, 노란 꽃술, 좌우로 쭉쭉 뻗은 야무진 잎새, 난을 축소해
놓은 듯 앙증맞고 귀티가 났다. 나석이 그 꽃을 세밀하게 그리느라 골몰
한 얼마의 시간이 지났을까. 설란이 일을 끝낸 듯 홀가분한 발걸음으로
다가와 나석의 스케치북을 들여다보며 "아, 예뻐요. 내 고향의 '아기방울

난초' 비슷한데 이건 더 작으네요. 참 귀엽고 신기해." 하며 즐거워했다.

"시장하지 않으셨어요? 오늘 교회 메뉴는 콩나물국밥이랍니다." 하고 양손에 들고 온 스티로폼 볼 두 개를 내려놓았다.

"밥을 그냥 말아 넣었으니 그냥 후루룩 드시면 돼요."

설란은 시범 삼아 크게 한 숟갈 떠 입에 넣고 오물댄다. 오늘 설란은 하얀 바탕에 자잘한 꽃무늬 드레스,머리는 가지런히 빗어 내려 이마 위에 반짝이 작은 핀을 꽂았다. 좀 촌스럽지만 그런대로 사랑스런 모습을 나석은 흐뭇하게 바라보았다. 그때 "하항, 여기들 계셨구만. 웬 교회엘 다 나오셨나 했더니, 여기서 연애질을?"

고음에 쇳소리, 거기 마리가 서 있었다.

"아니, 당신이 여기 왜 왔지?"

당황한 나석의 목소리.

"당신의 가는 곳이 다 내 손안에 있지요." 하며 펼쳐 보이는 마리의 손에 스마트폰이 있었다.

'이제 위치 추적까지 하다니.'

나석은 머리를 저었다.

"마리, 바쁜 당신이 여기까지 따라오다니. 쓸데없는 짓을 하는구려." 나석의 말에 마리, 도전적으로 눈썹을 꼿꼿이 세워 설란을 쏘아보았다.

"저 숙녀분을 먼저 소개해 주는 게 순서 아닌가요?"

설란이 말했다.

"내 이름은 설란, 나 화백님을 교회로 인도하려고 노력하는 중이라구요."

마리의 낭자한 웃음소리가 쏟아졌다.

"화백님은 무신론자예요. 아마도 이 세상 현실의 구원자를 찾아 나섰겠지요."

고자세로 나석을 째려보며 마리가 말했다.

설란은 침착하게 자리를 가리키며 말했다.

"좀 앉으세요. 혹시 점심을 안 하셨다면 갖다 드릴께요."

"아니, 식사는 됐어요. 그렇지만 좀 앉을께요."

하얀 바지를 입은 마리는 걸상 바닥을 세심히 살피며 손수건을 펼쳐서 깔고 앉았다.

"마리. 당신 넘겨짚지 마시요. 설란은 내게 그림을 주문한 의뢰인이고, 나는 그림에 대해서 의논하려고 만난 것이요."

궁색한 변명은 말에 힘이 서지 못하고 입 안에서 흐지부지 흩어진다.

"둘 다 틀린 말은 아닐 텐데 어쩐지 내겐 완벽하게 납득이 안 되네요. 좀 더 이해가 되도록 진심으로 얘기해 주실까요?"

마리는 다리를 꼬곤 피고를 닦달하는 검사처럼 위압적이다. 설란은 머뭇대는 나석과 서슬 퍼런 여인의 모습을 가만히 응시하며 '저 불쌍한 남자는 왜 저 여자 앞에서 한없이 기죽고 초라해질까. 그래서 그는 늘 꺼칠하고 영혼이 외출한 듯 텅 빈 얼굴로 힘든 일에 스스로를 던져 넣었던 것인가.' 속으로 생각해 본다.

얼마의 시간이 지나갔다. 그 침묵의 시간을 매미의 유장한 울음소리가 덮는다.

설란이 정색하고 곧바른 눈으로 마리를 향하여 말했다.

"난 당신을 잘 알지 못해요. 여기서 처음 보는 당신은 멋져요. 그러나 실례지만, 겉으로 보는 멋진 모습처럼 당신은 속속들이 행복해 보이지는 않네요."

"그게 무슨 뜻이지요?"

면도날처럼 들이대는 마리의 반문.

"스스로는 완벽하다고 자부하겠지요. 그 거만이 하늘을 찌르는군요. 하지만 그 이면에는 깊은 갈등과 번민이 있어요. 그래서 당신의 위장된 허세는 내 눈을 속이지 못해요."

마리는 눈을 내리깔았다. 마스카라로 빳빳하게 세운 속눈썹이 뺨 위로 어두운 그늘을 드리웠다. 잠시 후 마리는 간절한 눈빛으로 나석을 향해 물어본다.

"솔직히 말해 봐요. 나는 당신을 잡지 않았는데, 왜 나를 떠나지 않았지요?"

"우린 어린 시절 만나 결혼을 하였소. 난 당신을 끝까지 지켜야 할 책임도 맡은 거요. 당신은 아버지의 과잉보호 아래서 나약하게 자랐소. 겉으로는 거센 듯 기를 쓰지만 당신은 누군가의 보호가 필요하오. 차마 나의 발목을 잡은 이유는 그것이요. 그리고 당신의 아이들은 아직 아빠가 필요하다는 것도 또 다른 이유의 하나였소. …… 그런데 이제 나도 지쳐 가오."

나석은 한숨을 섞어 말을 끝낸다.

"당신네 부부는 공평하지 않군요. 잘난 아내를 위해 한 번뿐인 자신의 인생과 뛰어난 재능을 포기한다는 건 현명한 처사가 아니라고 생각돼요."

설란의 신랄한 비판에 둘은 말이 없었다. 그러나 마리는 질 수 없다는 듯 억지라도 부려야 한다는 오기인지 "설란, 너는 우리보다 한참 어린 것이 선무당 사람 잡듯 말하네. 네가 뭘 안다고 주절대니?" 뺨이라도 한 대 칠 듯 거칠고 세차게 말했다.

"나도 결혼을 했었지요. 산골짝 촌에서 서울 부잣집으로요. 그런데 너무 색다른 환경에서 적응이 안 되는 거예요. 거기에 나를 도와주고 감싸주어야 할 신랑에겐 따로이 애인이 있었어요. 의지가지없는 냉랭한 시집살이에 도저히 견딜 수 없어 친정집으로 뛰쳐나왔어요. 시집간 지 채 3년도 안 돼서였어요. 집으로 돌아와 마음을 못 잡고 맨날 산으로 들로만 내닫는 나를 내 어머니가 이곳 외삼촌 댁으로 보내 주셔서 이만큼이나 사람처럼 살고 있어요. 난 나 화백님 같은 남자가 이 세상에 있다는 게 믿기지 않아요. 내가 겪은 남자는 아주 고약하고 달랐으니까요."

설란이 나직나직 말하는 동안 시간은 계속 흐르고 여름의 한낮은 서서히 기울고 있었다. 나석은 설란의 내력도 처음 듣지만 자신이 살아온 세월도 껍질이 홀랑 벗겨져 맨몸이 관찰당하는 듯 부끄러움과 모멸감으로 마음이 편치 않았다. 그러나 절망으로 인해 이미 죽음까지도 생각했었던 게 아니었나. 의도한 것은 아니지만 이런 자리가 깊은 상처에 고름을 짜내듯 후련하기도 했다.

세 사람의 주변으로 썰렁한 바람이 휘돌고, 설란의 팔뚝으로 오스스 한기가 돋았다. 이들 가정사에 자신이 끼어서 긴장할 필요는 없다 싶어 그냥 갈까 하는데 적의로 자못 도전적이던 마리가 정말 의외로 미소를 머금으며 선선히 말했다.

"설란 씨, 내가 부탁이 있어요."

"네, 말씀해 보세요."

설란도 놀라움에 눈을 깜박이며 묻는다.

"저이의 아이를 낳아 주세요. 난 이미 가임기가 지나서 저이의 아이를 낳아 주지 못해 언제나 미안했거든요."

이게 무슨 소리인가. 그 복잡하고 의미심장한 일을 이렇게 쉽게 얘기하다니, 설란과 나석은 어이없어 마리를 바라본다.

"좋아요, 엉뚱한 내 말을 나도 알아요. 그런데도 나는 당신들이 아이를 낳고 행복하게 사는 모습을 상상하니 기분이 좋아졌어요. 그러기 위해 어떤 서포트도 하겠어요. 필요하다면 법적 문제도 포함해서 말이지요."

"뭘 믿고 제게 이런 말도 안되는 청을 하십니까?"

설란이 정중하게 물었다.

"난 좋은 사람을 알아볼 줄 알아요. 저이는 참 좋은 사람이예요. 차라리 나쁜 사람이었다면 내 결단도 더 쉬웠을 거예요. 그리고 설란 당신도 참한 사람이라고 믿어져요. 나는 저이가 마음속에 누군가 사랑하게 되었다는 걸 알았어요. 그게 누군가 알려고 이렇게 눈에 불을 켜고 달려왔지요."

마리는 유쾌하게 웃었다. 나석은 당황하고 뜨거워지는 얼굴로 설란을 얼핏 쳐다보았다.

"아니, 아니, 지금 당장 결정할 건 없어요. 난 이쯤 내 소견을 밝히고 당신들이 알아서 전진하시든지, 스톱하시든지 맘대로 하라구요. 알아요? 우린 각자 섬처럼 외롭게 떠돌다 서로 소통하는 가교로 이어지는 거예요."

마리는 아주 기분이 좋아져서 하이톤으로 외쳤다.

"내가 생각했던 가장 유쾌한 결론으로 맺은 오늘의 이 자리는 이편과 저편을 이어 주는 아름다운 '무지개 다리'로 이름 붙입시다."

마리는 무엇이 그리도 즐거운지 까르륵까르륵 웃음소리를 어깨 너머로 날리고 키홀더를 짤그랑거리며 가벼운 발걸음으로 주차장으로 향해 갔다.

3

날으는 화살은
날지 않는다

날으는 화살은 날지 않는다

엄 노파가 잠에서 깨어났을 때는 아직 창문이 희부연 새벽이었다. 늘 같은 시각이다. 노파는 하얗게 세어 성긴 머리칼을 손갈퀴로 대충 쓸어 넘기며 뒤란 우물가로 나온다. 하얀 김이 뽀얗게 솟아오르는 우물 속에 두레박을 넣어 맑은 물을 찰랑찰랑 길어 올린다. 우선 달고 시원한 물을 한 모금 머금어 입안을 가신 후, 주름으로 쪼글쪼글한 얼굴을 뽀득뽀득 소리가 나도록 정갈하게 씻는다. 두 번째 퍼올린 물을 물뿌리개에 담아 장독대 옆쪽으로 가꿔 놓은 꽃밭에 뿌린다. 거기에는 키 순서대로 채송화, 봉숭아, 백일홍, 분꽃, 접시꽃들이 새벽 이슬에 함초롬히 젖어 잠에서 덜 깬 듯 고요하다. 노파는 물뿌리개를 높이 쳐들어 듬뿍듬뿍 물을 준다. 빨갛고 노란 꽃잎, 푸른 잎사귀 위로 또르르 떨어지는 수정 물방울들이 언제나처럼 사무치게 저린 그리움으로 메마른 가슴에 젖어든다. 분홍꽃 송이송이 매달고 나지막한 봉숭아꽃은 아직 어렸던 두 딸애들 같았고 물 맞을 때마다 우쭐대는 달리아 접시꽃들은 쑥벅쑥벅 잘도 크던 아들들 같았다. 영감이 있고 오 남매가 이 집을 가득 채우고 시끌벅적 살 때는 하루하루 꾸려 간다는 게 참으로 빠듯하고 어려운 살림이었다. 허나 이제 먼 세상으로 떠나 버린 영감과 두 아들을 생각하면 어제 일인 듯 명치가 꽉 찔리는 아픔이다. 그러나 노파는 새삼 고개를 저으며 그 기억 속 아픔을 털어 버린다.

두 딸은 제각기 좋은 신랑 만나 잘 사니 고맙고, 그리고 셋째 명호가 어찌 사는지 궁금하다. 오랫동안 못 보고 살았으나 언젠가는 기어코 이 어미를 찾아올 게다.

'암 오구말구.'

노파는 입을 굳게 다물고 고개를 끄덕이며 세 번째 물을 길어 올린다. 그 물을 대야에 담아 걸레를 깨끗이 빨고 헹군 뒤 마루 옆 작은방 앞으로 간다. 미닫이를 열고 방 안으로 들어선다. 늘 빈방인 듯 냉랭한데 매일 닦아 반짝이는 장판 바닥이며, 오래된 서랍장과 책상이 누군가를 기다리는 듯 긴장되어 있다. 낡아 모서리가 둥글고 칠도 벗겨져 수많은 흠집과 나뭇결이 그대로 드러난 앉은뱅이책상을 닦으며 "이게 우리 집 우등생을 길러 낸 책상이여. 이 책상에 앉아 공부하고 상 타고 대학까정 다닌 게여." 하며 장한 명호의 학생 때 모습을 떠올린다. 그러나 지금 곁에 없는 명호를 생각하자 허탈한 마음에 자기 최면을 거는 듯 '암 올 거구먼! 오구말구. 그러니 언제라도 오면 편히 쉬두룩 자리를 치워 놔야 쓰것제.' 또 다짐하며 늙은 팔뚝에 울근불근 힘줄이 솟도록 힘차게 닦고 또 닦는다. "때르릉때르릉" 그때 마루 탁자 위에 전화기가 울렸다. '이 새벽에 대체 누굴꼬?' 의아해하며 노파는 마루로 나와 수화기를 집어 귀에 댄다.

"누구시요?"

저쪽에선 잠깐 가는 숨소리만 들릴 뿐 아무런 대꾸가 없었다.

"아니 뉘시요? 전화를 했음 말을 하구려."

재촉하자 상대 쪽에서 망설이듯 묻는다.

"엄선녀 씨 댁 맞습니까?"

낮게 가라앉은 남자의 목소리였다. 노파는 쿵쾅이는 가슴을 누르며 아득해지는 정신을 가다듬어 침착하게 이름을 불러 본다.

"명호야, 명호!"

대답이 없자 다시 속삭이듯 묻는다.

"너 명호 맞지야?"

"네 명호입니다. 어머니는 저를 금방 알아보시는군요."

"그럼, 이 어미가 널 어찌 잊겠느냐. 지금도 널 생각하고 있었어야, 이 무정한 눔."

말끝으로 사설조의 울음이 묻어난다.

'36년 전 다시는 돌아오지 않겠다고, 날 죽은 자식으로 치라며 울부짖고 떠난 너지만 이 어미가 어찌 너를 잊는단 말이가.'

목울대를 아프게 비집고 북받치는 한숨 같은 넋두리를 지그시 누르며 떨리는 목소리로 묻는다.

"게가 어디냐? 왜 어미에게 당장 오지 않고 전화인 게여?"

"어머니, 죄송합니다. 여기는 미국이예요. 연세도 많으실 텐데 어머니 건강은 어떠세요?"

'이것아, 어미가 그렇게 궁금하면서 이제사 전화냐?' 하는 원망이 쏟아져 나오려는 걸 꾹 참고

"오냐, 어미는 편하게 잘 지낸다. 건강도 괜찮고, 근데 너는 무고하냐? 처 자식도 잘 거느리고?"

"네." 명호는 애매하게 대답을 끌다가 "어머니." 하고 다시 부른다.

"여기로 한번 오셨으면 해서요. 오실 수 있으세요?"

아들의 음성은 낮고 침울했다. 쥐어짜듯 나직하지만 오래 마음에 굴려 연습한 것처럼 또렷하게 말했다.

엄노파는 등골을 타고 흐르는 서늘한 한기를 떨치지 못하면서 "왜 무

슨 일이 있는 게냐? 어서 말을 하거라." 재촉한다.

"아녜요, 어머니가 그저 한번 보고 싶어서지요. 구경 삼아 오세요."

엄 노파는 마른침을 꿀꺽 삼키며 대답한다.

"오냐, 내가 너를 기달려 이때꺼정 살아왔는데 너를 보러 지옥엔들 못 갈까. 어미를 보고잡다고 부르는데 가야지. 암 가고말고. 내는 비행기를 타도 끄떡없다."

"지금 처제가 한국 나가 있으니 수속이랑 해서 잘 모시고 올 겁니다. 곧 뵈려니 하고 기다리고 있겠습니다. 안녕히 계십시요."

전화 속 목소리는 그렇게 사라졌다.

마치 꿈을 꾸는 양 얼빠진 듯 앉은 자리에서 움직이지 못하는 노파의 등 뒤로 아침 해가 화사하고 싱그럽게 떠올랐다.

시대가 좋은 때라 맘만 먹으니 미국행 수속은 신속하게 이루어졌다. 처음 상면하는 사돈 아가씨를 따라 엄 노파는 기어코 미국 땅을 밟은 것이다. 비행기를 내려 지루한 절차를 마치고 로비로 나오니 처음 보는 사돈 내외와 며느리가 기다리고 있었다.

며느리가 다가와 공손히 절하며 "어머님, 연로하신 몸으로 먼 길에 고생이 많으셨지요?" 인사를 하지만 엄 노파는 며느리의 말은 건성으로 들으면서 그녀의 어깨 너머만을 살폈다.

"아범은 거동이 어려워서 못 나왔습니다. 어머니를 기다리고 있으니 어서 가시지요."

노파는 안면이 생소한 사돈 내외와 어설픈 인사를 나누고 제반 수속을 도와준 사돈 처녀에게 미처 고맙다는 말도 못 한 채, 며느리를 따라 차에 올랐다. 엄 노파는 궁금한 게 너무 많아 가슴이 답답했다. 그러나 커다란 색안경으로 얼굴을 반쯤 가리고 앞만 똑바로 응시한 채 운전대를 잡은 며느리의 뭔가 경직되어 심각한 모습은 별로 대화를 나눌 분위기가 아닌 것 같았다.

'조금만 참고 있시면 만사 다 알아지것제.'

노파는 얼크러진 머릿속을 털어 내며 차창 밖으로 시선을 보낸다. 미국 땅은 아득하도록 넓었다. 산도 언덕도 아닌 밋밋한 들판이 한참 펼쳐지는가 하면 하늘을 가린 키 큰 나무들이 병풍처럼 길 양쪽을 에워싸고 있었다. 문득 길가 낮은 나무에서 작은 새가 포르르 날아오른다. 고향에서도 흔한 참새 같았다. 그런데 미국 참새는 머리 꼭대기에 빨간 볏이 달려 앙증맞고 귀여웠다. 노파는 잠시 시름을 잊고 미소 짓는다. 다시 초원이 이어지는데 들판에는 흰 천을 펼친 듯 무더기 야생화가 가득했다. '무슨 꽃이 저리도 무성히 피었는고?' 하고 몸을 일으켜 자세히 보니 '아, 개망초. 고향의 산야에도 어디든 널린 꽃이 여기서도 저리 흔하구나.' 생각해 본다. 그러나 다시 엄습하는 불길한 예감에 무거운 마음이 된다. 저승 문턱에도 지천으로 피어 있어 저쪽 피안으로 넘어가는 영혼들에게 이승의 기억을 깡그리 잊게 해 준다는 꽃이다. 하기사 이승의 고락과 인연을 모두 잊어야 망자는 미련을 훌훌 털어 버리고 가벼운 마음으로 저승으로 건너가는 나룻배를 타겠지. 아무리 문명이 앞서가는 미국이라 하지만 이곳도 역시 사람 사는 곳이라 삶과 죽음이 있고…. 노파는 다시 등골을 쓸며 지나는 서늘한 한기에 오싹 몸이 오그라졌다. 하지만 노파는 다시 '아니, 내가 웬 방정일꼬. 그러나 만약…. 닥치는 일에 결코 두렵다고 물러나지 않으리라.' 다짐하면서 의자 뒤로 깊숙이 몸을 기대고 빽빽한 눈을 감아 본다.

차는 여염집이 아닌 큰 병원으로 들어가 멈추었다. 건물 안으로 들어서자 로비와 복도에는 갖가지 피부색의 사람들이 오고 가지만 두터운 융단을 깔아 발자국 소리도 없이 조용했다. 며느리를 따라 들어선 병실은 햇빛이 밝고, 적당한 실온으로 깔끔하면서 아담한 독방이었다. 흰 시트로 덮인 침대 위에 깡마르고 머리가 좀 벗겨져 유난히도 이마가 넓어 보이는 한 중년의 사내가 앉아 있었다. 엄 노파는 눈을 깜박이는 것도 잊은 듯 크게 뜬 눈으로 그의 앞으로 다가섰다. 잔인한 세월, 스물여섯의 젊은 나이로 어미 곁을 떠날 땐 비록 가난 속에 일과 공부에 여위고 찌들었지만 훤한 이마와 맑고 빛나던, 눈이 아름다웠던 청년, 그 명호였다.

"어머니 먼 길 오시느라 고생이 많으셨지요? 이런 모습으로 어머니를 뵙게 되어 매우 송구스럽습니다."

명호는 무릎을 꿇고 깊이 머리를 숙였다.

"명호야, 명호야. 네가 내 아들 맞느냐? 도대체 어디가 아파 병원에 있는 게냐?"

"네, 어머니 사정이 좀 어렵습니다." 하고 말을 바꾸어 "어머니는 어떠세요?" 물으며 엄 노파를 찬찬히 살펴본다.

머리칼이 하얗게 바래고 검버섯 돋은 얼굴에 주름살도 가득하지만 허리는 꼿꼿하고 눈빛도 선명하고 날카롭다. 작은 체구에 두 손을 허리에 짚고 버티고 서서 아들을 보는 눈은 나무라듯, 원망하듯, 엄격하나 그녀의 말은 부드럽다.

"진작에 어미에게 소식을 보내지 이게 무슨 꼴이냐?"

"어머니, 면목 없습니다. 그러나 이제라도 이렇게 어머니를 뵈오니 정말 좋습니다. 정말 잘 오셨어요, 어머니."

맑은 눈으로 어머니를 바라보며 낮은 소리로 말하는 그의 눈에 눈물이 엷게 배어들며 금방 가득 찬 뺨으로 흘러내린다.

잠시 후, 문밖에서 지체하던 며느리가 들어서며 "어머니, 저희 집으로 가서서 좀 쉬시고 내일 다시 오시지요." 말하자 아들도 거들었다.

"그러세요, 어머니! 먼 길 비행기 타고 오시느라 힘드셨을 텐데 집에 가서 식사도 하고 푹 쉬세요."

며느리와 병실을 나와 복도 한쪽 코너에 의자와 탁자가 있는 곳까지 이르자 며느리가 "어머니, 우선 잠깐 여기 앉으셔서 시원한 음료수 한 잔 드세요." 하며 뽀얗게 김이 서린 콜라 캔을 건넨다. 그리고 눈을 내리 깐 채 망설이며 입을 열었다.

"지금 저이는 아주 위독해요. 닥터가 말한 사망의 시한이 넘어가 있어 며칠이 더 갈지, 몇 달이 더 갈지 아무도 몰라요. 기적이라도 생기면 모를까…."

"내… 짐작 좀 하였다마는… 생각보다 정신도 또렷하고 안색도 괜찮던데?"

"저이는 어머니를 안심시켜 드리려고, 피를 몽땅 걸러 내어 새 피로 바꾸고 몸에 연결된 여러 가지 기계들도 모두 떼어냈던 거예요. 저렇게는 대여섯 시간도 버텨 내지 못해요."

"도대체 어멈아, 어디가 그렇게나 아픈 게냐? 무슨 병이라냐?"

"간암이예요."

며느리는 똑 떨어지게 말했다.

"그래, 고칠 수가 없다더냐? 고칠 방법이 전혀 없다더냐?"

"우린 할 수 있는 모든 방법으로 다 노력해 보았어요. 사실 십 개월쯤 전에 간 이식 수술도 받았어요. 얼마 동안은 건강이 많이 호전됐었어요. 몸무게도 늘고 기운도 나고, 정말 완쾌된 것 같아 모든 게 희망적이었어요. 그런데 그것이 다시 재발된 것입니다."

후드득 떨어지는 눈물을 티슈로 닦아내는 며느리를 보며, 노파는 차오르는 숨을 애써 누르고 지그시 눈을 감았다.

　아들의 집은 나무들이 울창한 주택가를 지나 약간 경사진 언덕 위에 붉은 지붕, 흰 벽의 꽤 큰 건물이었다. 거실의 통짜 큰 유리창 너머로 보이는 건, 오리와 기러기가 한가로이 헤엄치는 호수가 그림처럼 아름다운 풍경이었다. 명호는 중학교 때 음악 시간에 배웠다는 '언덕 위의 집'을 즐겨 노래했었다.

　　나에게는 집이 하나 있다네.
　　언덕 위에 내 집은 통나무 집이라네.
　　노래하는 새들도 함께 산다네.
　　달도 별도 내려와 친구가 된다네.

　'명호는 과연 그가 원하던 언덕 위에 집을 가졌구나.'
　"얘들아, 할머님이시다. 인사해야지."
　며느리가 이층을 향해 아이들을 부른다.
　검은 머리를 길게 늘어뜨린 두 소녀와 터울이 꽤 차이 나 보이는 어린 사내아이가 서 있었다.
　"네 이름은 무엇이고 나이는 몇 살이냐?"
　할머니의 물음에 두 딸은 제 엄마를 빤히 쳐다보며 어깨를 들썩한다. 며느리가 대신 나서서 "큰 애는 열 여덟이고 작은 애는 열여섯이예요. 죄송하지만 얘들은 한국말을 몰라요."
　할머니는 크게 놀란다. 그리고 서운했다. 서로 멀뚱히 바라보는 분위기가 어색해서일까. 엄 노파는 제 어미 뒤로 숨어 얼굴만 빼꼼히 내민 어린 손자의 머리를 한 번 쓰다듬어 주며 "에미야, 내가 쉴 곳이 어디냐? 잠깐 눕고 싶구나." 했다.

다음 날 아침, 며느리는 엄 노파를 병실까지 데려다주고는 볼일이 급하다며 선 자리에서 돌아 나갔다. 아들 명호는 어제보다 안색이 더 창백하고 입술이 바짝 말라 있었다. 노파는 익숙한 솜씨로 찬물을 따라 입술을 축여 주고 물수건으로 얼굴과 손발을 닦아 주었다.

"내가 병원서 환자들을 좀 다루어 봤어야. 가족 없는 독거노인들을 여럿 돌봐 줬지."

명호는 미소 띤 얼굴로 어머니에게 몸을 맡긴 채 잔잔히 바라보고 있다. 그러다 "어머니 그동안 어떻게 사셨어요?" 하고 말문을 열었다.

"이눔아. 내가 억척스레 살았지야. 이젠 누구에게도 손 벌리지 않고도 살 만해."

"무슨 비지니스를 하셨나요?"

"비지니스가 뭐다냐? …… 길거리 장사는 좀 했지마는 니 동상들 명자하구 명애 덕분에 살 만해."

1950년, 북한의 기습 남침으로 6·25전쟁이 터졌을 때, 이들이 살던 경기도 용인 지역이 온통 적 치하로 점령당했었다. 그때 첫째 아들 명렬이는 강제로 의용군에 끌려가 행방불명이 되었다. 맥아더 인천 상륙작전으로 전세가 역전되어 인민군들이 쫓겨나가자, 둘째 아들 명환이는 북한군에 강제로 끌려가기는 싫다고 국군에 자원 입대하였다. 그러나 이듬해 1·4 후퇴 당시 중부전선, 피의 능선을 지켜 내느라 피아간에 치열한 전투가 한창일 때, 명환이는 큰 부상을 당했다. 한쪽 팔과 한쪽 다리를 잃고 상이군인으로 제대한 그는 사회에 나왔으나, 휴전협정으로 복구 사업이 한창인 사회 건설 현장에서 막상 낄 데가 없었다. 오히려 나라를 지키려고 몸 바쳐 싸우다 불구가 되어 돌아온 그들을 일반인들은 무시하고 냉대했다. 당시에는 불구자가 되어 상이군인으로 제대한 청년들이 거리에 넘쳤다. 그들은 자기네들을 배척하고 왕따시키는 사회에 대한 불만과 반항으로 떼거리가 되어 몰려다니며 대낮부터 술을 먹고 갈고리 손을 내밀어 위협적으로 돈을 구걸하거나 닥치는 대로 행패를 부리고 싸우는 일이 허다하여 누구나 혐오하고 기피하는 대상이었다. 명환이도 이에 다르지 않아 허구한 날 술에 절어 핏발 선 눈으로 쌈박질이었고 남의 기물을 때려 부수고 집에 들어와서도 병신 된 자신을 비관하여 사회나 국가를 원망하고 저주하며 악다구니를 썼다. 위기의 나라와 국민을 지키려고 전쟁터에 나가 용감히 싸우다 수류탄 파편을 피하지 못해 불구가 된 둘째 아들이 가슴이 찢어지듯 아프고 가여웠지만 허구한 날 소란 난리를 피우는 바람에 황폐하고 우울한 집안 분위기 속에 가족들도 지쳐 가기만 했다. 아버지는 하루 벌이 미장이 일도 못 나간 채 심화병으로 몸져누웠고 어린 두 딸들은 구석에서 숨죽이고 눈치로 보내는 세월에 명호마저 이 지옥 같은 집구석에선 아무런 희망이 없다고 울부짖으며 가출해 버렸던 것이다.

"저는 국비 장학생으로 미국으로 유학을 갑니다. 부모님께 죄송하지만 저는 여기에서 아무 희망이 없습니다. 미국으로 가서 제 인생을 새롭게 개척할 겁니다. 다시 이곳으로 돌아올 생각은 없습니다. 없는 자식으로 생각하고 저는 잊어 버리십시요."

결국에 둘째 명환이는 후미진 야산에 들어가 목매 죽고 시름시름 앓던 아버지도 이듬해 5월 열나흘에 사망했다. 세 아들과 아버지까지 다 떠나고 나니 딸 둘과 엄마 단 세 식구만 남았다. 명자가 다니던 중학교를 딱 중퇴하고 돈을 번다고 양장점 시다로 들어갔다. 엄마가 계절마다 밭에서 나는 몇 가지 야채를 떼어다 시장 길가 좌판에 벌려 놓고 팔아 겨우 식구들 입에 풀칠이나 하며 사는 동안 명자는 악착같이 기술을 배우고 돈을 모아 작은 양장점을 차렸다. 명자가 워낙 눈썰미, 손재주가 좋아 숙녀복 맞춤 양장점은 날로 번창하고 돈은 벌리는 대로 변두리 땅을 사들였다.

"명자 갸가 보통 똑똑시런 것이 아니여. 신랑도 잘 만나 가정을 이루고 지 동상 명애는 대학까정 공부시켜 학교 선상을 맹근 기라."

명자는 동생 신랑감도 신중하게 골라 실속 있고 건실한 청년과 결혼을 시켰다. 명자는 어느 정도 기반이 잡히고 살 만하니 엄마에게 같이 살자고 졸랐다. 그러나 엄마는 꿈쩍도 하지 않았다.

"얘들아, 낸 기다릴 사람이 있다. 니 오빠가 찾아와서 우리가 간 곳을 모르면 얼마나 서운하겠니? 하룻밤 잘 곳도 없다면 무슨 맴으로 집에 오겠느냐? 난 네 오빠 오기를 기다리며 이 집 지키고 있을 께니 니들이 이해들하그라." 하며 옛 집을 그대로 지켰다. 뒤란에 묻어 놓은 우물까지도.

"뒷산에서 흘러나오는 물이 지금도 엄청 맑고 시원해. 난 그 물을 먹고 산다."

명자와 명애는 집이 가난하고 형편이 어렵다고 인정 없이 떠난 오빠를 더욱 미워하였지만 고집 센 엄마를 위해 두 자매가 힘을 합쳐 집에 딸린 텃밭이었던 땅에 세 칸 상가 겸 이삼 층 살림집을 넣어 한 동 지었다. 그들이 살던 변두리 농투성이 지역이 80년대에는 크게 개발되어 산업 단지가 되었던 것이다. 상가에서 나오는 월세는 엄 노파가 혼자 사는 데 오히려 넉넉했다.

"명자, 명애는 지금도 널 원망한다. 단단히 삐진 게여."

슬픔도 고통도 또 분노도 속에 깊숙이 묻어 두고, 오히려 하루하루 살기에 바쁘기만 했던 그때가 그리워진다는 듯 엄 노파는 아들을 보며 빙긋이 웃었다.

"참 무참한 인생이지만 진짜 무정한 건 세월이더구나."

명호는 참으로 오랜만에 편안한 마음이 되었다.

"그래, 넌 어찌 산 겨? 소원 성취는 한 겨? 행복허게 산 겨?"

엄 노파의 음성은 낮고 부드러웠지만 명호는 급소를 찔린 듯 마음속 비명을 지른다. 입안이 종잇장처럼 버석인다.

"어머니, 물, 물 좀 주세요."

명호는 공부만이 자신을 비참한 현실에서 벗어나게 한다고 굳게 믿으며 책 속에서, 강의실에서, 또는 실험실 책상에 코를 박고 살았었다. 영양실조로 비썩 마르고 어깨뼈가 소쿠리처럼 우묵하게 휠 정도로.

"어머니, 저는 박사 학위도 따고 고생한 만큼 보상도 받은 셈이지요."

그러나 생활의 안정이나 사회적 지위가 높아질수록 마음의 허기증은 더욱 심해져 행복하지 않았다.

"하지만 기초가 없는 고대광실이 무슨 행복이겠어요?"

"응? 그게 무슨 말이냐?"

엄 노파는 깜빡, 이해가 안 되어 반문한다.

"저는 늘 목마르고 배고픈 인생이었어요."

명호는 허기와 갈증에서 벗어나려고 결혼을 했다.

좋은 집안의 피아노가 전공인 아름다운 처녀를 아내로 맞았지만 그것도 얼마간이지, 다시 외롭고 추웠다. 아이들이 생기면 집안에 생기가 돌고 사람 냄새가 가득할까, 기대를 하며 아이들을 낳았고 정성을 다해 부족함 없이 키웠다. 그러나 자신이 자라던 시대와 환경이 전혀 다른 아이들은, 공감대가 이어지지 않았다. 그는 그걸 메꾸려는 나름의 노력도 해 보았다.

"아빠가 너처럼 어렸을 때, 나는 늘 배가 고파서 나무순이나, 풀뿌리, 꽃도 따 먹었다. 아카시아꽃이 비릿하고 달콤했어."

아련하지만 정답고 그리운 유년의 기억을 얘기하면 연년생으로 태어난 두 딸들은 눈을 휘둥그레 뜨고 찡그리며 "야끼 야끼, 꺅!" 하고 소리친다.

아내는 옆에서 남편에게 살짝 눈을 흘기며 "쟤들한테 그런 궁티 나는 얘기나 하면 당신이 불쌍한 나머지 당신을 경멸할 거예요. 설마 '옛날 아빠 어렸을 때 거지였어?' 하는 질문을 바라지는 않겠지요?" 하고 까르르 웃었다.

"그럴까?"

명호는 슬그머니 말꼬리를 자르고 마음이 언짢아졌다.

"같은 휴먼이지만 궁핍이나 전쟁, 갈등과 투쟁에 대해서 전혀 모르고 자란다면 쟤들이 오히려 괴물로 자라지 않을까?"

아내는 아이들 교육을 위해서라면 사립학교, 학비가 대학 교육비 맞먹는 먼 기숙학교로도 망설이지 않고 보내었고 장래 아이들 인생길을 일류 하이웨이로 깔아 주려 애를 썼다.

명호는 일에서, 또는 사람에게서, 심지어 가족에게서조차 채워지지 않는 불만과 갈증을 종교에서 찾아 보려 했다. 교회에 등록하고 교회 일을 열심히 돕고 협조하며 마음이 따뜻한 사람들의 위로와 관심을 받아 보고 또 공유하고 싶었다.

'왜 구원의 신은 나에게 아무런 시그널도 보내 주지 않는 걸까? 신마저 나를 외면하시는 걸까?'

사실 명호는 알고 있다. 자신의 영혼 깊숙한 곳에 어떤 결핍이 있는지. 애써 외면하고 비켜 가려 하지만 음습한 방에 곰팡이처럼 자욱하게 끼어 있는 마음 한 귀퉁이, 비밀의 방, 아직 열고 들어가기에는 자신이 안 서는 자괴自愧의 방. 그 방 자물통은 어리석고 찌질한 자존심인지도 모른다.

'어머니'의 냄새는 늘 축축하고 꾀죄죄한 행주치마에서 나던, 찝찔한 짠지 냄새로 남아 있었다.

그 짠지 냄새가 날 구원해 줄까?

어머니의 젖, B형 간염 바이러스에 감염된 엄마의 젖을 먹은 아기는 어려서부터 보균자가 되고, 성장한 뒤에 체력이 떨어져 면역성이 약해지면 이 끈질기고 지독한 바이러스가 다시 활동을 시작한단다. 이게 간에 염증을 일으켜 간염이 되고 나아가 간암의 원인이 된다는 닥터의 설명을 들은 건 이미 간암이 깊숙이 자리를 잡은 다음이었다.

원망은 없다. 태생의 인연, 인간의 능력으로는 어쩔 수 없는 인과 관계의 고리를 확인했을 뿐이었다.

"어머니를 보고 싶었어요."

눈을 감은 채 잠잠히 있는 명호가 자는 줄 알았는데 중얼거리는 소리를 들은 노파는 좀 더 자세히 들으려 귀를 가까이 댄다. 노파는 명호의 여윈 두 다리를 꾹꾹 주무르고 있었다.

"어머니, 명자와 명애 두 동생에게 이 오빠가 미안하고 잘못했다고 전해 주세요."

"야야, 무신 소릴 하는 게냐? 갸들도 막상 너를 보면 반갑고 좋아서 원망 따윈 다 잊을 게다."

"나의 생명도 어머니가 주셨고 이제 때가 되어 거두어 가는 것도 어머니, 이게 신의 답변인지도 모르겠습니다."

마치 싯귀 하나를 읊조리듯 말을 마친 명호의 목구멍에서 꾸욱꾸욱하는 짓눌리는 소리가 났다. 이어서 그게 폭발하듯 통곡으로 쏟아진다. 두 눈에서 눈물이 철철 넘쳐흐른다. 엄 노파는 오열하는 아들의 손을 잡고 거친 손으로 얼굴을 쓰다듬어 눈물을 닦아 주며 하염없이 같이 운다.

"우지 마라. 아들아, 아들아, 우리 집으로 가자꾸나. 가서 한약도 달여 먹고 민물 우렁이가 간에 특효라던데 시냇가로 가서 그런 것도 잡으며 편히 쉰다면 꼭 나아질 거다."

"어머니 이미 너무 늦었어요. 어머니 제가 못났습니다. 용서해 주세요."

명호는 숨이 막혀 가슴을 친다. 그리고 기력이 다한 듯 꺼져 가는 목소리로 "어머니를 뵈어서 참 좋았어요…. 고마워요, 어머니."

그리고 정신을 놓는다.

"가엾은 내 새끼, 하나님, 부처님, 신령님이시여, 내 아들을 살려 주세요."

공학박사 고 김명호의 뷰잉은 그가 생전 장로의 직분으로 섬기던 교회에서 거행되었다.

지역 한인 사회에서 나름 성공한 인물로 명망이 높았던 바여서 많은 조문객이 모여들었고 로컬 TV 방송국에서도 카메라가 출동했다. 또 본국 미디어의 특파원들도 분주히 움직이며 분위기를 살피고 개별 인터뷰로 취재에 바빴다.

영결의 순서가 끝나고 빈객들이 열린 관 주위로 한 바퀴 돌며 슬프고 쓸쓸한 작별의 눈인사를 건넬 때 한쪽에서 기사문을 메모하던 한 기자가 옆 사람에게 소곤소곤 묻는다.

"저 유가족석에 앉아 있는 자그마한 여자 노인분은 누구시지요? 저분도 가족이신가요?"

"글쎄요, 나도 잘 모르겠네요. 첨 보는 분인데—."

흰머리의 노파는 주름살 속에 묻힌 눈 코 입이 누군지 분간이 안 가는 얼굴에 미풍에도 사그라들 듯 조그만 몸을 더욱 웅크리고 앉아 있었다.

"아. 저 할머니요? 김명호 박사님의 어머니시라네요."

옆에서 기자들의 대화를 듣던 한 여인이 알은체하고 나선다.

"어머, 그래요? 우리가 확인한 가족 사항에서 어머니 명단은 없었는데."

"아휴, 이번에 한국서 모셔 왔다네요. … 어쩜 저런 불쌍한 노친네를 여지껏 모른 채 살았을까?"

여인은 살짝 지나치고 있었다. 여인의 심술을 눈치챘으나 기자는 직업의식의 긴장을 느끼며 고구마 줄기를 들춰내듯 슬쩍 능청을 떤다.

"아, 그럼 이번에 처음 미국 오신 거네요."

"그럼요, 우린 한 교회서 그렇게 오래 지냈는데 장로님께 어머니가 계신 줄 몰랐어요."

전파를 타듯 저쪽에서도 수군대는 소리가 있다.

"어머머, 시어머니가 저리 멀쩡히 살아· 계신데도 저 여편네는 맨날 친정 식구들만 끌어 들이고 그렇게 잘난 척 거만을 떨더니."

"장로님도 너무했지. 저런 노모님은 잊어라 하고 자기 아내만 여왕님 받들듯 했잖수?"

"에이, 조용히들 해요. 영결식에 와서 험담들이나 하면 맘이 편해요?"

점잖게 나무라던 소리도 잠시 후 탄식조로 말한다.

"하기사 장로님 부부 금실 좋고 집안 화목한 건 이 바닥서 모범이었지. 장로님 참 좋은 분이셨는데."

"글쎄요, 그 만만한 남편 먼저 보내고 여왕님은 어떻게 살지 몰라."

대꾸하는 말속에는 여전히 역겨운 듯 가시가 있었다.

날이 밝으면 다시 한국으로 돌아갈 준비는 다 되었다.

얼마 안 되는 짐도 꾸려 놓았고 내일 아침 시간에 맞추어 며느리가 공항으로 데려다줄 것이다.

그런데 엄 노파는 잠을 이룰 수가 없었다.

몰랐던 지독히도 생경스런 이 느낌. 처음으로 여태껏 살아 왔다는 게 원망스럽고, 기다림의 대상이 사라진 앞으로 살아갈 날이 적막하다. 삶이라는 게 젖은 솜이불처럼 무겁고 시리게 어깨, 등허리, 가슴을 짓눌렀다. 숨이 가빠진다. 엄 노파는 견딜 수 없어 다시 자리를 박차고 일어났다. 이러기를 벌써 몇 번, 도무지 잠을 이룰 수 없다.

방 안을 맴맴 도는 노파의 입에서 처음에는 낮은 한숨으로, 신음으로, 그러다 푸념인 것처럼 또 비명처럼 타령조가 흘러나왔다.

어쩌거나, 어쩌거나 불쌍한 내 아들
가엾은 우리 명호
울면서 떠나갔네, 후회 안고 떠나갔네.

엄 노파의 어깨가 조금씩 들썩거린다.

어쩌거나, 어쩌거나,
늙은 목숨, 이 내 목숨
모질게도 질긴 목숨, 이 먼 길을 내 왜 왔나.

엄 노파는 이제 두 팔을 활짝 펼쳐 손가락을 까닥인다.

천지신명 산신 용신

대자대비 석가불님

이 늙은이도 잡아가소.

아들 따라 가고 잡소, 아들 따라 가고잡소.

노파는 갑갑한 앞가슴 옷섶을 풀어 헤치고 깡마른 앙가슴을 주먹으로 탕탕 친다.

눈물로 흥건한 얼굴을 옷소매로 닦아낼 때에 비로소 빠끔히 열린 문으로 조그만 얼굴이 떠 있음을 보았다.

"할머니, 뭐 해요? 할머니 괜찮아요?"

아직 아기로만 보았던 어린 손자가 한국말로 묻는다. 잔뜩 겁이 묻어 있지만 그래도 한밤중 미친 짓을 하고 있는 할머니가 꽤나 걱정되는지 인정스런 목소리였다.

"아가야, 너는 한국말을 할 줄 아는구나. 누가 가르쳐 주었느냐?"

"네, 조금만요. 대디랑은 한국말로 얘기했어요."

"오냐, 내 손주. 참으로 기특하구나."

노파는 손주 아이를 꼭 안아 주었다.

"할머니가 정말 우리 대디의 엄마였어요?"

"암만, 그렇구말구. 네가 네 엄마에게서 나서 자라듯 네 애비도 내가 낳아서 키웠단다."

"할머니, 대디도 나처럼 어린애였었어요? 대디는 어떤 애였어요?"

아이는 아빠에 대해서 무엇이든지 알 것 같은 할머니에게 친근감이 가는지 많은 질문이 쏟아졌다. 아이는 아직 아빠와의 영원한 이별이 믿어지지 않은 채 슬픔에 잠 못 들고 있다가 할머니와 아빠 얘기를 하게 되니 다소 기운이 나는 모양이었다.

"할머니, 우리 아빠에 대해서 뭐든 얘기해 주세요. 난 아빠가 아주 좋았거든요. 나도 아빠랑 똑같이 되고 싶어요. 그러니까 아빠에 대하여 많이 알고 싶어요."

"오냐, 얘기해 주고말고. 할미 집에 가면 네 애비 쓰던 책상이랑 학생 때 사진도 있고 핵교서 타 온 상장도 고스란히 모아 놓았단다."

노파도 손자의 반짝이는 눈망울을 보며 잠시 깊은 시름을 잊고 기운을 내어 말한다.

"정말? 할머니 집 어디예요? 나, 가고 싶어요."

"그래, 너 커서 등에 날개 달면 그때 오너라. 할미가 너 올 때꺼정 기둘리고 있을 테니."

과연 그때까지 내가 살기나 할 건가 하는 염려도 통 크게 내려놓고 노파는 고개를 크게 끄덕이며 자신 있게 말했다.

그리고 마음으로 아들 명호에게 말했다.

"명호야, 네가 아주 헛산 게 아니여. 네 넋이 그대로 네 아들에게 있시야."

노파는 비로소 눈을 조금 붙이고 낼 아침 일찍 일어나 떠날 생각을 한다.

4

우화의
강

우화의 강

유쾌한 골프 여행이었다.

그곳은 남부 플로리다의 쾌적한 날씨가 연일 이어졌고 탁 트인 아름다운 경관의 골프장은 과연 세계 제일급이라는 명성에 손색이 없었다. 가깝고 뜻 맞는 친구 부부 동아리들과 웃고 떠들며 한 바퀴 라운딩한 후, 스파에서 노련한 솜씨의 마사지를 받으며 느긋하게 피곤한 몸을 풀고, 그리고 품위 있는 레스토랑에서 향 좋은 와인과 함께 즐기는 디너, 모든 게 예상했던 이상으로 완벽하여 만족하고 멋진 여행이었다.

"여보, 참 기분 좋은 여행이었죠?"

"음, 그런데 집엔 별일 없겠지?"

"별일은 무슨? 다 큰 애가 집을 보는데. 그치만 수아한테 전화는 해 줘야지."

시계를 보니 밤 9시 20분, 전화에 연결된 딸 수아의 목소리는 여느 때와 다름없이 높고 밝은 목소리.

"엄마, 아빠, 잘 다녀오셨어요?"

"음, 방금 비행기서 내렸어. 필라 공항이야. 집은 별일 없고? 너도 잘 있었지?"

"그럼요, 엄마. 거긴 날씨 좋았어요? 여기는 비가 많이 왔는데."

"아니. 거긴 날씨 끝내주게 좋았어. 덕분에 골프도 잘 치고….""

모녀의 수다가 길어질까 봐 남편이 슬쩍 인상을 쓴다.

"그래, 가서 얘기하기로 하고. 음, 지금 출발하면 열한 시 전에 도착할 거다. 집에 가서 얘기하자."

그들 부부가 집에 도착했을 땐, 10시 50분이 좀 넘어 있었다.

정원에는 집 안에서 비쳐 나오는 불빛으로 환하고 현관문이 반쯤 열려 있었다.

'얘가 우리 오는 거 기다리느라고 일부러 문을 열어 둔 건가?'

"이 밤중에 왜 문을 열어 놨어."

남편도 열려 있는 문이 불안한 듯 투덜대며 현관문 안으로 들어섰다.

'그런데…… 이게, 뭐야?'

"으… 수… 수아야, 수아야. 말 좀 해 봐!"

수아는 최후까지 있는 힘을 다해 저항한 듯 거실의 티테이블과 꽃병이 넘어져서 깨지고 등이나 화분이 떨어져 아수라장인 속에, 수아는 입술을 꼭 깨물고 눈을 크게 뜬 채 쓰러져 이미 숨져 있었다.

범인은 잔인하게 여린 처녀의 머리채를 움켜쥐고 끌고 다닌 듯 여기저기 머리칼과 핏자국이 묻어 있고, 머리는 둔기로 내려친 듯 골수가 흘러나와 바닥에 피와 함께 질펀하게 고여 있었다.

길버트는 방문을 조금 열어 둔 채 게임에 열중하고 있었다.

'누나는 병원에 입원해 있고, 아버지는 아직 그로서리 가게에서 일을 하고 있을 테고, 그리고 엄마는…' 하는 생각에 멎자 그는 조금 머리를 갸웃한다. '조금 전에 누나가 입원한 병원서 출발했다고 하니 도착할 시간이 되고도 남았는데… 왜 이리 늦으실까?' 하며 그래도 손가락은

부지런히 게임 속 표적물을 팡팡 터트린다.

그때 차고 문이 열리는 소리가 들리고 얼마 후 차고에서 집 안으로 들어오는 옆문이 열렸다.

"엄마, 이제 오세요?"

"응, 나 올라가서 샤워 좀 할게."

엄마는 방문 앞을 그림자처럼 스쳐 지나가 위층으로 올라갔다. 이제 엄마도 들어왔으니 길버트는 좀 더 느긋하게 게임을 즐긴다.

위층에서 물소리가 그친 얼마 후 엄마는 말갛게 씻은 얼굴로 길버트 방문을 열며 "저녁은 뭘로 먹었니?" 물어 왔다.

낮은 목소리, 미소 지은 얼굴, 그런 엄마가 길버트는 언제나 좋았다.

"응, 냉장고에서 먹다 남은 피자 꺼내 먹었어요."

"그거 갖고 돼? 라면이라도 하나 끓여 줄까? 뜨거운 국물을 먹어야 먹은 거 같지."

"아니, 됐어요. 근데 누나는 좀 어때요?"

"응. 누나도 이젠 한결 기운을 차리고 있어. 차츰 나아지겠지."

엄마는 잠시 생각하는 듯 망설이다, 마음을 결정한 듯 말한다.

"길버트, 나 어디 좀 빨리 갔다 올게."

"왜요? 엄마, 밤이 깊었는데요."

"그러니 얼른 다녀올게."

"엄마, 내가 라이드해 드릴게요. 어딘지만 말하세요."

길버트는 황급히 후드재킷을 걸치고 엄마를 따라나선다.

그들의 토요타 캠리가 한 블록 떨어진 고모네 집 앞을 지날 때 고모네 집 앞엔 폴리스 차량이 여러 대 서 있고 경찰들이 막 노란색 폴리스 라인을 설치하고 있었다.

"엄마, 고모네 집에 무슨 일이 생겼나 봐요. 잠깐 들어가 봐야겠어요."

"글쎄, 무슨 일일까? 웬만하면 갔다 오는 길에 들러 보자."

그러나 곧 요란한 사이렌 소리와 함께 달려온 앰뷸런스까지 보자 그냥 지나칠 수가 없었다.

모자는 함께 고모네 드라이브웨이로 들어갔다.

앞을 가로막는 경찰에게 길버트는 이웃 사는 친척이란 소개를 하고 현관으로 들어섰다.

아직 수습이 안 된 거실 내부는 처참한 모습 그대로였다.

"고모, 이게 어쩐 일이예요?"

길버트는 경악으로 창백하게 굳은 얼굴이 되어 다음 말을 잇지 못한다. 이럴 땐 엄마가 '침착 일번지'이다. 거의 넋이 나가, 작동이 멈춘 로봇처럼 멍하니 서 있는 고모부에게 차가운 냉수 한 잔을 권한 후, 고모를 부축하여 카우치에 앉히고 낮은 목소리로 말한다.

"고모, 이럴 때일수록 정신 바짝 차려야 해요. 정신 차리시고 경찰에게 보신 대로 얘기하세요. 범인을 찾아야지요. 뭐 의심 가는 데 있으세요?"

고모는 공포와 충격으로 온몸을 부들부들 떨며 크게 벌린 눈망울을 황망히 굴리다가 뒤늦게 엄마를 알아보고 목을 끌어안으며 대성통곡 울음을 터뜨린다. 급하게 연락을 받고 달려온 아버지에게 비탄에 잠긴 고모 부부를 인계하고 길버트는 엄마가 지시하는 대로 델라웨어 강가로 차를 몰았다. 리버사이드 파크, 조그만 파킹랏이 있는 낚시터이다.

수풀은 층층 어둡게 우거지고 사방은 적막했다.

"여기 좀 있어라. 엄마 혼자 잠깐 내려갔다 올 테니."

"엄마 어두운데 어디 가시려구요? 같이 가요."

하며 황급히 따라나서려는 길버트에게

"아, 너는 여기 꼼짝 말고 있으래니까."

엄마는 귀찮다는 듯 쌀쌀맞게 대꾸하며 벌써 물소리가 들리는 강가 내리막길로 들어서고 있었다. 엄마의 손에는 검은 쓰레기 봉지가 들려 있고 좀 묵직해 보이기도 했다.

"엄마가 이상해요."

참혹하게 살해당한 조카딸의 황망한 사건으로 침통한 아버지에게 아들 길버트가 불쑥 던진 말이다. 아버지는 아직 진의를 이해 못한 듯 건성으로 묻는다.

"왜 어디가 아픈 것 같더냐?"

길버트는 '아차' 속으로 움찔하며 얼른 화제를 바꾼다.

"수아 누나의 집에 도둑이 들었던 걸까요? 누나가 너무 반항하는 바람에 그 모양이…?"

길버트는 그 끔찍했던 살인 현장을 상기하며 공포와 분노 그리고 짙은 의혹으로 치를 떤다.

"경찰에선 뭐래요?"

"글쎄. 문을 순순히 열어 준 것이 아마도 아는 사람의 소행 같다더라. 그치만 그 밤중에 웬 아는 사람이 그 집을 찾아갔겠니?"

길버트는 다시 가슴이 서늘해지며 설마하는 마음에 갈피를 못 잡는다.

'사람을 미워한다는 게 얼마나 힘들고 괴로운 일인지. 선량한 사람들은 아마 알 수가 없겠지. 마음속에 미움이나 갈등 없이 평화로운 사람들은 그만큼 행복한 삶이라는 걸 알기나 할까. 나 자신을 태우는 이 지옥의 불길, 사람에 대한 미움과 증오로 내 맑은 영혼을 갉아먹는 이 흉측한 구렁이가 내 마음속에 똬리를 튼 것은 언제부터였나.'

미국에 살던 남편의 누이동생, 즉 시누이가 미국 이민을 권하며 초청해 주었을 때 그녀는 정말 기뻤다. 특히 초·중교에 재학하는 아이들이 더 훌륭하고 균등한 교육 환경에서 선진 교육을 받게 된다는 게 제일 좋았다. 그래서 기꺼이 짐을 쌌다. 새로운 기회의 땅 미국으로 가면 정말 열심히 일하고 노력하여 자손들의 새 삶의 터전으로 말뚝 박으리라 결심하며.

새로운 기대와 의욕과 무지개 꿈을 한가득 가슴에 품은 한 가족이 태평양을 건너 도착한 미국은 생각보다 훨씬 멋진 나라였다. 널찍한 땅과 탁 트인 시야, 우거진 숲과 신선한 대기, 그리고 드넓은 땅만큼이나 너그럽고 적당히 타인을 배려할 줄 아는 교양과 절제 있는 아메리칸들의 자유로운 분위기. 정말 좋은 느낌의 출발이었다.

그런데 문제는 가장 가까운 가족 간의 갈등으로부터 생겨났다.

미국에 오자 우선 이민 짐을 푼 곳은 그녀의 시누이 집이었다.

집의 규모가 상당히 커서 뒤뜰에는 나무가 울창하고 풀장도 갖춘 호사스런 주택이었다. 다운타운 중심가에 큰 상가 빌딩을 소유하고 리쿼스토어도 운영하여 살림이 넉넉했다.

그러나 일거리도 무척 많아 종업원 관리랑, 사는 게 눈코 뜰 새 없이 바빴다. 오자마자 남편은 매형의 비즈니스를 돕기 위해 여러 가지를 학습해야 했고 그녀는 시누이 집 안에 널린 일을 하느라 쉴 새 없이 일에 매달렸다. 집이 크다는 게 별로 좋기만 한 것이 아니란 것도 실제 생활에서 알게 되었다. 청소와 빨래에다 끼니 때마다 음식을 만드는데 가족들의 식성이 모두 달라 각 식구의 맞춤형 음식을 따로따로 준비해야 했다.

시누이 남편은 처남댁의 음식 솜씨가 최고라는 칭찬과 자랑도 함께 너스레를 떨며 저녁마다 친구들을 초대했다. 시누이는 평소처럼 예쁘게 잘 차려입고 손님들과 한자리에 앉아 웃고 떠들며 주방에는 얼씬도 않고 모두 올케인 자기에게만 맡기는 것이다.

그녀는 늦게서야 일이 끝나 집에 돌아가면 온몸이 파김치가 되어 그냥 바닥으로 녹아 버리듯 잠에 빠졌다. 시간이나 마음의 여유 없는 빠듯한 생활에서 삶의 활력과 의욕이 시들고 스트레스만 쌓여 힘없이 찌들어 가는 나날.

아마 시누이네가 그녀 가족을 친절하게 초청해 준 것은 모자라는 일손을 보충하려는 속셈이라는 생각이 깊어지자 무척 억울하고 분하고, 또 오란다고 냉큼 쫓아온 자신이 미워지기까지 했다.

그렇게 바쁘고 고달픈 미국 생활에서 그래도 위안과 희망을 가질 수 있었던 건 딸 애니와 아들 길버트가 학교생활에 잘 적응하는 것이었다. 클래스에서 차츰 두각을 나타내며 좋은 성적을 내고 특히 미국 생활을 매우 즐거워한다는 것이다. 친구들과도 잘 사귀고 개방되어 있는 과외 활동, 스포츠, 봉사 활동도 적극적으로 참여하며 아이들이 마치 물 만난 잉어들처럼 힘차고 호기로웠다. 그런 아이들의 모습을 보는 것만으로 아이들의 밝은 미래를 위한다면 자신 하나쯤의 희생은 견딜 수 있다고 그녀는 자위했다.

수아가 죽기 전 가장 가까이에서 수아와 함께 있었던 로지의 진술이 이어졌다.

로지는 수아와 두 밤을 같이 지냈고 일요일 교회에 출석하기 위해 아침나절 수아와 헤어졌는데 그 밤에 이런 끔찍한 일이 벌어지다니, 아직 충격에서 벗어나지 못한 로지는 바들바들 떨며 또 친구의 불행한 최후에 눈물범벅으로 흐느끼며 말했다.

"정말 이런 일이 믿어지지 않아요. 수아는 그저께부터 어제 오전까지 나와 같이 있었어요. 그제 학교에서 만나 자기 부모님이 골프 여행을 가셔서 혼자 집을 지키게 됐으니 자기 집서 같이 지내자는 거였어요. 우린 시험 기간 중 만나지 못해서 할 말도 많았고 또 나야 어차피 기숙사생이니 기꺼이 수아와 함께 수아 집에 갔지요.

금요일 밤엔 수아가 친구 몇 명을 더 불러 함께 음식과 술을 먹으며 즐기려 했지요. 근데 수아의 기분이 별로 좋아 보이지 않았어요. 애니에게 미안하다며 흐느껴 울기도 했어요. 애니가 수아의 커즌인 건 알았죠. 근데 뭐가 미안한지는 몰랐어요. 수아는 술을 많이 마셨어요. 웬만큼 술을 마시자 기분이 다시 좋아진 듯 헤헤대며 유쾌하게 놀았어요. 아, 형사님. 물론 남자는 없었어요. 여자애들 몇 명이었고 수아가 하도 변덕을 부리는 바람에 흥이 깨져 일찌감치 뿔뿔이 헤어져 갔지요. 수아도 술에 골아떨어져 그냥 잠이 들었어요. 저는 문단속을 하고 어질러진 뒤치다꺼리를 한 후 수아 곁에서 같이 잠 들었어요.

새벽참에 누군가 세차게 문을 두드렸어요. 나는 설핏 잠에서 깨어나 수아를 보니 아직 곤하게 자고 있더라구요. 그래서 내가 일어나 우선 창가로 가서 커튼을 조금 열고 바깥을 내다보았어요. 근데 문 두드리던 사람은 문을 두드려도 대답이 없자 되돌아가고 있더라구요. 네, 나는 뒷모습만 보았는데 몸집이 자그마하고 후드를 푹 뒤집어쓰고 있더라구요. 아직 날이 밝지 않아 옷 색깔은 모르겠구요. 나중 수아가 깬 후에 그런 사람이 와서 문을 두드리다가 갔다고 하니 수아는 피식 웃으며 '우리 외숙모야. 그 아줌마는 아무 때나 우리 집 드나드는 친척이야.' 하더군요."

로지는 잠깐 이마를 오므려 생각에 잠기다 망설이듯 말을 계속했다.

"토요일 오후쯤, 수아 피앙세 케빈이 노란 스포츠카 포르쉐를 타고 '고아웃' 하자고 왔어요. 그런데 웬일인지 수아가 상당히 히스테릭한 반응을 보이더라구요. 노골적으로 냉담하게 케빈을 구박하자 케빈은 시무룩해져서 돌아갔어요. 케빈은 정말 핸섬하고 착한 훈남인데 왜 그렇게 쫓아내냐 하고 내가 수아에게 물었어요. 수아는 말없이 서글프게 웃었어요. 그리고 '우리 맛있는 거나 해 먹자.'라고 말하더군요.

토요일 밤은 저녁을 먹고 음악을 들으며 조용하고 우아하게 보냈어요. 수아는 별말 없이 뭔가 생각에 잠겨 잡담할 기분이 아니었나 보더라구요. 그리구 다음 날 아침 일요일, 난 교회에 가려고 일찍 그 집을 나왔어요.

만약 내게 조금의 혐의라도 있다면 교회 친구들, 그리고 기숙사 룸메이트가 나의 알리바이를 시간대별로 증언해 줄 거예요."

특히 그녀의 큰 위안은 착한 딸 애니였다. 시누네는 단 하나 공주같이 소중하게 키우는 딸 수아가 있었다. 애니와 수아는 동갑내기였고 비슷하게 성장하여 모든 면에서 서로 비교가 될 수밖에 없었다. 따라서 걔들도 서로 은근한 경쟁의식이 있었는지도 모른다. 그녀의 딸 애니는 자기 부모가 고모인 수아네 집일을 머슴처럼 안팎으로 해 주는 것을 매우 자존심 상하고 못마땅해했다. 자연히 생활 수준의 차이로 수아는 커다란 저택에서 부족한 것 없이 호사스럽게 사는데 자기는 좁은 아파트에서 옹색하게 지내는 모양이 스스로에게 자격지심이 아닐 수 없었겠지만 그럴수록 애니는 믿을 게 공부밖에 없다고 생각했는지 더욱 열심히 학업에 분발하고 올인했다. 하이스쿨 시절, 다른 또래 아이들은 멋을 내고 친구들과 어울려 놀러 다니느라 바쁜데 애니는 늘 학교에서 곧장 집에 돌아와 바쁜 부모가 미처 챙기지 못한 자질구레한 집안일을 모조리 해냈다. 널브러진 빨래들을 모아 세탁하고 집 안을 말끔히 청소하고 늦게서야 돌아오는 엄마 아빠를 위해 따뜻한 밥과 국을 만들고 동생 길버트의 학교 일정을 챙겨 공부를 도와주었다. 너무나 완벽한 그녀의 축복같은 딸. 때로는 자기가 무슨 복으로 이런 착하고 지혜로운 딸을 갖게 되었는지 황홀한 행복의 원천, 그것이었다.

자기 향상을 위해 그토록 노력한 보람으로 애니는 아이비리그로 알아주는 유펜대학에 장학 혜택을 받으며 진학했다. 운명의 핑크빛 미소는 애니에게 멋진 남자 친구도 선사해 주었다.

애니가 집을 떠나 기숙사 생활을 할 때 인생 첫 번째로 다가와 마음으로 받아 준 사람, 그는 중국계 이민 3세로 이미 꽤 많은 재산을 축적하고 가족들이 유수하고 번화한 집안의 아들이었다. 그 집에서도 똑똑하고 단정한 애니를 인정하고 한 가족으로 반갑게 받아 주어 두 젊은이의 앞날은 이미 행복 티켓을 쥔 듯하였다. 그런데 돌발 상황. 그 사이를 비집고 수아가 들어서며 이들의 관계에 지각 변동이 생겼다. 아마 수아가 호기심이 동해 소개시켜 달라고 졸라서 한 번 합석했던 모양이었다. 이미 가진 것이 많은 수아는 케빈마저 탐이 나 빼앗고 싶었을까.

아직 방학도 아니고 휴일도 아닌 어느 날 애니가 집에 왔다. 문에 들어서는 애니는 기운 없이 수척한 모습이었다.

"아니, 너 무슨 일이 있니? 어디 아퍼? 갑자기 웬일로 온 거야?"

걱정스런 궁금증으로 한꺼번에 너무 많은 질문을 쏟아 내는 엄마에게 애니는 희미하게 웃으며 "엄마, 나 쉬고 싶어 나중에 말할게요." 하며 제 방으로 들어가 버렸다.

다음 날도 애니는 밥도 안 먹고 잠도 못 자는 듯하여 걱정스레 들여다보면 애니는 똑바로 누운 채 천장만 뚫어지게 쳐다보고 있곤 했다. 그날 밤 애니 방에서 숨죽여 흐느껴 우는 소리도 들렸다. 무슨 맘 상하는 일이 있어 한밤중에 저리 서럽게 울까. 그녀는 딸 애니의 애처로운 울음소리에 가슴이 에이듯 아파 왔다. 새벽 일찍 남편이 가게로 일 하러 나간 후, 그녀는 울고 뒤척대다 늦게야 잠들었는지 조용한 애니 방문을 열어 보았다. 침대가 텅 비어 있었다.

'얘가 일찍 어디 갔나?'

미심쩍어 딸려 있는 화장실 문을 여는 순간, 그녀는 너무 놀라 머릿속이 하얗게 비었다. 샤워 꼭지에 가운 허리띠를 걸어 목을 맨 것이다. 기겁을 하며 끈을 풀어 내려놓으니 다행히 숨이 끊어지진 않았다. 얼마나 다행인가. 하나님, 고맙습니다.

"도대체 아가야, 무슨 일이 있었던 거니? 엄마한테 말 좀 하렴. 왜 너 혼자 힘들어하는 건데. 이 엄마 너를 위한다면 무슨 짓인들 못하겠니? 엄마가 너를 지켜 주는데 나한테 도와달라고 하지, 이 바보야."

"엄마한테 미안해요. 그런데 나 살기 싫어졌어요. 사는 게 두려워. 사람들이 무서워. 두렵고 무서운 이 세상에서 이 삶에서 도망가고 싶었어.

알아요, 엄마가 얼마나 극진하고 좋은 내 엄마인지. 그렇지만 엄마, 엄마가 내 인생을 대신 살아 줄 순 없어요. 나한테도 나름대로 살아가는 데 많은 어려움이 있어요. 그건 누구에게도 미룰 수 없는 나만이 겪고, 내가 그 결말에 책임져야 하는 일들 말이예요. 난 여태껏 그런 어려움이 있어도 두려워하지 않고 망설이지 않고 비교적 잘 헤쳐 왔어요. 그 결과도 나쁘지 않았구요. 그런데 사람으로 인해 부딪치는 일이 제일 어렵고 두려운 걸 알았어요. 앞으로도 내가 사람이니까 사람 속에 섞여 더불어 살아가야 하는데 나, 이제 자신이 없어졌어요.

케빈은 정말 좋은 사람이었어요. 처음 만났을 때부터 내게 더없이 친절했고 스마트하고 흠잡을 데 없이 멋진 사람이었어요. 내가 그를 너무 믿고 많이 기대었나 봐요. 그가 늘 곁에 있었는데 떠났다고 생각하니 내 존재가 갑자기 텅 빈 비눗방울 같더라구요. 상상할 수 없이 가벼워서 공중으로 올라가다 탁 터질 일만 남은 비눗방울 말이예요. 여지껏 살아오며 물론 엄마가 많이 힘이 되어 주셨지만 누구한테 지면서 산 적 없잖아요? 내 숙명의 라이벌, 무시할 수 없는 적수, 수아, 그 애는 예쁘고 발랄하고 부러울 게 없이 다 갖추었지만 학교 성적은 나보다 못했잖아요?

실력 있고 유능하며 좋은 가문에 더하여 나 하나만을 사랑하는 남자가 있다면, 그런 사람과 결혼까지 한다면, 난 단숨에 상류 사회로 수직 상승하여 수아 따위 맞먹으며 의기양양 살 수 있다 생각했어요.

그런데 엄마. 왜 하필 수아냐구요. 케빈 마음을 뺏어 간 수아, 걔와 난 친척이잖아요? 그들에게 행복하게 잘 살라며 축복해 줄 수 없잖아요? 난 그들이 행복하게 달콤하게 사는 꼴은 못 보겠다구요. 엄마, 미안해요. 이런 내가 경박하고 유치해서 실망스러운가요? 세상 사람들이 나를 어리석다고 비웃어도 이게 나의 진심이예요. 난 공부도 잘했고 친구들과도 활발하게 지냈지만, 사실 단 한 사람 때문에 어이없이 무너지는 단순하고 경솔한, 단세포 계집애일 뿐이예요.

나는 앞으로 세상에 나가 살 자신이 없어요. 차라리 날 죽게 내버려

두시지 그랬어요. 다시 살아났어도 기쁘지 않아요. 난 앞으로 어떻게 살아야 해요?"

딸에게서 살고 싶지 않다고 몸부림치는 모습을 보는 부모 마음은 어떨까? '차라리 나를 낳지 말지, 그냥 죽게 내버려 두지.' 하는 원망을 듣는 엄마의 마음은 어떨까? 인생 초보 애니가 하필이면 그 첫 애인을 사촌에게 빼앗겨 생전 곁에서 그 꼴 보고 살 수 없다는 통곡을 들으며 엄마로서 그녀는 그냥 심장이 얼음 속에 담겨진 듯 저리디저릴 뿐이었다.

사실 그녀는 수아를 어쩌겠다는 생각은 애초에 없었다. 다만 타이르고 싶었다. '사촌끼리 그러면 안 되지. 남자 친구도 중요하지만 친척이기도 한 애니에게 그토록 상처를 주면 안 되지.' 그런 의논 아닌 하소연을 해 볼 생각이었다. 애니를 생각해서 너도 케빈한테서 멀어지라고, 그 따위 이리저리 마음 가벼운 사내라면 너도 언젠가 애니처럼 당할지도 모른다는 말이 나왔을 때, 수아는 차갑게 웃었다.

"아줌마, 나를 애니와 나란하게 생각하지 마세요. 애니와 나는 차원부터 달라요. 애니는 그 수준에서 어울리는 사람과 만나라고 하세요."

한국어에 서투른 그 애가 기껏 내뱉은 말이었다.

"차원부터 다르다니. 우리가 너네보다 늦게 이민 와서? 너네가 돈이 많아서?"

수아는 내친김에 할 말은 다 하겠다는 듯 새촘하게 눈을 흘기며 쏘아붙였다.

"한꺼번에 너무 많은 것을 가지려 욕심으로 똘똘 뭉친 외숙모 식구들, 질리고 역겨워."

아, 그 말을 듣자 그녀의 이성은 사고를 멈추고 그녀의 브레인 속의 낯선 한 마리 악마가 일어났다.

맹세코 그녀는 그곳에 없었다. 악마가 그녀의 육신을 빌려 모든 걸 다 휘두른 것이었다. 그녀는 악마에 의해 땅끝까지 지옥 밑바닥까지 추락하고 말았다. 그리고 문을 열자 시원하고 부드러운 바람을 온 몸으로 느끼며 담담하고 침착하게 그 집을 나왔다.

악마는 떠나고 그녀의 행위만 처절하게 남은 그 집을.

수아를 화장하여 그 유골을 납골당에 안치하고 온 날 저녁, 남편과 길버트, 딸 애니까지 온 식구가 한자리에 모였다.

두 밤과 세 날이 마치 긴 세월이었던 듯 둘러앉은 사람들도 모두 오랜만에 만난 낯선 가족인 듯 피곤하고 시무룩한 분위기가 한없이 무거웠다. 남편도 눈길을 피하는지 세운 무릎 위에 팔굽을 올려놓고 바닥만을 응시하고 있었다. 사람이 너무 순하니까 이리 치이고 저리 치여도 자기 목소리 한번 딱 부러지게 내지 못하고 언제나 양보만 하며 살아온 착한 남편. 뭔가 불안함을 느끼나 차마 물어보지 못하고 속만 끓이는 그의 속이 훤히 보였다. 감싸고 있는 침묵이 너무 버거운 듯 길버트가 입을 열었다.

"엄마, 왜 그런 큰일을 저지르셨어요?"

"길버트, 너 도대체 뭘 보고 그렇게 단정 짓는 거야? 왜 까발리지 못해 안달이야?"

애니가 참았던 울음을 터뜨리며 신경질적으로 소리쳤다. 그리고 엄마를 향해 울먹이며 말했다.

"엄마가 아니지요? 길버트가 잘못 안 거죠? 엄마가 그럴 리 없어. 엄마, 아니라고 해요. 설마 엄마는 절대 아니예요."

남편도 그제사 얼굴을 들고 평생의 유일한 조력자, 의지했던 사람,

사랑하는 아내를 바라보았다.

"사실이요? 어떻게 그런 끔찍한 짓을 설마 당신이 했단 말이요?"

또다시 한참 동안의 긴장된 침묵이 지난 후 길버트가 단언하듯 말했다.

"엄마, 내일 적당한 변호사를 찾아 의논하고 함께 자수하러 가시지요. 그래야 엄마가 편해지세요. 엄마 그렇게 하세요."

그녀는 한숨을 쉬며 메마른 목소리로 말했다.

"그러자꾸나. 말을 하다 보면 가닥이 잡힐까?"

낮게 훌쩍이던 애니는 다시 사나운 울음을 터뜨리고 남편은 창백한 얼굴을 천장으로 향했다.

무겁고 괴로운 방 안 분위기를 뒤로한 채 그녀는 조용히 방을 나왔다. 바짝 마른 입을 찬물로 축이고 창가에 서서 검은 하늘을 올려다보았다. 이제 와서 수아가 뱉어낸 독한 말을 되씹어 봐야 무슨 소용인가. 그 애는 쉬이 가고 그 업보를 짊어진 나만 남지 않았나. 아, 내가 지키려던 나의 가정, 나의 아들 딸, 함께 사이좋게 늙어 갈 남편까지 모두 이렇게 멀어지는 게 아닌가.

다시 치솟는 한숨을 가만히 눌러 삼키며 밤하늘에 천진하게 반짝이는 몇 개의 별을 바라보았다.

5

엎드린
산

엎드린 산

1. 동심

이른 아침.

안개가 사방으로 자욱하다. 우윳빛 기체는 자잘한 물기를 머금어 무겁게 아래로 처지고 나뭇잎 풀잎에 물방울로 맺혀서 또르르 굴러 내린다.

온 세상 소음은 안개가 모두 흡수해 버렸는지 고요 적막하다. 풀벌레들의 소음도 들리지 않는다.

시야 3~4미터만을 내다볼 수 있는 가시거리에, 새로 닦은 신작로의 하얀 흙과 자갈이 습기로 차분하고, 한낮 땡볕 아래 풀풀 날리던 뽀얀 흙먼지는 비현실적인 기억이다.

언뜻 멀리에서부터 도란도란 말소리가 들려온다. 자박자박 가벼운 발자국 소리도 들린다.

계속 재잘대는 쪽은 어린 여자아이, 그리고 가끔 짤막하게 대답하는 사내아이. 차츰 목소리가 가까워지고 등교하는 초등학생 두 아이의 모습이 안개 속에 윤곽부터 서서히 드러난다.

"오빠야, 니 오늘 점심밥 건건이는 뭐꼬?" 묻는 여자아이.

"응, 외숙모님이 싸 주시는 대로 들고 나와서 나도 모르겠는데."

남자 아이는 싱겁게 대꾸하고 "너 오늘 밥만 싸 왔구나. 점심시간에 느티나무 아래로 나와라. 나하구 같이 밥 먹자." 부드럽게 말한다.

남자아이는 까까중머리에 검은색 천으로 만든 배낭 비슷한 걸 어깨에 메었고, 여자아이는 책보자기를 허리에 감았다. 그리고 손에 들린 작은 베보자기 보퉁이에는 소중한 점심밥이 들어 있다.

요석은 어젯밤에도 뒷집 사는 연신네 집에서 일어난 소동을 알고 있다. 번번이 일어나는 소동이라 놀랄 것도 없다. 그건 연신의 아버지가 저녁마다 잔뜩 술에 취해 들어와서는, 늦은 저녁상에 둘러앉아 밥을 먹는 자기 식구들의 밥상을 뒤엎고 행패를 부리는 것이다.

그 바람에 연신이와 엄마, 어린 두 남동생들은 밥도 제대로 못 먹고 구석에 몰려 앉아 공포에 떨다 그대로 잠들어 버린다는 것을 요석은 사진을 보듯 훤히 안다.

연신이는 오늘 아침 일찍 일어나, 어제 저녁 내동댕이쳐져 흐트러진 밥알을 대충 모아 놓았던, 찬밥 덩이를 밥그릇에 담아 왔다는 말을 장황하게 하지만 듣는 요석은 가슴속에 뜨겁게 차오르는 연민을 차마 말하지 못한다.

외삼촌과 외숙모도 그 소동을 들으며 탄식하시지 않던가.

"저 한 서방이 어서 회개하고 교회에 나와야 저 집 식구들이 살 만할 텐데."

"그러니 여보, 저 가족들의 구원을 위해 우리 더 열심히 기도합시다."

요석은 어젯밤에도 외삼촌 부부의 두런거림을 들으며 연신을 걱정하며 힘들게 잠을 청했다.

학교 뒤편, 그늘진 커다란 느티나무 아래 – 교사 앞쪽 운동장에 모여 노는 아이들의 소음만이 바람결 따라 간간이 들려올 뿐 - 여긴 조용하고 웅숭깊다.

요석이 기다린 지 얼마 안 돼 연신이 통통 뛰어온다. 두 손으로는 점심 밥그릇을 감싸듯 들고서.

요석은 자기 점심 보자기를 끌러 낸다. 밥주발과 따로 싼 벤또에는 계란말이, 멸치볶음, 그리고 무장아찌도 들어 있다. 연신이는 얼른 무장아찌를 집어 들어 이 세상 더없이 맛있는 음식처럼 아삭아삭 먹성 좋게 씹는다.

"요석이 오빠야, 난 오빠가 있어 참 좋아."

"연신아, 이 계란말이와 멸치볶음도 어서 먹어, 많이 먹어."

둘은 각자 싸 온 점심밥을 맛있게 먹는다. 물론 연신은 오빠의 반찬을 실례하고 있지만 망설임이나 거리낌은 별로 없다.

요석은 잠시 먹는 일에 열중한 연신을 본다. 볼살이 통통한 연신은 이제 5학년이고 집에 가면 일 나간 엄마를 대신해 동생들을 돌봐 주고 저녁밥도 해내느라 손은 어린애답지 않게 거칠고 뻣뻣하다.

요석은 문득 가여움과 귀엽고 사랑스런 느낌이 벅차게 목으로 차오른다. 언제까지나 자신이 연신이 곁에 있어 연신이 배곯지 않고 편하게 살도록 지켜 주고 싶다는 성숙한 생각을 해 본다.

"요석이 오빠야, 내년이면 니 졸업이네. 상급핵교 진학은 준비하고 있나?"

열심히 밥을 퍼 먹던 연신이 문득 생각난 듯 묻는다.

"물론 그러제. 외삼촌과 외숙모님은 내를 서울 핵교로 보낼려고 하신다."

"니 공부 잘 하나? 서울 핵교는 되기 힘들다든디."

"그러나 마나, 그건 걱정 없데이. 그란디….”

"그란디, 뭐?"

요석이 그냥 머뭇댄다. 요석은 연신을 두고 떠난다는 게 너무 미덥지가 않다. 술주정꾼인 아버지 밑에 가난한 살림, 그리고 두 어린 동생의 큰언니. 연신의 짐이 너무 애처로워 요석은 차마 떠난다는 말이 쉽지않다.

'연신아, 너 마음 굳게 먹고 살아야 한대이.'

눈을 휘둥그레 뜨고 쳐다보는 연신을 바라보며 요석 혼자 입 안으로 중얼댄다.

"외삼촌, 저는 그냥 여기 근처에 있는 근명종합기술학교에 진학하고 싶어요. 졸업하면 외삼촌과 농사지으며 외삼촌, 외숙모님 잘 모시고 살게요.”

요석이 서울 K중학교에 합격 통지를 받은 날, 요석은 외삼촌 부부 앞에 어렵게 청을 드린다.

그러나 외삼촌 부부의 대답은 단호하다.

"네 아버지와 어머니는 인민군 앞에 예수 신앙을 지키려다 순교한 분들이다. 어린 너를 우리에게 맡기시며 너를 굳센 믿음의 자식으로 키워달라 부탁하셨어. 부모님의 소망을 잊으면 안 된다. 우리에게도 이런 특별한 임무가 있어 너를 평범하게 키울 수가 없구나.”

외삼촌의 엄격하고도 결단에 찬 음성, 그리고 외숙모님의 눈물 어린 슬프고 간절한 시선. 요석은 더 이상 고집을 피울 수 없다.

요석의 아버지는 시골 조그마한 개척 교회의 목사였다.

6·25 사변 때, 인민군들은 이 작은 시골 마을까지 들어와 교회와 신

자들을 유린하고 박해했다. 그러나 끝까지 신앙을 지키며 오히려 그들을 회개시키려는 요석의 부모는 최고 악질 반동으로 몰려 깊은 산속으로 끌려가 처형당했다. 미리 피신하여 달아났던 외삼촌 부부의 덕분으로 생명을 지킨 요석은 그때 겨우 다섯 살. 신앙 깊은 외삼촌 부부는 요석을 순교당한 부모의 아들로서 그 부모의 대를 잇는 신실한 교역자로 키우려 굳게 결심하신 것이다.

2. 청춘

서울 K중학교와 K고등학교 6년의 교육 과정을 졸업하고 Y대 신학대학에 무난히 합격한 뒤, 요석은 다시 한 번 외삼촌 부부 앞에 무릎을 꿇었다.

"외삼촌, 저는 그냥 보통의 남자가 되어 외삼촌을 어버이로 섬기며 아내랑 아이들이랑 한 가정을 이루고 평범하게 살고 싶습니다. 저는 특출난 인간이 아닙니다. 신학교 포기하겠습니다."

그동안 요석을 뒷바라지하느라 힘들게 농사지으며 살아온 세월 속에 한결 늙고 초췌한 모습의 외삼촌 부부는 여전히 고개를 가로흔들며 단호하게 답한다.

"요석아, 너는 한두 인간, 네 가족만이 아니라, 세상에 많은 가난하고 병들고 핍박당하며 힘들게 사는 사람들을 위해 네 힘을 쏟아야 할 사명이 있다. 그걸 명심하고 거역하지 말아라. 그리고 네 모든 고민이나 걱정은 모두 하나님께 맡겨라. 하나님은 반드시 너와 함께 계시니 너를 잘 인도해 주실 게다."

요석은 언젠가부터 기도가 서툴지 않았다. 고요한 가운데 눈을 감고 높은 그곳으로 정신을 집중하면 한없이 부드러운 기체가 자신을 감싸 듯 누군가의 따뜻한 숨결이 느껴진다. 신의 숨결일까? 하늘에서도 아들을 위해 신께 중보 소망을 비는 부모님의 숨결일까? 잘 모르지만 요석은 위안을 느끼며 편안해진다. 그래서 청춘의 회오리치는 욕망도 외로움도 멀리 비켜 갈 수 있었는지 모른다.

그런데 오늘의 기도는 특별히 길고 간절하다.

'하나님, 저는 못나고 부족한 인간입니다. 주님의 사명이란 게 저로선 두렵고 겁이 날 뿐입니다. 무엇보다 저는 착한 여자를 아내로 맞아 아이들을 낳고 외삼촌, 외숙모를 부모 삼아 평범하고 건실하게 살고 싶습니다. 허락해 주소서. 응답해 주소서.'

젊은 요석의 기도는 마음 깊은 애원을 담고 있었으나 아무런 응답이 없다. 그러나 요석은 자신을 응시하는 슬프고 근심에 찬 깊은 시선을 온몸으로 느낀다. 따끔한 에너지가 전해져 오며 심장을 쩡하게 울린다. 요석은 가만히 한숨을 내쉰다.

며칠 후 요석은 뒷산 야트막한 빈터에서 연신을 기다렸다 .

그 빈터는 웬만한 야구장 넓이로 한편에는 나무 기둥으로 세운 철봉 틀, 그리고 역시 다듬지 않은 거친 나무로 만들어진 긴 의자가 있다. 이곳은 이 마을 아이들의 놀이터이고 어르신들의 마실 터이자 한여름 개를 잡아 보신탕을 추렴하기도 하는 마을 모두의 쉼터이다.

저녁 어스름이면 때로 젊은 청춘, 그들의 은밀한 밀회 장소가 되기도 하는 곳.

아직 해는 지지 않았지만 석양이 머지않아 하늘은 연한 살구빛이다.

별로 변한 것 없는, 어렵고 궁색한 삶이었을 터이나 연신은 그럼에도 홀쩍 자라 호리호리한 몸매, 가느다란 종아리가 회초리처럼 날렵하고 탄탄하다.

이제 조금 더 석양이 짙어져 발그스레한 복숭앗빛 하늘을 배경으로 서 있는 연신을 요석은 찬찬히 바라본다.

까무잡잡한 얼굴이 매끄럽고, 요석을 바라보는 그녀의 눈이 가을 포도알처럼 깊게 빛을 빨아들인다. 그리고 야무진 입술.

"연신아, 네가 많이 생각나더라. 언제나 궁금하고 걱정되고."

"피이, 그짓말 마라. 그란데 편지 한 장 없었노?"

연신은 옛날 도시락 같이 먹던 때처럼 허물없이 입을 비쭉한다.

"그렇지만 네게 잡념이나 욕심을 품은 적은 없어. 다만 너를 언제나 항상 지켜 주고 싶다는 생각이…. 거기에 내 인생을 몽땅 바친다 해도, 그래도 괜찮다는 생각을 때때로 했어."

"오빠야, 그기 뭔 소린고? 내는 오빠에게 아무것도 바란 게 없다."

"근데 우리 외삼촌은 내게 더 많은 사람들을 위해 내 인생을 살라고 하신다. 그게 하나님이 내게 주신 사명이라고."

요석은 이제 해가 산 넘어 뚝 떨어져 서서히 부드러운 비둘기색으로 변하는 하늘을 바라보고 있다.

하얗고 뾰족한 옆얼굴, 검은 눈은 한없는 걱정스러움과 우수를 담고 있어 연신과의 만남은 차라리 그의 또 다른 하나의 십자가인지도 모른다.

"오빠야, 나는 누구의 보살핌을 받을 사람은 아니제. 오히려 내가 보살펴야 하는 내 가족이 있대이. 아버지도 이제 힘이 빠져 처량하게 누워 지낸대이. 어매와 난 우리 가족 사는 일에 보탬이 된다면 무슨 일이고 열심히 한대이. 난 바쁘고 책임이 크니 난 내삐리 둬라. 그리고 오빠야, 난 잘 모르지만 오빠가 받은 사명을 잘 이루어라."

연신은 비록 국민학교만을 졸업했으나, 지난 6년의 험하고 고달픈 세월이 스승이 되어 더더욱 어른스럽고 야무져 있다. 요석은 오히려 자신의 여리고 무력함을 느끼며 할 말을 잊는다.

요석은 연신의 어깨를 조심스럽게 감싸 안으며 "정말 굳건하게 살아라. 정 어려울 땐 날 찾아오너라." 하고 등을 토닥인다.

그리고 속으로 다시 한 번 되뇌인다.

'내가 사랑하여 지켜 주고 싶은 내 가족, 나의 누이.'

3. 유학

요석은 다시 학교 강의실로 돌아가 학문에만 몰두했다.

가끔 조용한 시간, 눈을 감고 깊은 생각에 잠긴다. 얼굴도 잘 모르고 희미한 실루엣만으로 남은 부모님을 찾아 대화를 청한다. 하노라면 옆으로 잔잔히 미소 짓는 형체가 느껴진다. 요석은 이런 시간을 자주 가질수록 정신 영역이 확장되며 시공을 초월하는 감각 능력이 진보되고 있다. 그곳은 비현실적이며 오감 따라 마음속으로 들어오는 이해와 긍정, 확신, 남들은 쉬이 느낄 수 없는 사유의 깊고 넓은 공간이다. 누군가 그 무한대의 공간 속에 주인이 되어 선한 의지와 확고한 질서로 다스리고 있음을 확실하게 느끼며 자신도 그 계획 중 일부분임을 몸과 마음으로 실감한다.

'오, 주여 저를 도구로 쓰소서.'

요석은 대학교 재학 중 군복무를 마쳤다.

제대 후 복학하여 유학 준비도 차근차근 해 둔다.

고교 때부터 제2외국어로 독일어를 선택하여 기초나 문법 체계를 어느 정도 알고 있는 위에 실생활에 적응하는 듣기, 말하기, 독해력 어느 한 가지도 소홀하지 않았다. 더하여 유럽 언어권의 대세인 불어나 이태리어 서반아어까지도 열심히 습득해 두었다.

그리고 유학의 목표 코스로는 신학에 관한 한, 종교 개혁의 진원지로 많은 신학자들을 배출한 독일의 본고장으로 가고 싶다. 종교에 관한 더욱 깊고 진지하며 온전한 모든 것을 배우고자 하는 열정으로 고대 히브리어나 또는 헬라어까지도 해독하려 노력했다.

그리하여 궁극적으로 자신이 나아갈 현실적이고 구체적인 길을 찾으려고 철저히 준비해 나갔다. 과연 노력과 준비한 보람이 있어 국가에서 치른 국비 장학생에 선발되었다.

독일로의 유학의 길이 열린 것이다.

독일로 떠나기 며칠 전 요석은 하직 인사로 외삼촌댁에 들렀다.

여전히 반겨 주시는 외삼촌 내외. 요석은 고맙고 기쁜 마음으로 꿇어 엎드리며 머리를 깊숙이 숙여 절했다.

"모두 외삼촌과 숙모님의 정성 덕분입니다. 은혜가 큽니다. 고맙습니다."

"아니제, 네가 잘해 왔지 않은가? 하나님의 보살핌이 크신 게다."

예전이나 변함없이 정갈하고 조촐한 집 안은 세월의 자국으로 헐었고 피폐하다. 그처럼 외삼촌과 외숙모님도 세월 속 바람을 비켜 갈 수 없어 주름살이 늘어난 모습에 요석은 마음이 싸하니 아프다.

"외삼촌, 제가 공부 마치고 올 때까지 건강하게 잘 계세요. 제가 돌아와서 잘 모실께요."

외삼촌은 만족한 얼굴로

"그래, 그래 애썼다. 네 부모님도 하늘나라에서 기뻐하실 꺼다. 우리

두 늙은이는 걱정 말거라. 우리 내외나 너도 하나님께서 잘 지켜 주실 께다. 모든 걸 주님께 맡기고 각자 맡은 직분들을 열심히 준행하자. 그리고 다만 기도, 늘 기도, 우리 합심하여 항상 기도하자꾸나."

튀빙겐 대학, 독일 중부의 작은 도시 튀빙겐에 위치한 이곳은 1477년, 유럽에서 50번째로 설립된 유서 깊은 대학이다. 신학부가 주축을 이루고 의학부와 법학부도 우수한 실력을 자랑했다.

별다른 큰 건물은 없지만 아기자기 예쁘고 고풍스런 목조 건물들이 정연한 질서를 갖춘 아름다운 도시, 여기저기에 대학 건물과 기숙사 등이 함께 산재해 있어 주민들과 여러 곳에서 모여든 젊은 학생들이 공존하며 고요하고 평화스럽게 살아가는 그 도시는 그림처럼 아름답다. 언덕 위에 우뚝 선 오래된 캐슬, 도시 외곽을 감싸고 흐르는 맑고 푸르른 강, 젊은이들이 공부에 지친 머리를 식히기에도 좋은 환경은 요석에게 큰 놀라움과 감동을 주었다.

'이 아름답고 지혜로운 땅으로 인도해 주신 하나님, 참으로 고맙습니다.'

요석은 입 속으로 조용히 외쳤다.

세미나가 열린다고 했다. 초빙 교수는 세계적으로 저명한 신학자 '칼바르트'.

신약 성서에 대한 수많은 저술로 1920년대에 세계적인 명성을 날렸고 특히 로마서를 집중 해설한 그의 로마서 해설집은 모든 신학자들에게 교과서적 중대한 의미로 통했다. 그런데 세미나 안내 팸플릿에 새겨진 그의 사진.

'어, 낯익은 얼굴. 이분이 아직 생존해 계시다니!'

요석은 적이 놀랐다.

요석의 머리에 기억되는 생생한 기억, 요석이 중학교 시절 어느 일요일, 목사님은 설교를 끝내고 강대상에서 내려오시다가 문득 신문 한 장을 펼쳐 어느 한 컷의 사진을 신자들에게 보이며, "이 사람은 신학자이고 목사지만 반드시 천국이 아닌 지옥으로 갈 사람입니다." 하는 것이다.

어린 요석은 '그 사람이 지옥 갈 사람이라면 혹시 머리에 뿔이 났을까?' 하는 궁금증이 나서 목사님을 따라가 다시 사진을 보여 달라고 했다. 기억에 각인된 그 이름, 칼 바르트. 요석은 아마 '그가 담배를 끊지 못하고 늘상 파이프를 물고 있어서 지옥 갈 사람이라고 했나?' 정도로 생각하고 있었는데, 그가 아직 그것도 이 도시에서 생존해 있다니. 그리고 그를 실제로 만날 수 있다는 게 꿈만 같았다.

요석은 그에게 꼭 확인하고 싶었다. 기대했던 세미나가 끝난 후 그를 따라가 간단히 인사를 했다.

"선생님, 반갑습니다. 한 가지 여쭙고 싶어서요."

"뭔가? 말하게."

"제가 열몇 살쯤일 때, 우리 목사님이 신문에 난 선생님 사진을 보이시며 이 사람은 지옥 간다 하셨는데 선생님, 지옥 갈 무슨 일이 있으셨나요?"

독일말은 참으로 냉혹하고 직선적이다. 에둘러 하는, 보다 부드럽고 은유적인 표현이 부족하다. 그러니 참으로 난처한 질문을 그대로 다이렉트로 할밖에.

노교수는 순간 표정이 굳어지며 눈을 감는다. 그리고 잠시 후 망설이며 말했다.

"내가 지금 바쁘고 피곤하여 길게 얘기할 수 없구만. 다음에 다시 연락하지."

일주일 후 요석은 다시 그 노학자를 찾았다. 그는 저번보다 훨씬 평정을 찾은 듯 보였다.

"나는 신약을 평생 연구하고 여러 주석과 해설을 달아 많은 저술을 하였네. 그때 나는 아직 젊었고 자만으로 가득 찼다네. 내게 어떤 오류가 있으리라곤 전혀 의심치 않았지. 그러나 내 신학적 견해, 성경에 대한 해설이 하나님 뜻에 맞지 않았던 점도 있지 않았을까. 내 깊이 생각해 보니 그 자만과 오류를 자네 목사님이 바로 짚으셨는지도 모르겠네."

그 노학자는 매우 곤혹스러운 얼굴로 그러나 담담하게 말했다.

"지금은 그 자만과 치기를 깊이 부끄러워하고 후회하고 있다네. 판단은 주님께서 할 일. 남은 인생에서 더 이상 죄짓지 않고 다만 회개하며 겸손하게 살려 하네."

요석은 노학자의 진심에 찬 깊은 회한과 겸허의 목소리에 질리고 말았다. 그가 예상한 건 기껏해야 "우하하! 내가 아직 담배를 피우고 있어서 자네 목사님이 꽤 눈꼴이 시었나 보지." 이런 가볍고 유머러스한 반응이었는데 너무 무겁고 진지한 대답에 할 말을 잃었다.

신약학을 강의하는 위르겐 몰트만 교수. 그는 신학부 교수 중에서도 가장 존경받고 인기 있는 유명한 교수였다. 그의 강의 시간에는 신학부 학생뿐 아니라 의학부와 법학부 학생, 대학원생, 심지어 목사 시험을 통과한 수많은 학생들이 몰려와 경청했다.

어느 날 그는 수업을 시작하기 전, 교단 앞에서 두꺼운 성경책을 번쩍 들고 말했다.

"여러분 이 안에 가득 적힌 기록과 내용들을 믿으십니까?"

약 이백여 명이 모인, 1층과 2층이 툭 트여 넓은 강의실 안은 다만 조용할 뿐이다. 그 정적이 요석에게는 너무도 길고 답답하였다. 중간쯤 구석에 앉아 있던 요석이 손을 번쩍 들었다.

"그 기록들은 비록 사람 손으로 쓰여졌지만 분명 성령에 의해 쓰여졌다고 선지자들이 증언했습니다."

조용하던 모든 학생들의 눈이 그에게 쏠렸다.

위르겐 몰트만 교수도 그를 유심히 바라보았다.

"당신은 독일인은 아니고… 아시아에서 왔소?"

"저는 한국에서 왔습니다."

"흠, 한국은 아직 샤머니즘과 원시 종교에 젖어 있어서 이걸 무조건 믿는 모양인데 당신이 여기서 신학을 잘 배워 보면 아마 믿을 건 아무것도 없다는 걸 알게 될 거요."

그리고 그는 대중을 향하여 큰 소리로 단정 지어 말했다.

"여러분, 이 책에서 믿을 건 앞뒤에 있는 검은색 가죽장정 뿐, 내용은 아무것도 믿을 게 없습니다."

요석은 전혀 이해가 안 되었다.

'내가 혹 독일어가 서툴러 잘못 이해한 것인가?'

집으로 돌아와 룸메이트 클라우드에게 물었다

"내가 잘못 이해하고 있는 건가?"

"아니, 너는 잘 이해하고 있어. 근데 뭐가 문제지?"

"성경을 믿지 않으면서 왜 신학을 하지?"

클라우드는 요석이 제정신인가 하는 얼굴로 심각하게 들여다보았다. 요석은 흐트러지지 않은 맑은 눈으로 진정이 가득한 의문을 띠고 있다. 요석의 진의를 알자 클라우드는 현실에 몽매한 그를 측은한 듯 바라보았다.

"신학은 틀림없는 제일 고급 학문이지. 학문은 높은데 성경과 신학을 별개로 생각하는 거야. 성경에 기록된 연대적 의미, 과학적인 근거, 앞뒤의 인과 관계, 그게 모호하기만 하거든. 그걸 누가 믿겠어? 우리 신학생들은 이상은 높게, 가슴은 차갑게, 성경을 대하지."

이렇게 말하며 클라우드는 어깨를 으쓱했다.

"그럼 왜 굳이 믿지도 않으면서 신학을 하는 건가?"

요석이 물었다.

"그건 대개 스펙의 문제지. 신학 대학을 졸업하고 시험에 합격하여 목사가 되면 공직에 우선권으로 진출하여 대우도 좋고 존경도 받거든. 귀족 집 딸과 결혼하여 신분 상승할 수 있는 좋은 기회도 생기고 말야, 하하."

사실 당시 독일이나 영국, 유럽권에서는 교구제로 나눠진 교회에 나라에서 공채한 목사들을 지역에 따라 임명하여 관할 구역 신도들에게 각종 신권 행사를 위임하고 있었다. 이를테면 유아 출생 신고, 세례 의식이나 혼례 진행, 또는 장례 의식까지 서민들 생활과 밀접한 신권 행사를 총괄하고 있으니 이는 바로 상당한 명예와 권위가 되는 것이다.

요석은 새삼 룸메이트, 클라우드 디터 그레스를 찬찬히 살펴보았다. 허우대 당당하고 반짝이는 푸른 눈, 최신 유행하는 멋스러운 스트라이프, 통 좁은 바지가 그에게 잘 어울렸다.

학교 생활에서 더욱이 요석을 혼란스럽게 하는 건 그 당시, 즉 1960~ 70년대를 휩쓸던 사회주의 신학 또는 막스주의 신학의 거센 물결이었다. 심지어 위르겐 교수는 사회주의 유물론을 주창한 칼 막스를 신약 성서의 사도 바울의 대를 잇는 위대한 사도라고 찬양하는데도 그에게 이의를 다는 학생은 아무도 없었다. 심하게 말해서 당시 분위기에서 신학은 신은 없다고 여기는 것을 전제로 하는 것이었다. 다만 성경을 학문적 연구의 대상으로 생각하며 예수는 평화 공존의 이상 실현을 위한 철학적이며 개혁적 변론가로, 그가 말한 각 구절을 해부학적으로 조직하고 분석하는 교의적 신학이었다.

요석은 유년 시절부터 마음 깊이 심어지고 성장한 신앙이 여기에선 너무도 다른 시각에서 연구되고 다루어지고 있는 현실이 생소하고 전혀 동의할 수 없는 저항을 느꼈다.

어느 날 그는 다시 위르겐 교수를 찾아갔다.

"아, 자네 삼위일체 성령의 존재를 믿는 보수주의자 젊은이. 그래 자네가 그토록 그를 믿는다면 내게 그 증거를 보여 주게. 그를 본 일이 있는가? 그와 손을 잡은 적이 있었나? 그와 대화한 적이 있었나? 그 증거를 내게 보여 준다면 내 자네와 다시 얘기를 하겠네."

요석은 사실 위르겐 교수가 요구하는 실체를 확신 있게 말할 만한 근거는 없었다.

막연하게 위로와 격려의 따뜻한 느낌을 받으며 나름 소신을 가졌으나 구체적 시각, 청각, 또는 촉각의 경험은 없다. 즉 신에의 느낌은 내부로부터 느끼는 것이지, 외부로 실증하기는 어렵다.

대답을 하지 못하고 물러난 요석은 위르겐 교수의 말에 회의하며, 그러고 깊은 신앙적 확신은 일단 마음속에 깊이 접어 두었다.

그리고 학과 편성표에 따라 수많은 신약 해설집과 고대 필사로 전해진 옛 선지자들의 기록을 치열하게 파고들며 세밀하게 조사, 분석하고 유대 역사를 통시적 안목으로 연구하여 구약 성서의 연대기와 비교하고 대조하는 연구를 게을리하지 않았다.

학문을 갈고닦는 데 칠 년이란 긴 세월이 흘렀다. 요석은 각별한 관심으로 지도해 준 위르겐 교수의 촉망받는 제자로 인정되고 그의 강력한 서포트로 박사 학위를 획득하였다.

그리고 본국 ㅅ신학대학에 초빙되어 한국으로 귀국했다. 그곳에서 '조직 신학' 과목을 강의하는 교수로 재직하게 된 것이다. 그런데 한국에서 신학 대학 분위기는 독일과는 사뭇 달랐다. 여기에선 학생들이지만 이미 교회 부목사를 하는 이도 있고, 여가를 이용하여 개척 교회나, 작은 교회에 전도사로 봉사하는 이들도 적지 않았다.

따라서 이들에게 성경 구절을 낱낱이 이론적으로 해부하고 진위를 논한다는 게 도무지 먹혀들지 않았고 강의 시간은 냉랭하고 헛돌기만 했다. 이들의 뜨거운 열정이 추구하는 바는 하나님과의 믿음의 확신과 만남이라는 사실이다. 이를 알게 된 요석은 자신의 학문에 회의를 느끼며 방황하게 되었다.

'과연 나는 이들의 바람을 충족시킬 수 있는가?'

어느 날 한 교단에서 요석을 연사로 초청한 세미나가 있었다. 대상은 기존 목사들이였다.

요석은 나름 정성껏 준비한 주제와 내용으로 열심히 강의했다. 그러나, 후에 이어진 질의응답 시간에 한 목사의 신랄한 비판이 요석을 엄청나게 당혹시켰다.

"김요석 박사님, 당신은 독일서 배워 왔다는 게 겨우 진보 사회주의적 해방 신학이요? 그건 쓰레기 같은 칼 막스의 사회주의 공산당의 이론일 뿐이요. 그걸 우리에게 믿으라는 거요?"

장내는 흥분하고 살벌해졌다. 아마도 단단히 작심하고 요석을 공격하려는 듯했다. 요석은 당황스럽고 참담했다. 독일서는 보수주의자라는 비판을 받으며 공부했고 한국에 오니 불순한 공산주의를 바탕한 해방 신학이라니, 갑론을박으로 소요하는 장내는 일단 온건한 원로 목사들에 의해 더한 봉변 없이 진정되었으나 요석은 뭔가 확실한 결단이 있어야 함을 뼈저리게 깨달았다. 그래서 기도로 매달렸다.

"주여, 제가 어디부터 잘못되었나요? 이제까지의 길도 주님께서 인도하셨고 앞으로의 길도 주님이 인도하심을 굳게 믿습니다. 저는 부족하고 용렬합니다. 다만 주께서 저를 인도해 주소서."

4. 주님의 손을 잡다

K 목사님에게서 연락이 왔다. 한번 만나자는 것이다. 그도 물론 세미나에 참석하여 그 소란을 지켜보았고 또 흥분된 분위기의 장내를 앞장서서 진정시킨 경륜이 깊은 분이었다.

"교수님은 하나님을 만나셨습니까?"

K 목사는 요석에게 다짜고짜 물었다.

요석은 대답할 말이 없었다. 그분은 다시 말했다.

"당신은 이론적이나 학문적으로는 훌륭한데 하나님에 대한 체험이 없습니다. 이론하고 체험은 다르니까 교수직에 머물러만 있지 말고 한번 체험을 해 보는 것이 어떻겠습니까?"

"뭘 어떻게 체험을 해야 하나요?"

요석이 곤혹스럽게 묻자 그는 미리 준비하고 있었듯이 "남도 지방에

제가 아는 작은 교회가 하나 있는데 그 교회에 목사님이 안 계십니다."
하며 그 교회의 주소를 건네주었다.

사실 요석이 오랜 세월 연구하고 공부해서 얻은 안정된 교수직을 내
놓는다는 건 현실적으로 매우 어려운 결정이었다. 그러나 요석 자신도
오랫동안 맘속에 갈증으로 남아 있는 하나님과의 '만남의 확신', 마치
사람을 직접 만나 악수하듯이 그렇게 예수님을 만나고 싶었다.

어느 토요일 요석은 홀가분한 차림으로 호남 방면으로 가는 직행버
스를 탔다. 도로 사정이 안 좋아 장시간 털털거리며 전라도 영암군에
도착한 것은 저녁 늦은 시간.

다시 시외버스를 타고 영호 마을에 도착한 건 이미 밤 시간이었고 몇
명 마중 나온 신자들의 얼굴은 희미한 가로등 불로 자세히 볼 수도 없
이 수인사를 하며 숙소에 들었다.

그런데 방 안을 둘러보던 요석은 질색하지 않을 수 없다. 바람이 술
술 드나들 것 같은 흙벽에 묵은 도배지는 얼룩과 습기로 젖어 있고 심
지어 조그만 벌레들이 기어다니기도 했다.

'가구는커녕 당장 덮고 잘 이부자리도 마땅찮은 썰렁하기 이를 데 없
는 이런 곳에서 살라고?'

그러나 요석은 하루 종일 길 위에서 시달린 몸이 고단하여 착잡한 마
음을 품은 채 입은 옷 그대로 누워 잠들어 버렸다.

다음 날 첫 주일 예배 시간이다. 주로 나이 많은 어르신들이 앞으로
부터 대부분이고 뒤쪽으로 중·장년층 몇 명까지 한 오십여 명 모였다.

요석은 설교단에 올라 막 입을 떼려는 순간 놀라움으로 숨을 들이마

시고는 목소리가 안 나왔다.

강대상 바로 아래에 나이를 가늠키 어려운 한 사람이 얼굴을 번쩍 쳐들고 그를 보는데 그 얼굴이 그냥 구멍 다섯 개뿐이다. 자세히 보니 다른 이들도 얼굴이 씰그러지고 뭔가가 많이 부족하고 흉한 모습.

요석은 가까스로 당황한 마음을 추스르며 대충대충 설교를 마쳤다. 설교를 하면서도 계속 머릿속에서 머무는 생각은 어서 이곳을 벗어나야 한다는 조급함뿐이었다. 예배를 끝내고 어서 신도들이 돌아가기를 바라며 일부러 느릿느릿 꿈지럭대다 교회 문을 나서려니, 아앗! 신도들이 문밖에 줄을 서서 목사님이 빨리 나오기를 기다리고 있는 게 아닌가? 아아, 정말 이들과 악수를 해야 하나? 맨 앞에 서 계시던 할머니가 손을 내민다. 두 손가락이 떨어져 나가고 그 자리에 노랗게 화농되어 물큰하게 늘어진 살갗. 아, 정말 이 손을 잡아야 하나? 셋만 남은 손가락을 잡나, 아니면 손등에 내 손을 얹어야 하나, 정말 당황하지 않을 수 없었다. 과연 그들의 손을 꼭 잡았나? 아님 살짝 얹었던가? 눈을 꼭 감고 얼른얼른 지나가서 기억도 없다. 근데 아니, 이 할머니는 아까 앞에서 악수했던 분 아닌가? 근데 이 할머니는 다시 뒤쪽 줄에서 차례를 기다리다, 요석의 손을 꼭 잡자 놓지를 않는다. 아예 요석의 손등을 두 손으로 찬찬히 쓰다듬고 있다.

"할머님, 어디가 불편하세요?"

요석은 난처하고 곤혹스럽게 물었다.

"아니, 아니, 호호홍!"

할머니가 너무 밝고 천진하게 웃었다. 어린 소녀의 해맑은 웃음처럼.

"내가 열여덟 살 때, 집 떠난 후로 성한 사람 손을 한 번도 못 잡아 봐서 젊은 목사님 손은 어떤가 만져 보는 거요."

눈꺼풀도 얼마 안 남아 튀어나온 눈알, 뭉그러져 콧구멍이 드러난 코, 입술도 일부분 문드러져 흉하게 드러난 잇몸, 그러나 이 할머니는 다만 장난스럽고 행복하게 웃었다.

"할머니, 할머니는 지금이 고통스럽고 힘들지 않으세요? 하나님이 원망스럽지 않으세요?"

"아이구 목사님, 하나님이 원망스럽기는? 절대 아니우. 오히려 감사하고 있다우."

이렇게 말하며 그 할머니는 아직 귀가하지 않고 주위를 빙 둘러싸고 있는 다른 노인들에게 동감을 구하듯 둘러본다.

"그럼요, 그렇구 말구."

모두들 끄덕끄덕하는 긍정의 힘찬 소리들.

"우리가 이 병 들어 여기 안 왔으면 생전 하나님 만나지 못하고 세상 죄만 잔뜩 짊어졌을 텐데, 이 병 덕분에 하나님을 만나게 되어 죽어서도 영생 축복 받으니 얼마나 감사한 일이우."

"맞아요, 맞아요. 우린 늘 감사하며 산다우."

"저이는 멀쩡한 형제들도 여럿인데 자기 아버지도 모셔 와서 함께 산다우."

한 할머니가, 아까 보고 충격받았던 다섯 구멍 얼굴을 보며 말했다. 그러자 풍채 좋은 한 노인이 썩 나서며 말했다.

"저 아이는 내 아들이요. 그 잘생긴 인물이 몹쓸 병에 걸려서 저 지경이 됐지만 마음만은 제일 착하고 똑똑했다오. 문둥병이라고 집에서 쫓아냈었는데, 하나님 잘 믿어 이 어리석은 애비까정도 교회로 인도해 주었다오."

요석은 신도들의 구구절절 이야기를 들으며 차츰 자신의 경박하고 조급스런 생각이 심히 부끄러워졌다. 문둥병으로 인해 신체가 일그러지고 힘든 노동으로 햇빛에 까맣게 그을려 주름진 그들의 피폐한 모습이 예수님이 가까이 사랑했던 그분의 백성들이 아니었나. '병들고 가난한 사람을 구제하라. 그들에게 하는 선행이 곧 나를 대접하는 것이라.'
(마태복음 25 : 35~46)

요석은 비로소 자신이 신과 만나 손을 잡았다는 것을 깨달았다.

그날 밤, 요석은 독일에서 은사였던 위르겐 볼트만 교수에게 기나긴 편지를 썼다.

> 저는 비로소 신을 만났습니다. 신을 만나 두 손을 잡았습니다.
> 이제 제가 있을 자리와 할 일을 확실히 알았습니다.
> 저는 지금 신께 감사하고 신 안에 있어 행복합니다. …

그러나 요석이 머문 나환자 정착촌 영호교회에서의 생활은 지극히 가난하고 궁색했다. 교인들이 모아 주는 성미쌀로 가능한 만큼 하루 두 끼, 김치나 나물 등으로 소박한 식사를 하니, 몸은 날로 여위어 갔다. 그러나 여위어 가는 만큼 충만한 주님의 은총을 느꼈다. 결코 실망하지 않고 계속 기도로 신과 교류하는 내면은 더욱 풍요롭고 강인함으로 채워져 갔다.

그러던 중 갑자기 위르겐 교수가 요석을 찾아왔다. 일본에 학술대회차 방문하고 돌아가는 길에 잠깐 들른 거라 했다. '과연 하나님과 손잡고 산다'는 요석의 생활이 궁금했던 까닭이다. 위르겐 교수는 요석의 상상 이상으로 가난하고 궁색한 삶의 모습에 놀라워했다.

다음 날 새벽, 이왕 오신 김에 새벽 예배 설교 좀 해 주십사는 부탁에 그는 새벽 예배 강단에 섰다가 역시 요석의 첫날처럼 강한 충격을 받았다. 하려던 설교도 마치지 못하고 허둥지둥 내려왔다. 그러나 놀랍게도 한 군데도 성한 곳 없는 나환자들의 신앙과 열정의 뜨거운 분위기, 행복한 모습. 위르겐 교수는 바쁜 일정으로 당일 떠나며, 떠나기 전 요석에게 팔을 활짝 벌려 깊고 힘차게 포옹했다.

"자네는 내 제자이지만 나는 자네를 존경하네."

은사의 감동에 찬 이 말에 요석은 세상 어느 성취감보다도 더욱 뿌듯한 보람을 느끼며 주님께 감사했다.

5. 친구 클라우드

얼마 후 독일 유학 초기 한방의 룸메이트였던 클라우드의 편지를 받았다. 그는 동기 중에서도 학업 성적이나 언변, 사회적 인간 관계, 어느하나 빠지지 않던 뛰어난 인재였다.

난 졸업 후 가장 유리한 큰 교회에 목사로 있었네. 신도 수가 무려 5천 명 정도였지. 그러나 내가 부임한 지 오년 째, 날로 신도 수가 줄어져 이젠 겨우 3백 명으로 줄어 버렸네. 난 내 자신에 대한 회의에 빠져 뭔가 바꿔야 한다고 생각했네. 그래서 교수직으로 바꿔 볼까 하고 모교를 찾았지. 거기서 전설처럼 떠도는 자네에 대한 얘기를 들었네. 자네는 하나님의 손을 잡고 목회를 이끈다는 교수님 말씀을 듣고 난 놀라고 믿을 수가 없었네. 그래서 부탁인데 나를 자네 교회에 부목사로 초청해 주지 않겠나? 자네 곁에서 함께 살며 배우고 싶네. 허락해 주게.

요석은 그에 대한 답장을 썼다.

여기는 매우 가난하고 외진 곳이라네. 그러나 하나님의 은총은 언
제나 가득하여 부족함이 없지. 대우는 수입을 나와 똑같이 반으로
나누어 갖기로 하지. 거처할 집이나 먹거리도 매우 소박하고 단촐하
다네. 그래도 좋다면 와서 함께 지내 보세.

그는 자신의 몸무게가 150Kg이나 되니 다이어트를 위해서라도 꼭
와야겠다고 했다.

얼마 후 과연 그는 이 외지고 궁벽한 영호마을을 찾아왔다. 파란 눈
과 바랜 밀짚 같은 노란 고수머리, 자주색 쓰리피스 수트로 멋을 낸 거
구의 외국인이 이 마을에 나타나니 온 마을 사람들이 잔뜩 호기심과 신
기함으로 모여들었다. 아이들은 노골적으로 가까이 다가가 양복을 슬
쩍 만져 보기도 하고 얼굴을 빤히 올려다보았다.

"어서 오게 친구."

요석은 반가이 마주 얼싸안고 그의 트렁크를 들어 옮겨 주었다.

"아니, 웬 짐이 이렇게 많은 거야?"

택시에서 내린 트렁크가 대여섯 개는 되었다.

"나는 넥타이를 매면 그에 맞추어 양복과 구두까지도 매치시켜야 하
거든."

그는 유쾌하게 웃으며 짐을 들고 목사관으로 들어섰다.

"오 마이 갓! 요렇게 좁은 방에서 어떻게 살지? 침대도 없고, 옷장도
없고. 오 지저스! 화장실, 목욕탕은 어디야?"

"그러니까 여긴 많은 짐이 필요 없어. 구두 한 켤레와 양복 한 벌이면

그걸로 족해. 배쓰룸과 화장실은 바깥에 별도로 있지."

요석은 낙천적으로 웃으며 우물과 별채에 떨어진 허름한 변소를 가리킨다. 클라우드는 쩝! 하고 난처한 듯 눈썹을 꿈틀대다 요석에게 다가와 작은 소리로 묻는다.

"근데 이 마을 사람들 왜 모두 음… 말하자면 왜… 병신들이지?"

"이 사람아, 독일 속담에 '병신 눈엔 병신만 보이고 천사 눈엔 천사만 보인다'는 말 못 들어 봤어? 하하."

클라우드는 자기가 천사가 되기로 맘을 먹은 양 더 이상 묻지 않았다.

저녁상은 여느 때와 같이 밥 한 그릇과 김치, 그리고 물 한 사발이다. 클라우드는 김치는 못 먹겠다고 사양하고 밥만 먹었다.

"그럼 왔으니 다음 주일엔 부목사인 자네가 설교를 해 보게."

그러나 클라우드는 "우선 자네 설교부터 들으며 적응하겠네." 하며 사양했다.

"좋아, 그럼 우리 성경 공부를 하세."

클라우드가 가져온 성경은 히브리, 헬라, 라틴어로 된 세 가지 성경이었다. 그리고 라틴 성경을 펼치며 비판부터 했다.

"이보게, 이건 번역이 잘못된 거 아닌가? 헬라어로는 이거 문법이 말이 안 되잖아?"

그는 온통 성경 글귀의 타박만 했다. 참다 못해 요석이 물었다.

"여보게, 그럼 자네는 교회에서 신자들에게 무엇을 설교했나?"

그는 싱긋 웃으며 대답했다.

"나는 성경 그대로만 말하니까 믿고 안 믿고는 당신들이 알아서 하시요 했다네."

며칠이 지나자 클라우드는 이 소박하다 못해 너무 열악한 식사에 심각한 허기를 느꼈다.

"여보게 김 목사, 배고파 죽겠어. 뭐 좀 먹을 거 없나?"

"그래? 새벽 두 시에 일어나 함께 기도해 보세. 아마 큰 은혜의 빵이 있을 게야."

클라우드는 좋아라 하고 과연 새벽 두 시도 되기 전에 일어나 기다리고 있었다. 요석과 그는 함께 기도하고 밖으로 나왔다. 하늘에는 여느 때보다 더욱 별들이 총총하고 대기는 서늘하고 달콤했다.

"어디에 빵이 있는가, 친구."

클라우드가 재촉했다.

"이 세상이 전부 축복받은 빵이라네. 자네도 입을 크게 벌려 이 빵을 마음껏 먹게."

둘이는 입을 크게 벌리고 숨을 깊게 들이마신다. 그러나 역시 허기진 클라우드가 물었다.

"자넨 이 공기만 마시고 정말 배가 부른 건가?"

몇 달이 지난 어느 날, 주님의 축복인지 넉넉한 성미가 들어왔다. 클라우드가 더욱 기뻐했다.

"우리 오랜만에 이 쌀로 밥을 많이 해서 실컷 먹어 보세."

요석은 망설인다. 갑자기 과식하면 좋지 않은데, 걱정하였으나 클라우드는 일단 그 쌀로 몽땅 밥을 지었다.

갓 지은 말랑말랑한 밥에 김치를 잔뜩 넣고 – 이때는 이미 클라우드도 김치니 뭐니 가리지 않게 되었다 – 썩썩 비벼 양껏 먹었다.

그동안 절식으로 쪼그라든 위장이 갑자기 소나기밥으로 그득 차 버리니 탈이 날밖에. 클라우드는 밤새 화장실을 들락이며 고생을 했다.

새벽 예배를 보려고 요석이 문밖을 나서는데 클라우드의 울부짖는 소리가 들린다. 요석은 잘못 들은 게 아닐까 하며 다시금 귀를 기울이는데 변소에서 들리는 클라우드의 비명이 틀림없었다. 급히 변소로 달려가 보니 '아, 가엾은 클라우드' 그가 재래식 변소 발디딤으로 가로지른 널판지에 겨우 팔을 걸치고 아래는 목까지 온통 똥통에 빠져 옴짝달싹 못하고 있는 게 아닌가. 그 육중한 몸무게를 견디지 못한 널판지가 부러져 그는 아래 통 속으로 빠져 버린 것이다. 요석은 예배에 나가는 길이므로 그를 몸소 건질 수는 없고 우선 긴 장대를 그에게 주며 짚고 올라오라고 했다. 그는 끙끙 힘을 쓰며 겨우 올라왔지만 몸은 온통 똥물로 젖어 있고 그 안에 있던 구더기들까지도 '삼촌' 하듯이 스멀스멀 그에게 달라붙어 올라왔다. 요석은 그를 우물가로 데려가 물로 털어내고 닦아냈지만 워낙 털이 많은 그의 몸에 묻은 똥찌꺼기는 쉬이 떨어지지 않았다.

요석은 먼저 예배당으로 가서 새벽 예배를 인도하고 있던 중 그가 옷을 갈아입고 천연덕스럽게 안으로 들어섰다. 그러나 그가 함께 몰고 온 고약한 냄새에 비록 팔다리, 얼굴 등이 신통치 않은 나환자들까지 얼굴을 찌푸리고 고개를 흔든다. 예배 후 요석이 물었다.

"클라우드 자네 냄새가 어찌 이리 고약한가?"

"그렇게 지독했나? 향수를 좀 뿌렸는데."

똥 냄새와 향수, 두 조합은 너무 상극으로 더욱 고약하게 상충한다는 사실을 처음 알았다.

"이봐, 이 교회 안에서 너보다 더 고약한 냄새를 피우는 사람이 어디 있나? 바로 자네가 제일 더러운 냄새를 피우는 병신이 아닌가?"

요석은 웃으며 말했다. 그는 변명도 못하고 다만 심각하게 고개를 끄덕였다.

그런데 다음 날 한밤중에 이 친구가 진지하게 요석에게 말했다.

"내게 성령의 불이 임하시나 보네. 내 몸이 뜨거워지고 있어."

요석이 그의 이마를 짚어 보니 과연 온몸이 뜨거운 열기로 예사롭지 않았고 옷을 벗겨 맨몸을 보니 살갗에 뻘긋뻘긋 열꽃이 솟아 있었다. 요석이 알기로는 온몸이 똥물에 잠겨 있는 동안 똥독이 올라 병을 앓고 있는 것이다. 그런데 이 친구는 영문을 모른 채 요석에게 이마를 짚고 안수 기도를 해 달라고 했다.

평소 교회에서 아이들이 아프다면 알사탕을 하나 입에 물리고 이마를 짚어 기도해 주는 요석의 모습을 보았던 거다. 그럴 때면 이 친구는 병이 들었으면 약을 먹거나 병원에 가야지 무슨 미신적인 태도냐 하며 빈정대던 친구였다.

"이 사람아, 자네의 병은 자네 스스로의 믿음으로 고치는 것일세. 예수님께서도 '네 믿음이 너를 구했으니'(누가복음 8:48) 하지 않았는가?"

클라우드는 또다시 심각하게 고개를 끄덕였다.

그렇게 고생하는 중에 병은 나았고 이 친구의 태도도 많이 바뀌고 있었다. "아, 나도 어느 정도 성경 말씀에 믿음이 가네. 하나님도 계시고 예수님도 됐고. …… 그런데 성령님은? 성령의 불꽃이라니 이해가 안 되네." 하며 썩 납득이 안 되는 듯 고개를 가로흔든다.

어느 날 둘은 산책을 나갔다. 옆으로 맑은 계곡물이 흐르고 올라갈수록 나무가 울창한 아름다운 산행 코스이다. 제법 명소로 알려져 사람들이 많이 찾는 곳. 요석과 클라우드는 운동 삼아 산 위 정상까지 갔다 오기로 했다. 요석은 비쩍 마른 몸에 강단이 있어 날렵하게 걷지만 클라우드는 중턱부터 헉헉대며 걸음이 느려졌다. 걷기가 힘들고 지루하던 참에 갓길에 세워진 오토바이가 눈에 띄었다. 일제 야마하 신형으로 산길도 달릴 수 있도록 제작된 육중하고 터프한, 유선형 몸체가 번쩍였다.

스피드광 클라우드가 무심코 지나칠 수 없다. 오토바이 주인을 찾아 언제, 어디서 샀으며 가격은 얼마이며, 성능은 만족한가 등등 꼼꼼히 물었다. 그리고 침을 꿀꺽 삼키며 "한번 태워 줄 수 없겠나?" 하고 물었다. 점잖고 기품 있게 보이는 이국 신사에게 오토바이 주인은 쾌히 승낙했다.

"친구, 난 모터사이클 타고 먼저 갈 테니 천천히 오게나."

클라우드는 신이 나서 목소리가 한 톤 높아지고 눈은 활기로 반짝였다.

"이보게, '정든 님 버리고 가시는 님은 십 리도 못 가서 발병 난다'는 우리나라 민요가 있네. 나와 같이 천천히 걸어 가세나."

한 시간쯤 후, 산 밑 평지로 내려오니 벌써 와 있어야 할 클라우드가 보이지 않았다. 두리번거리며 찾고 있는데 교회에서 낯익은 한 아이가 달려와서 다급히 말했다.

"목사님 큰일 났어요. 코쟁이 목사님이 개울에 빠졌어요."

아이를 따라 계곡의 다리께로 가 보니 오토바이는 다리 난간에 기대어 있고 오토바이 주인은 이마에 약간 상처가 나서 피가 흘렀다. 그런데 클라우드는 안 보였다. 어디에 있지? 그는 오토바이가 살짝 커브를 도는 바람에 잘 잡지 않고 있던 몸이 균형을 잃고 날아가 개울물에 빠졌다고 했다. 요석은 사람들과 함께 힘을 합쳐 물에서 그를 끌어냈다. 다행히 계곡물 있는 곳으로 떨어져 다친 곳은 없으나 흠씬 젖은 몸뚱이를 제대로 가누지 못할 정도로 충격이 큰 듯했다. 요석은 파랗게 질리고 부들부들 떠는 그를 부축하여 숙소로 돌아왔다.

그날 밤 또다시 클라우드는 열이 펄펄 끓으며 땀을 흘리고 온몸이 불덩이가 되어 앓았다.

육중한 몸이 4~5미터를 날아가 물 위로 곤두박질을 쳤으니 온몸이 타박상을 입어 결리고 쑤시고 아파 견딜 수가 없는 것이다.

"여보게, 김 목사. 나를 위해 기도해 주게."

클라우드가 애처롭게 부탁했다.

요석은 그를 걱정하며 궁리하다 좋은 생각이 났다. 마을 어른을 찾아가 비장하고 계신 귀한 약을 좀 주십사고 부탁했다.

그 약이란 베보자기 씌운 항아리를 똥통에 깊이 가라앉히고 몇 년 동안 묵힌 다음, 항아리 안에 걸러지고 숙성한 진국 똥물을 깨끗한 됫병에 담아 두고 응급 시에 사용하는 민간요법이었다. 이것은 넘어져 다친 데, 또는 매 맞아 멍들고 골절되거나 내장이 다쳤을 때도 특효약이라고 전해져 웬만한 집에선 소중하게 간직하고 있는 것이다.

"친구, 이 약을 마시게. 아주 효과가 좋을 거야."

요석은 그것을 한 사발 건넸다.

"이게 뭔가? 냄새가 고약하군."

클라우드는 미심쩍은 듯 얼굴을 찡그렸다.

"입에 쓴 약이 몸에 좋은 거야, 어서 먹게."

그는 온몸의 통증이 더욱 고통스러운지 그것을 벌컥벌컥 마셨다.

"아, 너무 이상한 맛이야. 사탕, 사탕 좀 빨리 줘."

사탕을 입에 물고 그것이 다 녹기도 전에 클라우드는 혼곤한 잠에 빠졌다. 숙성된 똥물의 독한 기운이 온몸에 퍼지자 술에 취한 듯 통증이 잦아들고 깊은 잠에 빠져드는 것이다.

이튿날 아침, 클라우드는 거뜬히 일어났다.

"아, 가뿐하네. 어제 그 약이 효과가 그만인 걸. 그게 뭔 약인가?"

요석은 그의 얼굴을 피해 고개를 돌렸다. 그의 입에서 나는 짙은 똥내를 견딜 수가 없어서다.

클라우드는 결국 똥물에 빠져 고생을 하고 그도 모자라 똥물까지 먹어 속을 다 비워 내고 난 다음에야 현저한 변화를 보였다. 새로운 눈이 열린 듯 성경을 보고, "이런 구절이 다 있었나? 아, 그런 뜻이었군. 난 그걸 몰랐었어." 하며 신기한 듯 성경을 열심히 읽는다. 생활 주변을 보면서도 "아, 이런 아름다운 꽃, 영롱한 새소리, 이런 곳에서 사는 복 받은 사람들!" 하며 감탄했다.

그 약이 성령의 역사, 하나님의 역사를 체험하게 해 주신 게다.

그러나 아직 그는 설교할 자신이 없다고 했다.

"어떻게 해야 자네처럼 파워풀한 설교를 할 수 있나? 자네가 설교할 땐 말끝마다 모두들 '아멘, 아멘' 하는데 나는 몇 년을 설교해도 신자들로부터 '아멘' 소리를 못 들어 보았다네."

몇 달 전 자만에 가득 찬 당당한 모습은 사라지고 이제는 수줍고 소심하게 묻는다.

"친구, 설교는 입으로 하는 게 아니야. 손과 발과 행동으로 전하는 것이네."

"그럼, 내가 어떻게 해야 할까?"

"직접 행하고 기도하고 찬양하면 성령의 충만한 역사로 신자들에게서 '아멘'이 나온다네."

클라우드는 한 일 년간 요석과 함께 지내다 본국 독일로 돌아갔다.

목사로서의 그의 태도가 180도 달라진 건 두말할 필요도 없었다. 따라서 그가 돌아가서 시무하는 교회는 날로 부흥되고 신자 수도 몇 배나 크게 늘었다고 했다.

이제 그는 믿음과 확신에 찬 훌륭한 목사가 되어 있었다.

참으로 감사한 일이었다.

6. 중국의 통제구역

요석이 한국으로 돌아와서도 꾸준히 구독하는 독일의 의학 정보지 〈독일 의학 저널〉은 언제나 몇 달 지나서야 보게 된다. 계간으로 발행되는 이 책은 배편으로 오느라 한두 달 늦어지고 이 지방 영호 우체국 사서함에서 또 몇 주 잠자다 어렵사리 요석이 읍내에 나갈 때에야 찾아 읽게 되는 것이다. 그래서 항상 소식이 늦다.

그런데 이번 책에서 아주 관심 가는 기사를 보았다.

중국에는 철저히 외부에 알려지지 않은 은밀한 나환자 집단촌이 있다는 것이다. 대략 추산한다면 약 삼십만 명 이상의 환자들이 사회로부터, 가족과 친지로부터 완전히 격리되어 의료 혜택은커녕, 먹는 것과 거주하는 곳도 인간 이하, 짐승이나 다를 바 없는 매우 비참하고 처절한 환경에서 살고 있다는 르포 기사였다.

요석은 이 기사를 본 후 그 내용이 머리에서 떠나지를 않았다.

'하나님, 제가 그들을 필요로 합니다. 그들을 찾아가 그들과 손잡고 싶습니다. 그래서 이 몸을 헌신하여 주님께서 주신 내 사명을 다하고 싶습니다. 길을 인도하소서.'

영호교회는 요석이 십 년 가까이 시무하는 동안 많이 성장하고 체계도 잡혀 다른 어떤 목사님이 오셔서 사역을 맡더라도 요석의 처음처럼 힘들지는 않을 것이다.

'나는 내 할 일이 있는 그 곳으로 떠나겠다!'

1980년대 중반 한국은 아직 중국과 수교하지 않아 정식 비자를 받는 건 불가능했다. 그리고 중국은 당시 등소평의 통치하에서 모택동 주도로 개혁된 공산주의 체제로 지배되고 있었다. 국호도 중화인민공화국, 보통 중공이라고 했다.

마르크스의 정책을 계승한 레닌이 '종교는 자본가들의 착취에 저항하려는 인민들의 의지를 둔화시키기 위하여 제국주의자들이 제공하는 아편'이라고 선전하는 말이 진리로 통하던 시대였기 때문에 기독교를 엄격하게 통제하였고, 기독교인들은 신앙을 표면에 드러낼 수 없이 심하게 억압당하고 있었다.

그런 현실에서 요석의 중국 선교의 소망은 험난한 가시밭길이었다. 그럼에도 어느 날 요석은 한 벌 옷과 내복, 양말 몇 켤레, 성경책과 몇 권의 노트만을 챙겨 단출한 차림으로 여행길에 올라 우선 홍콩으로 향했다.

그곳에는 독일서 함께 공부한 중국 친구가 상해 대학 교수로 있어 그에게 초청장을 부탁하려는 것이다.

얼마 후 그 친구의 초청장으로 상해에 건너간 요석은 그 친구에게 솔직하게 나환자촌으로 들어가 선교를 하겠다는 목적을 말했다. 그 친구는 깜짝 놀라며 "우리 중국에 나환자촌은 없네." 딱 잘라 말했다.

"자네가 어찌 아나?"

"등소평 동지께서 우리 사회주의 복지 국가에서는 그런 병 가진 사람이 하나도 없다는 교시를 발표했기 때문에 무조건 없다고 알고 있네."

"자네 진정 몰라서 하는 얘긴가? 혹시 나를 자네 대학교에서 강의나 듣는 풋내기 학생으로 아는 겐가? 나를 기만하지 말게."

요석은 목을 젖혀 껄껄 웃었다.

뭔가를 한참 생각하던 친구는 이윽고 말했다.

"잠깐! 좋은 생각이 있네. 오늘 저녁 북경에서 온 동향 동무와 함께 식사를 하기로 했네. 그는 고위 공무원이거든. 뭔가 나보다 더 잘 알고 있을 거야."

공무 출장을 나왔다는 그 친구는 퉁퉁한 몸에 혈색 좋은 얼굴이었다.

교수 친구가 그에게 요석을 소개했다.

"나와 독일에서 동문수학했지. 수재이고 성격 참한 진실한 사람일세. 지금은 한국에 돌아가 교회에서 목회를 하고 있다네."

고위 공무원이라는 그 친구는 눈을 가늘게 뜨고 요석을 세세히 살폈다.

"근데 무슨 일로 이 먼 중국까지 왔소? 목사님이 팔자 좋게 유람 다니실 처지는 아닐 텐데."

말투는 깐깐하지만 '푸하하' 웃는 얼굴은 호탕하다. 요석이 그의 진의를 파악하려고 망설이고 있는 사이, 친구가 먼저 말문을 터 주었다. 둘은 아주 절친한 친구 사이인 듯했다.

"사실 이 목사 동무는 문둥병 환자들이 수용된 나환자 마을을 찾아왔다네. 그들을 돕고 싶어 하네."

공무원 친구는 순간 정색을 하며 자세를 고친다.

"여기 문둥병 환자촌이 있는 걸 어떻게 알고 왔습니까?"

그리고 좀 누그러진 목소리로 말을 잇는다. 그는 당 보건부에 소속된 공무원이라고 했다.

"그러나 나는 공무상 절대 말해 줄 수 없어요."

요석은 일단 그곳을 알 수 있는 연줄을 잡았다는 생각에 얼마간 마음의 여유를 찾아 그를 보며 유감스럽다는 듯 웃었다.

주문한 요리들이 들어오고 분위기도 한결 부드러워진 후, 느닷없이 그가 물었다.

"이봐요, 목사 동무. 목사는 술을 안 한다지요?"

그는 장난스럽게 웃으며 요석을 마주 본다.

"글쎄 아직 마셔 본 적은 없소만."

"우리 술 마시기 시합해서 당신이 이긴다면 내가 그곳을 안내하겠소."

고위 공무원 실력자라 그런 자신감이 있는 것인지 참 묘한 타협안을 냈다.

요석은 옛날 바울을 생각했다.

'그는 이스라엘 민족을 구원할 수 있다면 날 지옥으로 보내라고까지 기도했는데(로마서 9:3), 이 술을 마셔야 저들을 도울 수 있다면 하나님 날 용서하십시요. 마셔야 되겠습니다, 아멘.'

요석은 속으로 기도하며 비장하게 그러자고 했다.

"자, 그럼 한 잔씩 따르겠습니다. 원샷으로 해야 합니다."

친구는 둘 사이의 대화를 좋아라 들으며 가장 독한 빼주(배갈, 고량주)를 큰 사발에 콸콸 따른다. 그리고 알콜 농도를 시험한다며 술잔에 불을 확 붙였다. 찰랑거리는 투명 액체 위에 파르스름한 불꽃이 타오르며 꺼지지 않는 게 독주가 틀림없다. 사실 요석은 이런 술자리는 난생 처음이지만 피할 수 없는 모험이다. 그들은 각자 잔을 들어 마셨다.

공무원 친구는 술이라면 어지간히 자신이 있는지 느긋하게 두 사발, 또 세 사발을 연달아 마셨다.

요석은 생전 처음 마시는 술인데 '아, 이게 물이야? 술이야?' 분간할 수 없도록 시원하게 넘어간다. 마른 논에 물 대듯 온몸이 기분 좋게 이완되고 머릿속은 더욱 또렷해진다.

요석도 거뜬히 세 사발을 비웠다.

"아, 술이 다 떨어졌군요. 더 하시렵니까?"

요석이 공무원 친구에게 물었다. 그는 얼굴이 이미 불콰해지고 코끝도 빨갛다. 뜬 듯 감은 듯 게슴츠레한 눈이 요석을 야릇하게 바라보았다.

"그렇게 마시고도 당신 정말 괜찮은 거요? 당신 가짜 목사 아니요?"

"저는 물론 괜찮습니다. 그리고 저는 신학교를 나와 이제껏 목사로 지냈습니다."

"맞아, 맞아. 저 동무 진짜 보수 목사야. 고집 때문에 교수님들 애 좀 먹였지."

요리를 열심히 먹던 교수 친구가 힘찬 소리로 보증을 해 주었다.

공무원 친구는 꽤나 호승지심이 강한지 계속 네 사발, 다섯 사발, 여섯 사발을 마시더니 결국 무리였는지 식탁에 엎어졌다. 요석은 네 사발, 다섯 사발, 여섯 사발을 다 마시고도 잔잔히 앉아 있었다.

"대단하네, 요석 동무. 자네는 꼭 뜻을 이룰 것일세."

교수 친구는 요석의 어깨를 툭툭 쳤다.

"고맙네, 친구. 하나님이 자네에게도 축복을 주실 게야."

다음 날 아침 일찍이 누가 찾아왔다는 연락이 왔다. 로비에 나가 보니 어제의 공무원 친구가 말쑥하게 옷을 차려입고 요석을 찾아온 것이다. 그는 요석을 보자 진지하고 공손하게 두 손을 가슴께에 모으고 허리 굽혀 절을 했다.

"대인님, 편안하게 잘 주무셨습니까?"

요석도 마주 인사하자, "어제는 제가 결례를 범한 듯합니다. 약속대로 대인님이 가시고자 하는 곳으로 안내해 드리겠습니다." 하는 것이 아닌가.

요석은 그의 차를 타고 행정구역 랴오닝성까지 따라갔다.

과연 그는 꽤 높은 공직인 듯 사람을 불러 무언가 지시했다.

다음 날, 차를 타고 다다른 곳은 높은 담에 육중한 대문이 있고, 경비가 엄중했다. 대문을 들어서 메마른 황톳길을 또 한참 달리니 '통제구역'이라는 경고판이 보이고 굳게 문을 닫은 건물이 보였다. 안내하는 이는 위생복과 마스크를 쓰고 요석에게도 위생복을 덧입을 것을 강요했다. 그러나 요석은 어서 그들을 보려는 성급함으로 불쑥 문을 열고 들어섰다.

'세상에나.'

요석은 깜짝 놀라 눈을 크게 뜨고 보았다. 어둑한 실내에 수많은 팔다리 없는 사람들이 그냥 뒹굴면서 긴 죽통에 얼굴을 처박고 핥아 먹고 있는 것이다. 그들은 팔다리가 없으니 뱀이 기어가듯 배로 기어 다니고 눈알도 다 빠져 코로 냄새를 맡으며 먹을 걸 찾는다. 아니 할 말로 그들이 돼지가 아닌가 의심이 들 정도였다. 요석은 하도 기가 막혀 그중 한 사람을 끌어안고 앉히려고 하니까 경비병이 와서 요석을 끌어냈다. 다음으로 가서 본 곳은 그래도 상태가 낫다는 사람들이지만 눈이 없는 사람, 팔다리가 하나씩 없는 사람, 너무도 참혹한 그 모습에 눈을 돌리던 요석에게 어디선가 귀에 익은 아리랑 노래가 들려왔다.

이국 땅 이 비참하고 처절한 곳에서 아리랑이라니, 요석은 놀라 소리 나는 곳 따라 눈길을 돌렸다.

두 눈은 장님이고 팔은 있으나 손목이 오그라지고 뭉툭한 백두난발의 할머니. 그분은 목소리만은 낭랑하게 아리랑 노래를 부르고 있었다. 요석이 다가가 물었다.

"할머니 한국에서 오셨어요?"

"아니요, 난 조선에서 왔시요."

"일제 때 왜놈들 수탈에 못 견뎌 간도로 피난 가 살다가 내 나이 열네 살에 문둥병에 걸려 이곳으로 왔다오. 그게 사십 년이나 됐어요."

할머니의 기억과 말소리는 외모와 달리 정확하고 똑똑했다.

부모님은 어디 계시냐고 물었더니 갑자기 그 할머니 어린애가 되어

"우리 엄마, 우리 엄마! 엄마 찾아 줘요." 하고 울부짖는다. 엄마를 부르는 그 목소리는 그녀가 열네 살 때 내던 아이의 목소리로 바뀌어 얼마나 애처롭고 구슬픈지 요석은 위로할 말이 없어서 다만 그 할머니의 손가락 없어진 손을 잡았다. 그런데 갑자기 요석의 손등이 불에 덴 듯 뜨겁다. 그 할머니 눈에서 떨어진 눈물이, 사람의 눈물이 이렇게도 뜨거울 수 있다니. 요석도 그만 눈물이 쏟아져 할머니를 감싸 안고 함께 울고 말았다. 엉엉 울던 할머니가 갑자기 물었다.

"선생님은 뭐 하시는 분이요?"

"아, 나는 예수 말씀 전하는 사람입니다."

"예수가 뭡니까?"

"예수님은 우리가 병들지 않고 죽지 않게 하시는 분입니다."

할머니는 가만히 있더니 물었다.

"선생님, 나같은 병신도 그런 분 알 수 있을까요?"

"아, 물론이지요."

"어떻게요?"

여기는 교회도 없고 인도할 만한 교역자도 없다. 어디로 가야 한단 말인가.

"할머니, 마음속으로 하고 싶은 말 다 하세요. 그리고 '예수님 이름으로 기도합니다.' 하시면 하나님께서 들으시고 대답하십니다."

그리고 거기서 돌아 나오려는데 그 할머니가 또 물었다.

"선생님, 또 오시지요?"

사실 요석은 이곳의 너무도 더럽고 비참한 모습에 다시 오고 싶은 마음이 싹 가셔 버렸다. 그러나 "예, 언제 기회가 되면 또 오겠습니다." 하고 문을 나섰다.

7. 티벳 고승 릅상람파

요석에게는 어울리지 않는 괴상한 스님 친구가 있었다. 요석이 영호교회에 처음 부임하여 옹색하게 살고 있을 때, 느닷없이 찾아와 인사를 하며 친구 삼기를 청한 사람이다.

체구가 장대하고 눈이 퉁방울처럼 툭 불거져 뒤룩뒤룩 굴리는 모양이 절간에서 조용히 수행하는 스님이 아니라 유리걸식하며 시비나 붙는 왈짜패 같은 인상이다. 요석이 방문 밖 인기척에 문을 여니 다짜고짜 떡하니 들어와 좁은 방이 그득하도록 가부좌를 틀고 앉았다. 그리고 도무지 갈 생각은 안 하고 횡성수설 도에 대한 이야기만 하고 있다.

'이 양반이 나를 개종시키러 온 것인가?' 하는 의심마저 들게 혼자서 주절댔다.

"색, 색계라는 말이요. 색즉시공이란 말도 있지 않소? 그 세상이 참으로 깊고 오묘하더란 말이요. 허허." 하며 그는 요석을 흘긋 바라보았다.

요석은 이상하게 틀어지는 말길을 돌리기 위해 흐르는 물처럼 제법 가락을 넣어서 말했다.

"'색즉시공, 공즉시색'은 반야심경에 나오는 글귀입니다. 해석하자면 '사리자여, 물질이 빈 것과 다르지 않고 빈 것이 물질과 다르지 아니하며, 물질이 곧 비었고 빈 것이 곧 물질이니 감각과 생각과 행함과 의식도 모두 이와 같다.'라는 뜻이지요."

그는 후다닥 놀란다.

"당신도 불경을 배웠소?"

"신학에서는 세계의 모든 종교에 대하여 두루 알아 둡니다. 제가 불교에 관심도 있었고요."

땡중은 아직 일어설 생각을 안 한다. 해가 비스듬히 기울어 저녁상 들어올 때가 다 되어서 가 주었으면 하고 생각했으나 기어코 밥상이 들어올 때까지 버티고 있다. 밥상에는 여전히 밥 한 그릇, 김치, 나물 한 접시와 물 한 그릇이 있다.

"스님, 소찬이지만 같이 드실까요?"

인사차 묻는데 그는 얼씨구 반기며 상 앞으로 다가든다. 하는 수 없이 밥을 반으로 딱 갈라 반은 주발 뚜껑에 담아 자신 앞에 놓고 밥그릇은 그 앞으로 밀어 놓았다. 그는 밥상을 둘레둘레 보며 "어찌 남의 살은 한 점도 없누?" 묻는다.

"스님이 고기도 먹습니까?"

"득도성불한 사람은 온갖 세속의 속박에서 벗어난 자유로운 존재라오. 난 없어서 못 먹어요. 으하하, 곡주도 있다면 두주불사하지요."

그러나 그는 떠나기 전 정색하고 옷깃을 바로잡은 후, 요석에게 큰절을 했다.

"소승의 이름은 겸허라 하오. 오늘의 허풍과 치졸함을 용서하소서. 앞으로 형님으로 모시며 자주 찾아뵙겠습니다."

이렇게 말하며 두 손을 합장하고 다시 한 번 깊숙이 머리를 숙인다.

과연 그 후로 가끔 찾아와 격의 없는 대화로 둘은 스스럼이 없었다.

언젠가 그는 말했다.

"내가 소싯적 인도와 티벳에 갔었소. 내 깐에 여래불님께 더 가까이 가서 그 가르침을 배우고자 소망했지요. 그때 난 한 현자를 티벳에서 만났어요. 이름이 릅상람파라 하오."

요석이 중국으로 떠난다고 하니 그는 릅상람파의 주소와 서찰을 하나 써 주며 꼭 찾아가 자기 안부도 전해 달라고 했다.

중국 나환자 집단 거주지를 찾아보기는 했지만 너무 비참하고 열악한 환경에 크게 실망하여 되돌아 나온 요석은 마침 겸허 스님이 일러준 티벳 고승 룹상람파를 생각하고 그를 찾기로 했다.

중국 서북쪽 티벳 자치구로 들어서니 푸른 초원이 펼쳐지고 양이나 라마 떼가 구름처럼 널려 있다. 차츰 붉은 황토흙과 바위들이 많이 드러나는 산악지대로 들어서며 20년도 더 묵은 듯한 낡은 버스는 허름한 주민들을 빽빽이 태우고 좁다란 산길을 익숙하게 달렸다.

요석이 쥐고 있는 주소는 별로 필요가 없었다. 룹상람파라는 스님을 찾으니 누구나 다 알고 있어 수월하게 길이 열렸다. 깎아지른 절벽에 까치집같이 붙어 있는 고찰. 그러나 막상 들어가 보니 천 년 세월의 유래가 과장이 아닌 듯 건물이 아주 웅숭깊다. 절벽을 의지해 지은 기다란 건물에는 화랑을 통한 수많은 방과 넓은 강론방이 있는데, 거기에는 어린 학승들이 주홍색 가사를 걸치고 열심히 불경을 외우거나 베끼고 있다.

요석은 겸허 스님의 서찰을 상좌에게 보내 한번 만나 뵙기를 청했다. 이틀 지난 다음에야 주지 스님 룹상람파의 부름이 있었다. 룹상람파도 조그맣고 간소한 방에 거처하고 있다. 몸도 가냘파 어린 소년만 하지만 감은 듯 뜬 눈은 흰 눈썹 밑에 매섭게 빛을 발했다. 우선 둘은 아무 수인사도 없이 서로 마주 바라보고만 있었다. 한 시간 쯤이나 지나자 비로소 룹상람파 주지 스님이 입을 열었다.

"당신의 영과 나의 영은 다른데 왜 이 먼 곳까지 나를 찾아왔소?"

요석은 서슴지 않고 대답했다.

"예, 저도 알고 있는 사실입니다마는 당신의 영과 나의 영이 무엇이 옳은 영인지 알고 싶어 찾아왔습니다."

"아, 그러오?"

잠시 지난 뒤 주지 스님이 말한다.

"그렇다면 며칠 후 다시 만납시다."

열흘쯤 후 그는 다시 요석을 불렀다. 그는 뭔가 혼자 주문을 외우며 요석에게는 아무 말이 없다. 그렇게 몇 시간이 흘러갔다. 거의 다섯 시간쯤 흐른 후 주지 스님은 종이와 붓 먹물이 담긴 벼루를 앞에 내주며 둘이 함께 나눈 얘기를 써 보라 했다. 대화 없던 다섯 시간의 대화 내용이라? 요석은 갸웃 생각하다 한 글자를 써서 그에게 주었다. 그 종이를 물끄러미 보던 릅상람파 주지 스님은 "당신 얘기가 듣고 싶소. 얘기하시오." 했다.

요석은 준비해 간 성경을 꺼내어 창세기부터 하나님의 역사를 얘기하였다. 당대 최고의 고승 앞에서 성경을 설파하다니, 놀랄 만한 상황에서도 요석은 무슨 배짱인지 조금도 망설임이나 당황함 없이 차분했다. 한참 얘기를 하던 중, 릅상람파 스님이 손을 들어 요석의 말을 막는다.

"그 성경을 좀 보여 줄 수 없는가?"

요석은 성경을 그에게 맡기고 주지 스님의 방을 물러났다. 그리고 다시 부름이 있기를 기다렸다. 그러나 릅상람파는 두문불출 모습을 보이지 않았다.

요석이 묵고 있는 객사에 한 청년이 있었다. 그는 스무 살 남짓, 체격이 건장하고 얼굴도 수려했다. 그러나 정신이 온전하지 않은지 늘 옷을 벗고 장발 머리를 풀어 헤친 채, 경내를 뛰어 돌아다녔다. 사람들을 보면 욕을 하고 흙이나 오물을 던지며 사납게 구는 바람에 모든 이들이 그를 피했다. 하루는 요석이 절 뒤편 언덕길을 산책하고 있는데 그 청년이 뒤에서 슬금슬금 따라왔다. 역시나 벌거벗은 몸에 신도 신지 않은 맨발로.

"여보게 청년. 자네 나와 함께 걷고 싶다면 가서 옷 입고 신발 신고 나를 따르게."

과연 다음 날 그 청년은 옷을 단정히 입고 신도 신고 요석을 따르는 게 아닌가? 그뿐 아니라 아침에 일어나 나와 보니 방문 앞에 세수물을 떠다 놓고 요석의 흙 묻은 신도 깨끗이 닦아 마루 아래 두었다. 절 안 모든 스님들이 놀라며 요석에게 말했다.

"선생님의 영이 저 젊은이의 영을 바로 살린 모양입니다. 같은 방에 기거하신다면 더 효과가 있지 않을까요?"

요석은 그들의 부탁대로 그 청년을 자기 방에 함께 지내게 했다.

한 3주 지나니 청년은 아주 멀쩡하게 제정신이 돌아와 제법 책을 들고 글도 읽었다. 요석은 그에게 저녁마다 성경을 가르쳤다.

"자네는 지혜롭고 마음도 선하구먼. 이제 집으로 돌아가 자네의 길을 찾아가게."

요석은 그에게 부드럽게 권했다.

"선생님, 지금 떠나기는 서운합니다. 열흘만 더 있게 해 주십시오."

열흘 후 절을 떠나며 청년은 간곡하게 말했다.

"선생님, 돌아가시는 길에 우리 집에 꼭 들러 주십시오. 선생님의 은혜를 갚고 싶습니다."

"은혜랄 것까지야, 허나 지나는 길이 있으면 들러 보겠네."

두 달이 지난 후 룹상람과 주지 스님이 요석을 찾았다. 요석을 보자 스님은 "이렇게 바른 진리를 왜 이제야 가져왔소? 이천 년 넘은 진리를 이제야 알게 되었구려." 하며 길게 탄식했다. 요석은 그의 놀라운 말을 들으며 어떤 지혜로운 말로 대답을 해야 하나 생각하다가, "하루가 천년이요, 천 년이 하루로다." 하고 대구로 화답했다.

스님은 무릎을 탁 치고는 주름진 얼굴에 눈이 푹 파묻히도록 웃으며

"바로 그거요." 하고 새삼 두 손을 합장하고 고개를 숙였다.

"내 너무 기뻐 당신에게 선물을 하나 하리다."

스님은 오래된 상자를 내놓았다. 뚜껑을 여니 새까맣게 때에 전 뼈피리가 나왔다.

"이건 내 스승의 다리뼈로 만든 귀한 피리요. 내가 열 살 때 출가하여 스승님이 입적하실 때까지 모셨어요. 돌아가시며 이 귀한 것을 내게 주셨다오."

티벳은 그때에도 전통 장례 의식대로 조장鳥葬을 했다. 사람이 죽으면 높은 산 위로 시체를 모셔 가서 옷을 다 벗기고 뼈에서 살을 알뜰하게 발라내 공처럼 뭉쳐서 이 뼈피리를 불며 하늘로 던진다. 피리 소리에 근처에 독수리들이 몰려와 사람의 살을 먹는다. 사람 육신 중 가장 튼실한 다리뼈만 남긴 채 모든 걸 잘게 쪼아 독수리에게 먹이로 던졌다. 무에서 온 인생 남겨지는 육신마저 자비로운 보시로 드리고 철저한 무로 돌아간다. 다만 남겨 둔 다리뼈는 가까운 제자나 친인척에게 선물로 전한다는 것이다. 거기에 구멍을 뚫고 피리를 만들어 간직하는 것이 이들에게는 가장 자랑스럽고 소중한 보물이라는 것이다.

요석은 자신의 전도 결실에 한없이 감사하고 흡족한 마음으로 산을 내려온다.

8. 기이한 인연

요석은 다시 북경으로 돌아가는 기차를 타고 여행을 했다. 멀고먼, 기나긴 여행길이었다. 중국인들은 빽빽하게 탄 객차 안에서 대개 삶의 모습을 여과 없이 보였다. 그들은 요강을 휴대하고 다녔다. 생리적인 감이 오면 깡통 요강에 용변을 보고 철로변에 쏟아 버린다. 시장할 땐, 가방에 비축했던 굳은 빵이나 말린 생선을 꺼내 맛있게 먹거나 역에 닿아 잠시 서면 벌떼처럼 몰려드는 잡상인들에게서 과일이나 요깃거리를 산다. 어떤 때는 지루하도록 길게 정차할 때도 있다. 그때는 기관사들이 가까운 음식점에 들러 식사를 하느라 그런다고 했다. 그리고 졸리면 밤낮을 구분하지 않고 잤다. 아기가 칭얼대면 어미는 허옇고 탐스러운 앞가슴을 풀어 젖을 먹이고, 옆에 있는 이들은 별 관심 없이 기차의 흔들림에 따라 졸고 있었다.

요석은 좌석에 앉자 독일어 성경을 읽고 있었다. 깊이 묵상하며 심취하여 읽느라 차 안의 소란이나 갖가지의 이색적인 풍경도 관심 밖이었다.

그런데 갑자기 귓전을 때리는 의외의 울림에 깜짝 놀라 주위를 살폈다.

"다스 하인리히 쉬리프트."

요석이 읽고 있는 독일어판 성경책 겉표지에 찍혀 있는 금색 글자 독일어의 독음이다. 이 소란스럽고 무질서한 중국 오지 서민들의 열차에서 이렇게 똑똑하고 세련된 독일어를 하는 사람은 누구인가? 요석은 맞은편에 앉은 한 노인을 바라보았다.

몸집이 자그마하고 얼굴엔 주름이 가득한 볼품없는 노인이지만 입성이 깨끗하고 단정하며 그의 몸 전체에서 깊은 지혜와 경륜이 느껴진다. 그 노인이 요석에게 말했다.

"그 책을 한번 만져 봐도 되겠소?"

"그러십시요."

요석은 얼른 성경을 노인에게 건네었다.

"이 책을 내가 40년 만에 만져 보는 거요."

눈을 감은 채 성경을 두 손으로 감싸고 쓰다듬는 그 노인은 감회가 아주 깊은 듯 주름진 눈가에 물기가 어렸다.

'왕동싱'이라고 자신의 이름을 밝힌 그 노인은 기나긴 자신의 인생 역정을 말했다.

"1940년대 나는 상하이 대학 학생이었소. 아직 공산화되기 이전 중국의 사회상은 극도로 혼란했지요. 국민당 정부와 마우쩌뚱_{모택동}이 이끄는 공산당이 치열한 내전을 벌이고 있고 학생들 사이에서도 공산당 확전 운동이 거세었지요. 나는 그때 자우언라이_{주은래} 선배님의 심복으로 학생연맹의 주도자가 되어서 연일 집회와 시위, 때로는 반대파와의 폭력 싸움으로 공부는 뒷전이었다오. 그때 한 독일 교수가 나에게 말했어요. '나도 한때는 공산주의였으나 40년이 지나서야 그것이 위선투성이라는 걸 깨닫고 전향했다오.' '그럼 뭐가 제일입니까?' 내 물음에 그 교수는 내게 성경책을 줍디다. 바로 이 책과 똑같은 성경책이었어요."

노인은 이렇게 말하며 겉표지에 있는 금박 글자를 손가락으로 더듬는다.

"대충 읽어 보았지만 내겐 먹히지 않았어요. '왼쪽 뺨을 치면 오른쪽 뺨도 내놓아라.', '네 이웃을 네 몸과 같이 사랑하라.' 도대체 그때 나로선 납득할 수 없는 말이었어요. '남의 눈에 티끌은 보면서 네 눈에 들보는 보지 못하느냐?' 따위의 말에는 화도 났어요. 그래서 나는 성경책을 도로 그 교수에게 주었어요. 그리고 나는 말했다오. '우리 젊은이들은 중국이 봉건적 지주제 때문에 불평등한 인민들을 위해서 토지 개혁을 단행하고 부르조아들의 사기업들을 국유화하여 모두가 차별 없이 잘사는 사회주의 개혁을 완수해야 합니다. 그러기 위해 우리들이 앞장서서 싸워야 합니다.' 내 말을 듣는 그 교수는 크게 실망하여 눈물까지 글썽이며 '여보게, 지도자가 잘못된 진리를 따라가고, 그 잘못된 지도

자의 사상을 그대로 쫓아가면 그 민족과 사회는 망하게 되어 있네.' 하더군요. 1949년, 중국은 결국 국민군을 밀어내고 마오쩌뚱모택동 지도자 아래 중화인민공화국을 세워 공산당 천하 통일을 이루었소. 주은래는 부주석이 되고 나는 그의 보좌관으로 활동했지요. 공산주의 이론가로 인정도 받아 1960년대에는 교육상으로 출세도 했다오. 그러나 그것도 잠깐, 1966년 일어난 문화대혁명은 모든 것을 뒤집어 놓았소. 모택동이 견제하던 권력층이 무너지고 한창 뜨기 시작하던 덩사오핑등소평도 당직에서 쫓겨나는 수모를 겪었지요. 나도 무사하지 못했다오. 벙거지로 얼굴을 씌운 채 강제 노역으로 끌려가 8년이나 죽음과 다를 것 없는 고생을 했다오. 다행히 1974년 등소평이 다시 복귀하여 재집권하며 나도 강제 노역에서 풀려났지요. 등소평 휘하로 들어오라는 부름도 받았다오. 그러나 나는 옛날 독일 교수의 말이 생각났고 공산주의에 환멸을 느껴 더 이상 나가서 섞이고 싶지 않았다오. 지금은 내 고향 마을에서 조용히 살고 있지요. 내 나이 이미 칠십을 바라보고 있으니."

긴 이야기를 마친 왕동싱 노인은 잠시 숨을 고르고 눈을 반짝이며 요석에게 묻는다.

"이제 내가 내릴 곳이 멀지 않습니다. 바쁘지 않다면 나의 집에 함께 가 주시겠습니까?"

요석에게는 딱히 갈 곳이 정해져 있는 것도 아니고 바쁜 일도 없었다. 따라가도 안 될 건 없었다.

왕동싱 노인이 살고 있는 곳은 꽤 큰 마을로 가구수가 800여 호에 이른다는 번다한 곳이었다. 마을 사람들은 농사를 짓거나 소나 양을 기르는 목축일로 업을 삼아 살고 있었다.

며칠 지난 후 어느 날 아침, 노인이 요석의 방에 들어와 큰절을 했다.

"아니, 왜 이러십니까?"

요석이 당황하여 얼른 일어나 맞절로 허리를 굽혔다.

"저희들에게 글을 가르쳐 주십시오."

"학문이나 경륜이나 어르신이 나보다 한참 위이신데 무슨 말씀이십니까?"

"우리 마을 사람들에게도 함께 글을 가르쳐 주십시오. 제가 자리를 만들겠습니다."

얼마나 반가운 제안인가. 노인의 집 넓은 뒷마당에 천막을 치고 자리를 깔아 임시로 교실을 만들었다. 수강자를 모집하니 소문이 어떻게 전해졌는지 남녀노소 지원자가 너무 많았다.

"우선 젊은 청년들이 배워야 합니다. 15세 이상 30세 미만의 젊은이들에게 우선권을 줍시다."

왕 노인의 말대로 간추려 선발하니 이백여 명이 되었다. 이들이 낮에는 각자 생업에 종사하고 저녁에 모여 성경을 교과서로 하여 폭넓은 강의를 들었다. 한 달, 두 달, 세 달로 접어들며 이 마을에는 신기한 변화가 일어났다. 대개 일이 끝난 저녁 시간, 술을 마시고 끼리끼리 모여 노름을 하던 젊은이들이 성경을 배우게 되니 술을 덜 하고 노름을 끊고, 그리고 골초이던 그들이 담배를 멀리하게 되었다. 문화혁명 이래 엉망으로 무너졌던 예의범절이 다시 살아나 웃어른에 공손하고 아이들에게 엄격하고, 서로 존대하는 놀라운 마을 분위기로 바뀌어 갔다.

이 소문은 입에서 입으로 전해지며 지역당위원회에도 보고되었다.

언제나 불평불만이 많아 반발하고 투쟁하던 인민들이 스스로 질서를 지키며 면학에 힘쓴다 하니 믿어지지 않아 당 위원들이 직접 시찰을 나왔다.

입구에 '진리학사'라는 간판을 보며 안으로 들어선 그들은 이슥한 밤 수많은 젊은이들이 모여 수업에 집중하는 열띤 모습을 보고 감탄을 금치 못하였다.

"참으로 모범적인 교육관이요. 덕택에 이 마을이 근동에서 가장 모범적인 마을이 되었소."

칭찬을 아끼지 않으며 표창장을 주고, 학교 허가서까지 정식으로 내주었다.

기독교를 절대 허용하지 않아 모임이 발각될 경우, 기물 파괴, 구금도 마다치 않는 서슬 퍼런 당국에서 이렇게도 파격적인 우대를 받는다는 것이 사람의 힘이라고는 생각할 수 없는 놀라운 하나님의 은혜였다.

이 마을에서 인민재판이 열린다고 했다. 큰 범죄는 관에서 끌어다 조사하고 재판을 하지만, 사소한 사건은 촌장을 위시해서 마을 사람 공동의 재판 형식으로 하는 것이다.

"선생님도 참석하셔야지요."

촌장인 왕 노인이 권했다.

"저는 그저 구경이나 하겠습니다."

"아닙니다. 선생님도 명예촌장으로 참석하셔야 합니다. 어서 가시지요."

요석은 왕 노인의 재촉에 따라나섰다. 명예 촌장은 좀 더 높은 직위라며 촌장의 윗자리로 모셨다.

죄인은 여덟 살 먹은 사내아이, 죄목은 이웃집 계란 두 개를 훔쳐 먹은 절도죄이다. 촌장은 아이에게 사실 여부를 묻고 아이는 순순히 인정했다. 그럼 형량은 어떻게 하면 좋겠느냐고 우선 고소인에게 물었다.

"저놈은 늘상 우리 헛간을 넘겨다봅니다. 앞으로는 얼씬도 못하게 요번에는 본때를 보여야 합니다. 볼기짝을 40대는 쳐야 하겠습죠."

"이봐요, 저 조그만 엉덩이를 40대나 치면 물구창이 나서 죽을 것이요. 그래야 되겠소?"

한 청년이 고소인을 밉살스럽게 노려보며 이의 신청을 했다. 한참이나 아이의 형량으로 옥신각신하다 결국 열 대를 치기로 합의가 되었다. 형집행을 하기 전 촌장이 요석에게 "선생님, 혹시 의견이 있으십니까?" 하고 물었다.

"제가 한말씀 드려도 괜찮겠습니까?"

요석은 좌중을 보며 물었다. 이의 다는 이는 없었다.

"고맙습니다. 그럼 먼저 저 아이에게 몇 가지만 물어보겠습니다. 얘야, 아침은 먹었느냐?"

아이는 고개를 옆으로 흔들었다.

"어제 저녁은?"

또 고개를 흔들었다. 이틀을 굶고 너무 배가 고파 옆 집 계란 두 개를 훔쳐 먹은 아이의 눈엔 눈물이 넘쳐흘러 얼굴은 까만 때로 얼룩져 있다.

요석은 늘어선 사람들을 향해 말했다.

"법이라는 것은 사람을 죽이려고 하는 게 아니라 사람을 살리려고 있는 것입니다. 저 아이가 이틀을 굶고 계란을 훔쳐 먹었다고 하는데 그 원인을 따져 보면 우리 모두의 책임이 됩니다. 어떤 사회에서 문제가 생기면 먼저 그 사회의 최고 고참이 책임을 지고 당연히 벌을 받아야 합니다. 아이를 굶기고 무심코 넘어간 어른들의 잘못으로 명예촌장인 제가 대표로 벌을 받겠습니다. 저를 때려 주십시오."

요석은 말을 마치고 마당 중앙에 설치해 둔 기다란 의자에 엎드렸다.

장내는 순간 조용해지고 눈알만 대굴대굴 굴리며 서로 눈치를 본다.

대신 때려야 하나, 말아야 하나? 그 긴장 속의 정적을 제일 먼저 깨고 큰 소리로 울며 달려나오는 이는 아이의 어머니이다.

"제 잘못입니다. 제가 일이 바빠서 아들에게 제대로 밥을 주지 못했습니다. 제가 맞겠습니다."

다음으로는 후줄그레 깡마른 남자가 눈물을 흘리며 나온다.

"제 잘못이 제일 큽니다. 노름에 미쳐서 집 안에 쌀까지 털어다 노름판에 몽땅 잃었습니다."

다음엔 더욱 놀라운 일이 생겼다. 아까까지도 의기양양하여 아이를 혼내 주자던 고소인이 두 손을 싹싹 빌고 나오는 것이다.

"제가 크게 잘못 생각했어요. 이웃 아이가 굶주리고 있다는 걸 미처 깊이 이해하지 못하고 잃어버린 계란만 억울하여 이렇게 어른답지 못한 행동을 했구먼요. 고소는 없던 걸로 하세요."

그 자리에 있던 모든 마을 사람들이 작거나 크거나 간에 그 아이에게 절도죄를 쓰게 한 책임이 자신들에게도 있다는 사실을 자각하며 부끄러운 마음에 고개를 숙였다.

이제 촌장이 결론을 내릴 차례이다. 왕 노인이 자리에서 일어나 중앙으로 나와서 목청을 높여 말했다.

"선생님의 훌륭하신 혜안으로 우리들의 졸렬하고 어리석은 마음을 크게 깨우쳐 주셨습니다. 이 거룩하고 아름다운 깨달음을 가슴에 간직하고 어려운 일이 있을 때마다 서로 돕고 특히 어린아이들에게는 우리 모두 부모 된 심정으로 관심을 갖고 잘 거두어 주시기를 바랍니다. 그리고 아이의 어머니와 아버지는 자식을 방임하여 절도까지 이르게 했다는 데 대한 벌로 매일 아이에게 계란 한 알씩 한 달 동안 먹이세요."

사람들이 웃으며 좀 웅성대자 왕 노인은 "항시 내가 아이에게 가서 확인하겠소." 하고 엄격하게 말을 맺었다.

마을 일이 더없이 수월하게 진행되어 알음알음으로 복음이 전파되는 중에도 요석의 가슴 한구석은 무거운 돌을 끌어안고 있는 양 답답했다.

처음 중국에 오기로 한 목적지가 나환자촌이고 또 잊을 수 없는 것은 가련한 아리랑 할머니의 기억이다. 그 할머니와 약속을 지키기 위해서라도 한 번은 꼭 가야만 한다.

드디어 날을 잡아 요석은 길을 떠났다.

그곳에 닿으니 먼저 나환자 수용소의 소장이 반가워했다. 그리고 그 할머니의 소식을 알려 주었다. 요석이 오기 열흘 전 세상을 떠났다고 했다. 조금만 일찍 왔더라면 할머니를 만나 뵐 수 있었을 걸 하는 미안하고 안타까운 요석에게 원장이 웃으며 말한다.

"그런데 참 희한한 일이 있었습니다. 선생님과의 만남이 딱 한 번뿐이었는데도 할머니는 많이 변화되었어요. 이제 병이 깨끗이 나아서 더 이상 자기는 환자가 아니라고 했습니다. 항상 행복한 얼굴로 예수 얘기만 했습니다. 매일마다 만나는 친구가 되었다구요. 죽으면서도 자기는 영원한 천국으로 예수님과 함께 살려고 가는 거라나요? 죽음에 대한 슬픔이나 공포는 찾아볼 수 없고 기대에 가득 찬 기쁜 얼굴이었어요."

소장의 말을 들으며, 그 할머니가 요석을 통해 예수님을 마음속에 영접하고 천국으로 갔다는 확신은 요석에게 적잖은 위안이 되었다.

"할머니의 변화된 모습을 보고 많은 환자들이 당신을 만나고 싶어 해요. 당신을 영험하고 도력 높은 주술사로 생각하고 있는 것 같습니다. 들어가 보시겠습니까?"

"네, 들어가게 해 주십시요. 그들을 꼭 만나고 싶습니다."

과연 그들이 기거하는 막사에 들어서자 요석이 더 기겁하게 놀라고 말았다.

어두컴컴한 그 안에서 용케도 요석을 알아본 사람들이 '예수, 예수.' 부르짖으며 그에게 달려오는 게 아닌가. 좀 성한 사람들은 절뚝이며 달려오고, 그 뒤로 기어오는 사람, 저 뒤쪽 좀 떨어진 곳에선 배밀이로 굴러오는 이까지, 오리 떼 몰려들듯 몰려왔다.

요석은 가슴이 벅차올라 두 손을 모았다.

'하나님, 감사합니다. 저들이 구원에 눈떴습니다. 하늘나라로 잘 인도하여 주님의 영생을 누릴 때까지 제 목자로서의 소임을 잘 하도록 지혜와 힘을 주세요.'

제일 먼저 요석 앞에 다가온 이가 말했다.

"선생님 저도 예수란 친구를 만날 수 있을까요? 저도 만나게 해 주세요."

그 뒤로 수없이 다가온 이들도 "예수를 만나게 해 주세요. 해 주세요." 간절하게 말한다.

한 사람씩 부르짖는 소리는 어느덧 "예수, 예수, 예수." 하는 합창 소리로 어우러졌다.

"여러분, 예수님은 밖에서 불러오는 분이 아닙니다. 여러분 마음속에 계십니다. 마음을 모아 간절하게 그분을 찾으세요. 그럼 그분은 당신 곁으로 다가와 친구가 돼 주십니다. 그리고 당신들의 아프고 괴로운 마음을 그분께 얘기하세요. 그게 기도예요. 기도를 다 하면 '예수님의 이름으로 기도했습니다. 아멘.' 하세요. 그럼 여러분이 구하는 것을 찾으실 것입니다."

요석의 말소리는 어둡고 역겨운 냄새가 가득한 막사 안을 우렁우렁

울렸다.

그 소리를 듣는 모든 이들은 그 순간 모든 고통과 시름을 놓은 채 환하고 향기로운 공간에서 눈부신 광채를 우러러보았다.

9. 나환자 집단촌

요석이 정착하여 사는 이 마을은 대체로 조용하다. 싸울 일이 없는 동네다.

부부싸움도 없고 이혼도 없고 자식 걱정도 없다. 아무 문제도 없고 조용하다. 가끔 통증으로 길게 얕게 신음하는 소리가 간간이 들릴 뿐.

단지 하나, 문제가 있다면 먹을 게 부족하다. 여기 수용소 안에 격리된 한센인은 스스로 생업을 할 수 없으므로 누군가에게 의식주를 기댈 수밖에 없는데 특히 끼니가 늘 부족해 배가 고프다.

가끔 요석은 나환자들에게 묻는다.

"형제님, 제일 큰 소원은 무엇입니까?"

그들은 자기에게 관심을 갖고 물어 주는 게 더없이 기쁘고 고맙다.

"하루 세끼는 아니더라도 다만 한 끼, 밥을 큰 그릇에 수북하니 담아 배 터지게 먹어 봤으면 좋겠어요. 그게 소원이예요."

그는 두 다리가 반 쯤 잘려 나가고 한 팔도 없다. 한 팔에 남은 세 손가락으로 땅을 짚으며 엉덩이로 이동한다. 그 세 손가락이나마 언제까지 갈까?

"천국에 가시면 세끼 밥과 좋은 음식을 마음껏 드실 수 있습니다. 조금만 참으세요."

"그 좋은 천국에는 언제나 가지요? 어서 가게 해 주세요."

그래서 요석은 그의 머리에 두 손을 얹고서 기도한다.

"하나님, 배고프고 육신이 아파 힘든 이 형제를 어서 데려가 천국의 풍요한 잔치에 참석하게 해 주세요, 아멘."

그도 기쁘게 "아멘." 한다. 그리고 천국에의 소망으로 더없이 행복해 한다.

한센병은 인류 역사와 함께 있어 온, 유래 깊은 병이다. 살이 곪아 터지며 얼굴이 문드러지고 팔다리가 떨어져 나가는 이 병은 환자에게는 물론, 가족도 이웃도 모두 기피한다. 신의 저주, 또는 천형이라 하여 환자를 멀리 쫓아내고 돌보지 않았다.

이들도 한센병이 드러난 처음에는 일단 사지가 멀쩡하였지만 이 수용소로 들어와 일 년, 이 년, 삼 년을 지내는 사이 병은 점점 더 진행되며 눈이 멀고 살이 곪아 문드러지고 팔 다리가 떨어져 나가 흉한 모습이 되는 것이다. 그래도 충분한 영양 공급과 얼마만큼이라도 의료 혜택이 주어진다면 완치는 어렵더라도 병의 진행을 어느 정도 늦출 수 있겠으나, 여기서는 전혀 그런 보장이 없이 사회와 격리시키고 수용만 하는 열악하고 비정한 나환자 집단촌이다. 여기 수용된 그들은 다만 어서 죽기를 바라는 가엾은 처지일 뿐이었다.

요석은 이들의 배고픔이라도 해소해 주려고 이리저리 아는 사람들을 찾아 강냉이 가루나 감자 등, 식량이 될 만한 것을 구해다 대지만 수용소 안, 삼백 명 가량의 인원을 감당하기에는 태부족이었다.

하루는 식량도 떨어진 지 며칠 되고 돼지죽 같은 급식도 너무 부족해 어떻게 끼니를 이을 것인가 심각하게 고민한다. 요석도 역시 배고픈 것은 마찬가지인 것이다. 옛 어른들 말씀에 땅을 파면 먹을 게 생긴다는 말이 생각났다. 땅을 파 보았다. 한 1미터 남짓쯤 파 들어갔을 때, 놀랍게도 초콜릿 색깔, 아주 곱고 쫀득한 흙이 나왔다. 조금 집어 먹어 보니 이물질의 지금거림이 없고 찰떡같이 씹히는 맛이 고소하다. 그걸 한 양푼 퍼다 먹을 수 있는 순한 풀을 섞어 반죽으로 치대어 수제비를 만들었다. 흙수제비지만 먹으니 구수하고 배가 불렀다. 포만감에 모두 좋아라 하는데 요석은 다음 날 아침 깨어 보니 얼굴과 손발이 퉁퉁 부었다.

'어, 다른 사람들은 괜찮은데 왜 나만?'

의아했지만 아직 적응이 안 되어 그렇겠지 생각했다.

다음 기회에 또 먹어 보니 웬만큼 괜찮다. 역시 인간의 강인한 생존능력에 감탄이 나왔다.

하루는 고위층 관리가 이 먼 곳까지 찾아왔다.

중국에 처음 왔을 때 술 시합으로 제압했던 그 친구다.

"선생님은 대단한 투사이십니다."

그의 첫마디다.

"그게 무슨 말씀이십니까?"

요석이 의중을 알 수 없어 물었다.

"종교를 금지하는 이 나라에 와서 감히 기독교를 전파하지 않으십니까?"

엄포 같기도 한 이 말. 그러나 그는 요석을 진지하게 바라보며 안타까운 듯 말했다.

"학식 높고 진실하신 선생님이 이 구석진 문둥이 마을에 들어와 전염의 위험을 무릅쓰고 함께 고생을 하시며 사신다는 게 말이나 됩니까? 저는 몹시 안타깝고 걱정이 됩니다. 제가 비교적 환경이 좋은 마을을 찾아서 선생님을 편안히 모시고 싶은데 어떻게 생각하십니까?"

객관적, 이성적 생각이라면 참으로 솔깃한 제안이었다. 그러나 요석은 먼저 예수님이 광야에서 마귀의 시험을 받은 부분이 생각났다. 예수

님은 마귀가 제안하는 배고픔과 존귀와 권능을 모두 거절하여 마귀의
시험을 물리쳤던 게 아닌가?

요석은 부드럽게 웃으며 말했다.

"이들이 저를 필요로 합니다. 나를 필요로 하는 사람 곁에 산다는 게
저는 행복합니다."

그는 할 말이 더 있는 것같이 머뭇거리며, 머리를 갸웃거리다 떠나갔다.

다시 지독한 식량난이 벌어졌다. 비축한 곡식은 바닥난 지 오래고 지
급되는 돼지죽도 최악으로 질도 나쁘지만 양도 극히 적었다. 병으로 죽
는 이보다 굶주림으로 죽는 이가 더 많이 나오는 형편이었다.

식량을 구하러 왕둥싱 촌장 마을을 다녀왔다. 약 두어 달 걸린 것 같
았다.

돌아오자마자 소장이 다급하게 말한다.

"선생님, 참 신기한 일을 봅니다. 한 환자가 죽을 때가 다 됐는데도
선생님 오기 전엔 절대 죽을 수 없다고 저리 버티지 뭡니까? 죽었나?
하고 건들면 벌떡 일어나고 그러며 선생님을 애타게 기다리고 있어요."

요석은 바삐 그의 곁으로 다가갔다.

그의 몸은 그대로 주검이다. 움푹 꺼진 눈에 핏기 없이 굳어진 전신.
그러나 "형제님, 괜찮으십니까?" 하는 요석의 목소리를 듣자 눈을 번쩍
떴다. 안광이 번쩍인다.

"제가 선생님을 보기 전에는 죽을 수 없어 이때껏 기다렸습니다."

"무슨 일인지 말씀해 보세요."

요석이 그의 눈을 보며 말했다.

"죽으면 하늘나라에 갈 텐데 이 더러운 문둥이 몸을 받아 주실까요?"

요석이 대답했다.

"예, 염려 마십시요. 천국 가는 그 순간에 당신은 변화되어 멀쩡하게 두 다리로 선 정상인이 되어 있을 겁니다."

"선생님, 하나님이 정말 나를 알아보실까요? 선생님이 나를 위해 소개장을 하나 써 주신다면 주머니에 잘 넣고 가서 하나님 앞에 보여 드릴려구요."

"하나님은 벌써 당신을 잘 알고 계십니다. 당신 자리를 예비하고 기다리고 계십니다."

"난 손이 없어요. 하나님을 만나면 손을 잡아 악수를 하고 싶은데 어떻게 잡나요?"

"아, 걱정 말래두요. 당신은 천국으로 가면 두 손 두 발 건강한 성한 사람의 모습이예요."

요석은 안쓰러운 마음에 그의 뭉그러져 나무토막 같은 팔뚝을 꼭 쥐어 주었다.

그때 그가 외쳤다.

"아, 나를 놔주세요. 천국의 큰 손이 나를 잡아 줍니다. 내 손을 잡았어요. 선생님, 고맙습니다."

그의 흉한 얼굴은 화색이 가득하여 위를 향해 시선을 고정시킨 채 조용히 숨을 거두었다.

지켜보는 모든 사람들 또한 천국에의 믿음과 소망으로 감사의 눈물을 흘렸다.

이런 행복한 죽음이 또 어디 있겠는가.

상해에서 교수 친구가 소개해 주었던 고위 공무원이 또 찾아왔다. 첫 번째는 나환자촌을 찾기 위한 술 시합이 있었고, 두 번째는 선교 지역을 다른 곳으로 선처해 주겠다는 제안이었고, 그리고 이 세 번째는 어떤 목적이 있어서 이 멀고 험한 곳을 찾았을까?

요석의 거처는 이곳 다른 주민들과 비슷하게 갈대풀로 엮어 만든 움막이다. 아래쪽으로 흙을 개어 붙여 바람을 막은 여덟 평 작은 실내의 한쪽에 굵은 대나무로 성글게 짠 침상이 있다. 역시 널빤지를 구해 와서 손수 만든 작은 책상이 창 쪽으로 있고 그 위로는 성경책과 몇 권의 노트가 단정하게 놓여 있다. 하나뿐인 의자에 손님을 앉게 하고 요석은 침상에 걸터앉았다. 그리고 그를 자세히 바라다보았다. 몇 년 전 처음 봤을 때보다 무척 수척해진 얼굴, 근심과 번민이 가득하다. 한참이나 말문을 열지 못하던 그가 불쑥 물었다.

"이루 말로 할 수 없는 극악한 죄인이라도 하나님은 용서해 주시나요?"

"이 세상에서 하나님이 사하지 못하는 죄는 없습니다. 하나님께 지은 죄를 고백하고 진심으로 용서를 구하면 하나님은 죄를 사하여 주십니다."

요석은 자신 있게 말했다.

"저의 이름은 자오융칭이라고 합니다. 우리 부모님도 사실은 기독교 교인이었습니다. 새벽마다 저의 손을 잡고 기도해 주셨어요. 그 기억이 요즘 들어 더욱 생생하게 떠올라 너무 괴롭습니다."

1966년 마오쩌둥이 주도한 '문화대혁명'은 중국 역사에 정치적 사회적 경제적 다방면에 심대한 영향을 끼친 공산주의 대약진 운동이었다. 그때 자오융칭은 열세 살, 마오는 서서히 느슨해지는 자신의 권력 기반을 재강화하려는 야심에서 비롯됐지만 사회적 측면에서 서민들에게 파

급된 영향은 실로 대단한 것이었다.

마오는 특히 청소년들에 주목했다. 젊은이들의 사상과 행동을 규합해 영구적 계급 투쟁의 결과로 민중 민주와 민족 해방의 노선을 확립하자는 것이다. 구체적 행동 강령으로 기존 유교 질서를 비판하여 모든 인민은 평등하며 상하 불문하고 잘못된 행동이나 생각은 통렬한 비판과 각성으로 바로잡아야 한다는 추상같은 개념이었다. 이에 따른, 이른바 홍위병들은 의기투합해 오래된 문화재와 사당들을 깨부수고 성현들의 고서를 거리낌없이 불살랐다. 유교 질서 옹호나 인민 평등에 위배되는 일이 있으면 선생이나 교장을 고발하고, 자식은 부모를 고발하고, 부부 사이에서도 서로를 가차없이 고발하여 인민재판에 부치는 일이 허다하였다.

자오융칭이 소학교 졸업반이 되었을 무렵, 선생들은 훈시 때마다 어른들 중에서도 혁명 정신에 어긋난 자는 누구나 고발하라고 부추겼다. 자오는 누구를 고발하여 교장 앞에서 칭찬과 상을 받을까 생각하게 되었다. 그때 문득 생각난 게 새벽마다 어머니와 아버지가 두 손을 모으고 기도하는 모습이었다.

'옳다구나, 아버지를 고발해야지.'

자오는 교장 앞으로 고발장을 썼다.

'나의 아버지와 어머니는 당에서 금하는 기독교를 신봉하는 자들로 새벽마다 기도를 하고 하나님을 숭배하는 찬양을 합니다.'

그 다음 날로 어머니는 어디론가 끌려가 보이지 않았고, 아버지는 모든 사람들 앞에서 인민재판을 받게 되었다. 마을 사람들이 모두 모이고 당 간부들도 위엄 있게 배석한 자리였다. 인민재판이 본격적으로 시작되기 전, 교장이 연단에 서서 자오를 호명했다.

"자오 군은 매우 굳센 정의감과 용기로 타에 모범이 된 혁명용사요.

자오 군은 앞으로 우리 인민 사회가 지향하는 바 진정한 민족 해방의 대열에서 앞서가는 혁명 지도자가 되리라 확신하오."

교장은 이렇게 말하고 자오에게 상장과 당에서 내린 커다란 상패를 주었다. 얼마나 자랑스러운 일인가 하고 한껏 부풀었던 마음이었다. 그러나 다음 순간, 얼굴에 짚으로 엮은 용수를 쓴 채 꽁꽁 묶여 끌려오는 아버지를 보며 심장이 얼어붙는 듯했다. 그때, 당 간부 중에서도 우두머리인 듯한 사람이 연단으로 나와 아버지의 얼굴에 씌운 용수를 벗기게 하고 "얘야, 너의 아버지가 맞느냐? 정말 새벽마다 기도와 찬송을 하더냐?" 등을 차근차근 물었다. 자오는 묻는 대로 고개를 끄덕일 수밖에 없었다. 그는 모여 선 마을 사람들을 향하여 목소리를 돋우어 외쳤다.

"이보십시오. 이 장한 어린 학생이 국가에서 금지하는 반역적인 종교 행위를 한 아버지를 고발하고 당당하게 증언하였습니다. 이 소년의 영웅적 정의감과 용기에 다 같이 박수를 보냅시다."

우레와 같은 박수 소리를 들으며 자오는 다시 마음을 고쳐먹었다. '아, 난 잘 한 일이야. 아버지가 나빴어. 난 당당해도 돼.' 하며 아버지를 쏘아보는 순간 아버지와 눈이 마주쳤다. 사랑스런 아들을 바라보는 잔잔하게 웃는 얼굴. '그래, 넌 잘 했어. 괜찮아.' 하는 듯 사랑으로 가득 찬 그 눈빛. 아버지는 처형장으로 끌려가기 전 다시 한 번 뒤돌아 아들 자오를 바라보며 알게 모르게 끄덕 고갯짓과 함께 사랑의 눈길을 보냈다.

어머니와 아버지를 졸지에 여읜 자오는 그날로 고아가 되었다. 더 이상 따뜻한 가정과 부모가 없게 되었다. 거지처럼 떠도는 자오의 소문이 퍼지자 당황한 당에서 자오를 데려다 '혁명 일 세대 투사'라고 떠받들며 모든 뒷배를 넉넉히 봐주었다. 잘 먹고 잘 자라 최고의 교육을 받고 출세 가도를 달리며 좋은 집안의 딸과 결혼하여 아들도 두었다.

누구나 선망하고 존경하는 오늘날까지 그의 삶이었다.

그런데 어느 날 불현듯 아버지를 본 것이다. 까맣게 잊고 살았던 아버지가 다시 살아 돌아왔다.

그의 아들이 이제 열세 살, 아들이 자신을 보는 눈에서 아버지를 본 것이다. 사랑과 신뢰가 가득 차 잔잔하게 웃는 모습. 열세 살 아이답지 않은 아버지의 그 얼굴.

그 후로 자오는 아들을 보면 아버지가 연상되고 자신이 철없이 저지른 엄청난 행위가 생각나며 미칠 듯한 고통을 느끼는 것이다. 열세 살 소년이 보았던 아버지. 그가 자라 아버지가 되어 열세 살 아들을 보는 자신. 너무나 극도의 대비에 그는 비로소 자신이 무슨 짓을 한 건가 소스라치게 놀라며 씻을 수 없는 죄악에 진저리를 치는 것이었다.

긴 얘기를 들으며 요석은 함께 깊은 한숨을 쉬었다. 그가 시대적 상황 속에 그릇되이 저질렀던 인간으로서의 고통이 느껴져서였다.

"예수님이 아무 죄도 없는데 십자가에 달려 피를 흘리며 고난 중에 돌아가신 이유는 세상 모든 죄인들을 대속하기 위함이었습니다. 하나님께서 독생자이신 귀한 아들을 세상에 내보내 모든 죄를 대속하고 죽게까지 하신 섭리도 하나님의 사람에 대한 무한한 사랑이십니다."

예수님의 희생과 하나님의 드넓은 사랑, 그 위에 무슨 말을 하겠는가?

자오융칭은 이해가 되는지 모르지만 이제는 껍질 벗은 애벌레처럼 작고 여린 인간이 되어 그저 한없이 흐느껴 울기만 했다.

가을인가 하는 사이 겨울을 재촉하는 차가운 비가 내리고 사람들은 토굴이나 움막집에 들어가 몸을 움츠려 자는 듯 죽은 듯 음울한 어느 날, 요석은 열이 펄펄 오르며 참을 수 없이 배가 아팠다. '왜 그럴까?'

스스로 촉진을 하며 원인을 생각해 보았다.

'맹장…염? 왜 맹장염인가? 아, 짚이는 데가 있다. 근래 흙수제비를 꽤 자주 해 먹었는데, 그게 원인일 수도 있겠다.'

여기서는 어떤 방도도 없고 읍내로 나가야 하는데, 한시가 급하다.

"돌쇠야." 하고 부르는 소리에 딸랑딸랑 방울 소리 울리며 달려온 것은 당나귀였다.

약 일 년 전 요석이 이웃 마을을 다녀오는데 한 농부가 어린 당나귀를 때려 죽이려고 도끼를 휘두르고 있었다.

"여보슈, 왜 당나귀를 죽이려고 하는 거요? 차라리 날 주시요. 내가 사리다."

요석이 다급하게 외치자 농부는 그냥 가져가란다. 왜 공짜냐고 물으니 "이놈이 주인 말을 전혀 듣지 않아 괘씸해서 죽이려고 했는데, 죽이려는 못된 놈은 팔지 않고 거저 주는 거라."고 대답했다.

졸지에 당나귀를 하나 얻어 집으로 데려다 친구 삼아 잘 다루니, 웬걸 말도 잘 듣고 여간 영리한 게 아니었다. 이름을 돌쇠라 짓고 한국말로만 소통하니 곧잘 알아듣고 원근 각처로 그 등에 타고 다니기도 하여 이젠 없어서는 안 되는 소중한 식구가 되었다.

"돌쇠야, 내가 아파서 죽겠다. 네가 수고 좀 해 다오."

요석은 그 밤을 도와 장장 여섯 시간을 당나귀 등 위에서 신열과 통증으로 쩔쩔매며 읍내에 닿았다. 이른 새벽녘이었는데 아직 문을 연 가게가 드물어 적막한 거리였다.

그곳에는 오래된 한의원과 동물들을 치료하는 동물 병원이 있었다. 아무래도 수술이 필요할 것 같아 동물 병원에 들어섰다. 시설이라곤 거의 원시 상태로 지저분하고 조악하다. 그러나 어쩌랴, 의사를 불러 맹장

수술을 부탁했다. 의사는 꾀죄죄한 중늙은이였는데 질색을 하며 자기는 동물 배는 갈라 봤어도 사람 배는 안 들여다보아 모른다며 거절했다.

"영감님, 걱정 말고 우선 배를 갈라 주시요. 내가 유명한 기술자 두 명과 같이 왔으니 그들이 도와주실 것이요."

"어디, 어디 의사 선생이요?"

그는 사방을 휘휘 둘러본다.

"아, 글쎄, 내 눈에는 보이니까 염려 마시라니까요. 마취제는 있습니까?"

"어디요? 동물은 마취 안 시킵니다."

"그럼 한의원에게 부탁해 보쇼."

요석의 그 말에 한의원까지 달려왔다.

"글쎄요, 해 본 적은 없지만 한번 해 보지요."

한의원은 요석의 혀를 쭉 빼내더니 여기저기 침을 꽂는다.

배를 가르려고 가져온 칼을 보니 요석은 기가 막혔다. 오래되어 날이 무디고 녹까지 뻘겋게 슬었으니.

"숫돌 있어요? 잠깐 좀 갈아 쓰시지요."

"어디를 갈라야 하나요?"

수의사는 요석의 배를 들여다보며 역시 경황이 없다.

"주로 맹장은 왼쪽에 있다고 하니 요쯤 갈라 보시요."

익숙지 못한 수의사는 떨리는 손으로 가슴 밑 늑골 아래를 주욱 가른다. 너무 많이 갈랐다.

"어떤 게 맹장이요?"

수의사는 배 속의 것을 이리저리 헤쳐 보며 마련이 안 선다.

"나도 좀 보이게 들어 봐요."

요석이 고개를 들며 말한다. 배 속에 저런 많은 것이 들었다니, 스스로도 놀라며 아무리 살펴봐도 맹장 같은 건 보이지 않았다.

"요 아래 왼편으로 조금 더 째 봐요."

이리저리 헤적이다 끄트머리에서 검푸른 빛의 조그만 덩어리를 발견했다.

"그건가 보오. 잘라 내시요."

"여긴 참, 실이 없다오. 무얼로 꿰매지요?"

수의사가 또 당황해서 말했다. 다행히 한의원이 재빠르게 자주색 이불 꿰매는 실과 굵은 바늘을 구해 왔다. 수의사는 손재주도 없는지 벌벌 떨리는 손으로 대충 듬성듬성 꿰매어 간신히 배를 덮었다.

때가 꼬질꼬질한 천으로 배를 둘둘 말아 묶은 채 요석은 곧 되짚어서 나귀의 등에 흔들리며 집으로 돌아왔다. 거의 한밤중에나 들어선 집은 냉기로 가득하고 차가운 밤길을 당나귀에 실려 온 요석은 통증을 느낄 새도 없이 정신을 놓는다. '아, 하나님. 뜻대로 하소서. 죽으면 죽으리이다.' 중얼대며 아득하게 무의식의 나락으로 떨어졌다. 다음다음 날이 돼서야 겨우 정신을 찾은 요석은 자신의 모습에 놀라고 공포스럽다. 다리가 얼어서 뚱뚱 부어오르고 꿰맨 자리에는 벌써 염증이 시작되는지 벌겋게 성이 나고 진물이 흐른다. 또한 통증은 뼈를 생으로 깎아 내는 듯 처절하게 아프다.

"오, 주여!"

요석은 고통으로 길게 탄식하였다.

요석이 많이 아프다는 소문을 듣고 주민들이 몰려왔다. 그들은 제일 먼저 희희낙락했다. 선생님도 자기들처럼 문둥병에 걸렸으니 이제 어디 안 가고 자기들과 계속 살 거라고. 그러나 요석이 다리와 배까지 부어오르고 신열이 뜨겁게 달아올라 괴로운 신음 소리를 내자, 자기들도 요석이 너무 불쌍한지, 부은 다리와 배를 주물러 주겠단다. 손가락 떨어진 몽당손으로, 팔이 없는 이는 다리로, 그도 저도 없는 사람은 몸으로 요석을 덮고 얼굴을 문질러 열을 식혀 주려 애를 썼다. 요석이 앓는 소리를 할 때마다 그들도 마음 아파하며 온몸으로 더욱 열심히 주무르고 문지르고 얼굴을 대어 체온을 나누었다. 수십 명이 교대로 몇날 며칠을 그러는 사이 그들의 고름 섞인 눈물과 진물과 핏물이 요석의 상처를 덮고 퉁퉁 부은 다리에도 그들의 체액이 쌓이고 쌓여 마치 기브스를 한 것같이 딱딱하게 굳어 갔다.

일주일 된 날, 요석은 기적을 보았다. 사랑과 진정이 가득한 그들의 체액, 딱딱하게 굳어진 기브스 껍질 밑에서 다리와 배에 부기가 빠지고 꿰맨 자국도 꾸덕꾸덕 아물어 가고 있었다. 거의 죽음을 각오하였고, 다행히 살아나더라도 다리를 절단해야 하지 않겠나 염려했었는데, 눈앞의 기적에 요석은 흐느끼며 자신의 허약한 믿음을 회개하였다.

"오, 하나님. 이렇게 다 마련이 되신 주님 섭리를 모르고 오히려 염려한 제 허약한 믿음을 용서하여 주소서."

그리고 예수님은 허다한 문둥병자들을 고쳐 주는 은혜를 베푸셨는데 자신은 오히려 그들에게 도움과 치유를 받아 회복된 것에, 자신이 그들의 사랑과 은혜를 크게 입었다는 사실에 큰 깨달음을 얻었다.

"하나님, 더러운 고름이 명약이 되는 하나님 사랑의 섭리. 더욱 겸손하게 그들을 섬기겠습니다. 감사합니다."

10. 여호아 이레

요석이 1979년도에 중국으로 들어간 이래 1994년 현재까지의 선교

활동은 나름 상당한 성과로 드러나고 있었다. 그 당시 중국은 인민 사회주의 특성상, 공인되지 않은 종교를 드러내 놓고 전도하거나, 간판을 내걸고 교회 모임을 가질 수 없었다. 그러나 사람들의 조용하고 열정적인 신앙에의 소망은 누구도 막을 수 없게 솔솔 번져 나가고 있다.

요석이 개척한 신도들의 예배소를 정리하면 대강 이렇다.

요녕성 깊숙이 몽골 자치구역에 인접한 나환자 집단촌은 요석이 그곳의 목자요, 또한 실질적인 촌장으로 나환자들의 큰 의지가 되어 있었고, 이를 기점으로 티벳 지역 릅상람파 스님 산하 그의 제자들에게 성경을 전파하여 널리 기독교를 알렸으며, 우연히 만난 산시성 윈저우시에 사는 왕동싱 촌장을 통해 꽤나 성공적인 선교로 많은 신도를 모았고, 더하여 인근 청년들을 위한 학교도 세웠다.

그뿐인가. 하나님이 예비하신 듯, 긴 장거리 여행 기차에서 우연히 알게 된 방물장수 중년 여인에게 성경 얘기를 들려준 것이 계기가 되어 그 여인이 사는 하남성 일대가 또한 많은 신자들의 예배소로 발전하게 되었다.

또한 산서성에서 있었던 일이다. 나환자들의 구급약을 구하러 병원에 들렀다가 몇 년 전 티벳 사찰에서 만났던 청년을 다시 보게 되었다. 그는 깊은 산속, 티벳 절에서 내려와 중단했던 의과대학을 졸업하고 이제 어엿한 의사가 된 것이다. 더욱 놀랍고 감동스런 것은 그가 요석을 통하여 예수 그리스도를 영접하였고 가는 곳마다 예수 복음을 퍼뜨려 이 곳 병원에서도 신앙의 뜻이 맞는 의사, 간호사들과 손잡고 매주 성경 공부를 하고 예배를 드린다는 사실이었다. 요석은 너무 감격하고 반가워 그의 손을 잡고 뜨거운 눈물을 흘렸다.

이렇게 분주히 연이 닿는 곳마다 달려가 성경을 가르치고 믿음을 전파하는 사이 세월은 흐르며 요석도 오십을 넘기고 육십을 넘겨 머리털이 희끗하게 되어 갔다.

그 세월이 헛되지 않아 요석은 모든 이들에게 필요한 사람이 되어 있다. 언제나 그를 기다리고 반기는 신자들이 곁에 있다는 것이 그의 큰 기쁨이요, 보람이었다.

그런데 얼마 전 저 멀리 미국 동부에 있는 뉴저지 한인 교회에서 부흥회에 강사로 초청한다는 청탁이 왔다. 사실 몇 년 전 요석은 설교 초빙으로 세상 나들이를 한 적이 있었다.

'아직 나를 기억하고 찾아 주는가?'

요석은 의아하며 먼저 기도로 하나님과 소통한다.

'가거라. 그들에게 너를 보여라.'

마음속 하나님의 응답이 우렁찼다.

〈저는 신학을 강의하거나 설교를 하여서 교회를 크게 부흥시킨다는 것은 많이 부족하고 제 뜻이 아닙니다. 다만 제가 중국에 나가 선교하며 체험했던 하나님의 놀라운 은혜와 섭리에 대해서 말하고 싶습니다. 그런 뜻에서 저의 초청 주제를 '간증 집회'로 허락해 주신다면 응하겠습니다.〉 하는 요석의 제청이 수용되었다.

과연 젖과 꿀이 넘치는 가나안 땅처럼 풍요가 넘치는 미국 뉴저지 주는 너르고 반듯하고 청결했다. 메인 스트리트에는 충분한 공간 개념을 활용한 높은 조형 건물들이 적당한 거리로 세워져 투명한 유리창으로 눈부시게 햇빛을 튕긴다. 또는 간소하게 지은 나지막한 오피스 건물들이 잘 조경된 녹지대 속에서 단정하고 고즈넉했다.

요석은 설교가 시작되기 전, 백여 명 성가대의 힘찬 찬양 소리에도 깊은 감동과 회열을 느꼈다.

"여러분 반갑습니다. 저는 지금 이곳에서 몇 년 만에 처음으로 천상의 소리, 찬양을 듣습니다. 너무도 아름다운 찬양에 감사드립니다. 내가 사는 나환자 마을에는 찬송이 없습니다. 찬송을 부르고 싶어도 부를 수가 없는 것입니다. 여러분은 입술이 있어 말도 하고 노래도 할 수 있지만 그들은 입술이 썩어져 나가 말도 못하고 노래도 할 수 없는 것입니다. 여러분들은 건강한 육체, 또 이런 풍요한 아름다운 곳에서 자유롭게 신앙 생활도 하며 사시니, 얼마나 축복받은 행복한 인생인지 아셔야 합니다."

요석의 목소리는 부드럽고 온화했다. 낮고 천천히 또박또박 던지는 말 속에 정연하고 강인한 신념과 의지가 예사롭지 않았다. 또 가득히 모인 신도들을 두루 둘러보는 눈빛은 맑고 예리하다. 계속해서 요석은 말했다.

"제가 사는 마을에서는 먹을 게 늘 부족합니다. 제가 늘 그들에게 천국에 들어가면 먹을 것이 풍성하여 하루 삼시 세끼 배부르게 실컷 먹을 수 있다고 말합니다. 그러면 그들은 '선생님, 저를 어서 천국에 데려가 달라고 기도해 주십시오.' 하고 간청해요. 그래서 저는 그들의 머리에 손을 얹고 축도로 '어서 천국으로 불러 주십사' 하고 기도합니다. 근데 여기 계신 분들 중에는 '어서 가겠다'는 사람보다 '오래 살게 해 달라'는 축복 기도만을 원하실 것 같군요. 그게 무리가 아닌 것이, 그들도 여기 와서 주변을 보고 부페 식당에 즐비하게 차려 있는 푸짐한 음식들을 보면 '여기가 천국이 아닌가, 먼 하늘나라까지 갈 필요가 있는가.' 생각할 것 같애요."

7년 전에도 요석의 간증 집회는 대성황이었다. 중국 나환자촌 선교 경험을 말할 때, 같은 시대 같은 지구 안에 사는 사람들이 이렇게 서로 다르게 살 수 있나 하는 놀라움과, 하나님의 은총은 아무리 열악한 환경이나 고통 속에 사는 사람들에게도 공평하게 화평하고 행복한 삶을 주는구나 하는 감동, 하나님의 커다란 섭리는 늘 우리 곁에 준비되어 있어서 그의 뜻 안에서는 능히 안 되는 일이 없다는 신념 등의 체험이 신도들에게 많은 울림과 은혜를 주었던 것이다.

요석의 간증 집회 내용은 녹음 테이프에 담겨 널리 퍼졌고 듣는 사람마다 벅찬 감동으로 '할렐루야'를 외치게 했다.

소문이 퍼지자 미서부 LA에 있는 오천 명 큰 교회에서 초청이 들어오고, 캐나다에도 다녀오게 되었다.

그런데 문명의 혜택을 흠뻑 받아 수준 높은 생활에 젖은 사람들은 생각이나 느낌이 단순하지 않았다. 먼저 의심을 전제하고, 과학적 검증을 우선시한다. 자신이 알고 있다고 믿는 이론을 바탕으로 논리적으로 분석한다. 요석의 간증 속에는 이론적으로 도저히 용납할 수 없는 부분도 없지 않다.

'그게 정말일까? 어떻게 번번이 우연이 맞아떨어지지? 기적이 정말 존재할 수 있다는 거야? 배를 꿰매서 염증이 난 곳에 문둥이들의 눈물과 피와 고름이 기브스처럼 말라 딱딱한 속에서 상처가 아물다니, 그걸 믿으라구? 우리가 바보야?'

이런 쑥덕거림과 비판으로 점점 목소리가 커지더니, 거기에 질시 가득한 교역자들까지 드러내 놓고 합세하며 드디어 납득 안 되는 그의 설교는 입에 담기조차 비난받는 금기 영역이 되어 갔다.

'거짓말투성이 사기꾼 목사. 하나님을 팔아 영웅이 되려는 광신적 목사. 소설이나 쓰라고 해.'

소문 속의 불신과 비난은 나날이 더욱 무성해져 갔다. 처음 요석의 설교를 들으며 순수하게 감명받았던 이들도 그 소문에 스스로를 의심하며 벅찼던 감동은 희미한 배신감으로까지 변하게 되었다.

요석이 그 속성을 모를 리 없다.

예수님도 그 고향 마을에 가서는 불신과 냉대를 받았다. '같은 모국어를 쓰는 사람들이 내 고향 사람들이거늘.' 하며 쓸쓸했던 기억이 지금도 남아 있다.

간증 집회의 마지막날이다.

집회의 마지막날임을 알리고 요석은 웃으며 덧붙여 말했다.

"이제 저는 하나님이 지정하신 내 자리로 돌아갑니다. 목사는 너무 유명해지면 안 된다는 게 제 소신입니다. 그래서 아마 다시 나오지 않을 것입니다. 영영 다시 여러분을 못 뵐지도 몰라요. 내가 있는 곳은 정말 할 일이 많은 바쁜 곳입니다. 저만의 힘으로는 부족해요. 누군가의 도움이 절실하게 필요하다는 생각을 많이 했어요."

그리고 잠깐의 침묵 속에 좌중을 둘러보다 말을 잇는다.

"그래서 부탁을 드립니다. 여러분 중에 혹시 나와 같이 그곳에 가서 함께 체험하고 봉사하실 분은 없습니까? 그러나 미리 말씀드릴 것은 한번 들어가면 평생을 그곳에서 함께 고락을 겪으며 살겠다는 의지와 결심이 있어야 합니다. 만약 그런 바람이 있는 분은 손을 들어 주십시요."

순간 장내는 조용하다. 서로를 둘러보는 고갯짓만 바쁘다.

그런데 저 뒤쪽 가운데서 누군가 손을 번쩍 들고 몸을 일으켰다.

"제가 함께 따라가겠십니더."

멀리에서 자세히 알아볼 수 없는 한 여인. 둥글넓적하고 평퍼짐한 몸매.

"아, 반갑습니다. 꼭 결심이 서신다면 함께 사역을 떠나십시다."

요석은 반기며 말했지만 진지하게 기대한 것은 아니었다. 얼마간 불신을 품고 자신을 탐색하는 신자들에게 향한 하나의 장면 전환, 또는 자신의 진정을 밝히려는 간접 제스처 정도로 생각하며 재치 있게 말을 맺은 것이다.

잠시 소란했던 장내도 다시 조용하고 침착한 분위기로 바뀌고 그렇게 집회의 대단원이 끝났다.

세상 외출은 여기까지. 요석은 다시 중국으로 돌아가 오직 그곳에서 자신의 사명을 위해 최선을 다할 것을 새삼 다짐했다. 이 개방된 세상에서 진실이냐, 사기냐, 술수냐 하며 시비 붙기에는 그건 하나님 앞에 너무 부끄럽고 사소한 문제다. 모든 것은 하나님의 섭리이고 능력일 터, 거기에 무슨 말을 보태랴. 요석은 다시 은둔의 세계로 돌아가려 한다.

이튿날, 아침 일찍 숙소로 뜻밖에 한 여인이 찾아왔다.

머리는 윤기를 잃어 부스스하고 눈빛은 어둡고 불안했다. 굵은 허리 위로 추리닝 같은 허름한 바지를 걸쳤다.

"저를 알아보시겠습니꺼?"

그 여인이 의심과 번민 때문에 가볍게 떨리는 목소리로 물었다.

"어제 저녁 예배 중 광고 시간에 손을 들었던 분?"

"그렇기도 하지요. 하지만 그 전에 고향에서…."

여인이 말을 마치기도 전에 요석의 입에서 탄성이 흘러나왔다.

"아, 연신이. 정말 당신이 내 앞에 있는 거요?"

믿어지지 않아 다시 묻는다.

"오빠, 요석 오빠. 낸 이름만 듣고도 금방 알았십니더."

요석은 두 팔을 활짝 펴서 그녀를 안았다.

요석의 품에 안긴 연신의 몸피는 지난 세월 열여덟 가늘고 탄탄한 몸매와 느낌이 다르다. 넓고 부드럽고 따뜻한 이브의 품.

긴 세월 외로움과 시련을 오직 신앙으로 극복하고 버티며 살아왔던 요석은 그 연신의 품에서 문득 잊어버리고 살던 한 인간의 그리웠던 향기를 맡는다. 아늑하고 편안한 품의 부드러운 냄새.

그러나 다음 순간 요석은 새삼 연신을 찬찬히 훑어보았다. 물질 문명이 풍족해 기름기가 줄줄 흐르는 이 좋은 곳에 전혀 어울리지 않는 황폐한 얼굴, 허술한 옷차림, 허기진 모습.

'도대체 당신은 어떻게 살고 있는 거요?'

마음속으로 심각하게 염려가 되었다.

"우선 안으로 들어 갑시다. 들어가서 아침 식사부터 합시다."

오래 전 학교 운동장 뒤편에서 허물없이 반찬을 나누어 점심밥을 먹던 그의 앞에서 연신은 그때처럼 식욕이 돋는지 요석이 쥐여 준 숟가락으로 국을 떠먹는다. 오랜만에 먹는 따뜻한 밥과 국이다.

"연신이, 정말 나를 따라 중국 오지에 들어가 함께 일할 결심이 있는 거요?"

요석이 감상에서 벗어나 정색하고 진지하게 물었다.

"돌아볼 것이 없어예. 돌아보면 웬통 죽음뿐이라예."

기어드는 조그만 목소리.

요석은 혼란된 마음으로 연신을 깊숙하게 바라보았다. 그 얼굴은 굵은 매를 맞으며 제대로 할 말도 못하고 참고 참으며 살아온 얼굴이다.

"한때 제게도 가족이 있었어요. 맹세하건대 난 그들을 위해 정성껏 내 힘을 다 바쳤어요. 근데 무슨 이유인지 하나둘 모두 나를 떠나는 거예요. 뭔가 하나하나 이유가 있을 텐데 난 그것을 알 수가 없어요. 난 그게 너무 슬프고 슬퍼 절망하고 있었어요. 지금 내 곁에는 아무도 없어요. 그래서 나도 인간관계가 텅 비어 버린 내 자신을 떠나려고 했어요."

'연신아, 나를 이곳으로 보내어서 너를 만나게 해 주신 게 주님의 뜻이로구나. 그래서 망설이던 내게 주께서 나가라고 명령하셨어.'

요석은 연신의 푸석한 머릿결을 하염없이 쓰다듬으며 마음속으로 탄식했다.

"오빠, 난 사람에게 정을 주고 또 인간에게 기대한다는 게 너무 두렵고 못 미더워요. 마음을 주고 기댄 만큼 그들이 떠나고 난 다음에 그 절망을 견디는 게 죽음보다 더 힘들었어요."

연신은 얼굴을 떨군다. 무릎 위로 뚝뚝 눈물방울이 떨어졌다.

"나도 세상이나 사람의 일은 잘 모른다오. 다만 나는 천지만물을 주관하시는 하나님만 바라보며 그분의 뜻을 따라 살아왔는데, 그분의 역사하심에 실망한 적은 한 번도 없었소. 오히려 그 은총 안에서 기쁨과 만족을 느끼며 행복하게 살아왔다오."

"과연 나도 그렇게 하나님 나라에 새로운 소망을 가져도 될까요?"

연신이 눈물 젖은 간절한 눈길로 요석을 바라보았다.

"이 또한 하나님의 역사가 동서양으로 멀리 떨어져 있던 우리를 만나도록 인도해 주신 거요. 하나님의 섭리는 세밀하시고 변치 않으시니 이제는 당신에게 더 이상의 실망이나 슬픔은 없을 거요. 이제 우리는 인간적인 고뇌는 주님께 맡기고 하나님을 전파하는 사역에 우리 능력과 힘을 모두 쏟으라고 주신 기회요. 우리에겐 아직도 할 일이 태산이란 말입니다."

요석은 연신의 손을 잡고 감사와 기쁨에 겨운 기도를 오래도록 하였다.

요석과 함께 중국으로 떠나는 연신은 이제 평안한 얼굴이다.

여태 많이 맞고 잃은 것도 많은 채로 살아왔지만 맺히거나 한스러움이 아닌 천국의 평화가 스며든 지극히 편안한 모습이었다.

태초에 하나님이 선물로 주신 이브를 바라보는 아담의 마음이 이런 것이었을까. 요석 또한 벅찬 감동으로 연신의 손을 꼭 쥐어 준다.

둘은 잡은 손을 놓지 않았다.

6

연신의
노래

연신의 노래

1. 오빠야

이른 아침.

안개가 사방으로 자욱하다. 우윳빛 기체는 자잘한 물기를 머금어 무겁게 아래로 처지고 나뭇잎 풀잎에 물방울로 맺혀서 또르르 굴러 내린다. 굴러내린 물방울들이 합쳐지고 합쳐져서 시내를 이루고 강이 되어 바다로 흘러가려나?

온 세상 소음은 안개가 모두 흡수해 버렸는지 고요 적막하다. 풀벌레들의 소음도 들리지 않았다.

시야 3~4미터만을 내다볼 수 있는 가시거리에, 새로 닦은 신작로의 하얀 흙과 자갈이 습기로 차분하고, 한낮 땡볕 아래 풀풀 날리던 뽀얀 흙먼지는 비현실적인 기억이다.

언뜻 멀리에서부터 도란도란 말소리가 들려온다. 자박자박 가벼운 발자국 소리도 들린다.

계속 재잘대는 쪽은 어린 여자아이, 그리고 가끔 짤막하게 대답하는 사내아이. 차츰 목소리가 가까워지고 등교하는 초등학생 두 아이의 모습이 안개 속에 윤곽부터 서서히 드러난다.

"오빠야, 니 오늘 점심밥 건건이는 뭐꼬?" 묻는 여자아이.

"응. 외숙모님이 싸 주시는 대로 들고 나와서 나도 모르겠는데."

남자 아이는 싱겁게 대꾸하고, "너 오늘 밥만 싸 왔구나. 점심시간에 느티나무 아래로 나와라. 나하구 같이 밥 먹자." 부드럽게 말했다.

남자아이는 까까중머리에 검은색 천으로 만든 배낭 비슷한 걸 어깨에 메었고, 여자아이는 책보자기를 허리에 감았다. 그리고 손에 들린 작은 베보자기 보퉁이에는 소중한 점심밥이 들어 있다.

요석은 어젯밤에도 뒷집 사는 연신네 집에서 일어난 소동을 알고 있다. 번번이 일어나는 소동이라 놀랄 것도 없다. 그건 연신의 아버지가 저녁마다 잔뜩 술에 취해 들어와서는, 늦은 저녁상에 둘러앉아 밥을 먹는 자기 식구들의 밥상을 뒤엎고 행패를 부리는 것이다.

그 바람에 연신이와 엄마, 어린 두 남동생들은 밥도 제대로 못 먹고 구석에 몰려 앉아 공포에 떨다 그대로 잠들어 버린다는 것을 요석은 사진을 보듯 훤히 안다.

연신이는 오늘 아침 일찍 일어나, 어제 저녁 내동댕이쳐져 흐트러진 밥알을 대충 모아 놓았던 찬밥 덩이를 밥그릇에 담아 왔다는 말을 장황하게 하지만 듣는 요석은 가슴속에 뜨겁게 차오르는 연민을 차마 말하지 못한다.

학교 뒤편, 그늘진 커다란 느티나무 아래. 아이들은 앞쪽 운동장에 모여 노느라, 여긴 조용하고 웅숭깊다.

요석이 기다린 지 얼마 안 돼 연신이 통통 뛰어온다. 두 손으로는 점심 밥그릇을 감싸듯 들고서.

요석은 자기 점심 보자기를 끌러 낸다. 밥주발과 따로 싼 벤또에는 계란말이, 멸치볶음, 그리고 무장아찌도 들어 있다. 연신이는 얼른 무짱아찌를 집어 들어 이 세상 더없이 맛있는 음식처럼 아삭아삭 먹성 좋게 씹는다.

"요석이 오빠야, 난 오빠가 있어 참 좋아."

"연신아, 이 계란말이와 멸치볶음도 어서 먹어. 많이 먹어."

둘은 각자 싸 온 점심밥을 맛있게 먹는다. 물론 연신은 오빠의 반찬을 실례하고 있지만 망설임이나 거리낌은 별로 없다.

요석은 잠시 먹는 일에 열중한 연신을 본다. 볼살이 통통한 연신은 이제 5학년이고 집에 가면 일 나간 엄마를 대신해 동생들을 돌봐 주고 저녁밥도 해내느라 손은 어린애답지 않게 거칠고 뻣뻣하다.

요석은 문득 가여움과 귀엽고 사랑스런 느낌이 벅차게 목으로 차오른다. 언제까지나 자신이 연신이 곁에 있어 연신이 배곯지 않고 편하게 살도록 지켜 주고 싶다는 성숙한 생각을 해 본다.

"요석이 오빠야, 내년이면 니 졸업이네. 상급핵교 진학은 준비하고 있나?"

열심히 밥을 퍼 먹던 연신이 문득 생각난 듯 묻는다.

"물론 그러제. 외삼촌과 외숙모님은 내를 서울 핵교로 보낼려고 하신다."

"니 공부 잘 하나? 서울 핵교는 되기 힘들다든디."

"그러나 마나, 그건 걱정 없데이. 그란디…."

"그란디, 뭐?"

요석이 그냥 머뭇댄다. 요석은 연신을 두고 떠난다는 게 너무 미덥지가 않다. 술주정꾼인 아버지 밑에 가난한 살림, 그리고 두 어린 동생의 큰언니, 연신의 짐이 너무 애처로워 요석은 차마 떠난다는 말이 쉽지 않다.

'연신아, 너 마음 굳게 먹고 살아야 한대이.'

눈을 휘둥그레 뜨고 쳐다보는 연신을 바라보며 요석 혼자 입 안으로 중얼댔다.

요석이 서울 K중학교와 K고등학교 6년의 교육 과정을 졸업하고 Y대 신학 대학에 무난히 합격한 뒤, 외삼촌 집에 다니러 왔다. 연신을 만나고 싶다는 마음속 바람 때문이기도 했다.

며칠 후 요석은 뒷산 야트막한 빈터에서 연신을 기다렸다 .

그 빈터는 웬만한 야구장 넓이로 한편에는 나무 기둥으로 세운 철봉틀, 그리고 역시 다듬지 않은 거친 나무로 만들어진 긴 의자가 있다. 이곳은 이 마을 아이들의 놀이터이고 어르신들의 마실 터이자 한여름 개를 잡아 보신탕을 추렴하기도 하는 마을 모두의 쉼터이다.

저녁 어스름이면 때로 젊은 청춘, 그들의 은밀한 밀회 장소가 되기도 하는 곳.

아직 해는 지지 않았지만 석양이 머지않아 하늘은 연한 살구빛이다.

별로 변할 것 없는, 어렵고 궁색한 삶이었을 터이나 연신은 그럼에도 훌쩍 자라 호리호리한 몸매, 가느다란 종아리가 회초리처럼 날렵하고 탄탄하다.

이제 조금 더 석양이 짙어져 발그스레한 복숭앗빛 하늘을 배경으로 서 있는 연신을 요석은 찬찬히 바라보았다.

까무잡잡한 얼굴이 매끄럽고, 요석을 바라보는 그녀의 눈이 가을 포도알처럼 깊게 빛을 빨아들인다. 그리고 야무진 입술.

"연신아, 네가 많이 생각나더라. 언제나 궁금하고 걱정되고."

"피이, 그짓말 마라. 그란데 편지 한 장 없었노?"

연신은 옛날 도시락 같이 먹던 때처럼 허물없이 입을 비쭉한다.

"그렇지만 네게 잡념이나 욕심을 품은 적은 없어. 다만 너를 언제나 항상 지켜 주고 싶다는 생각이…. 거기에 내 인생을 몽땅 바친다 해도, 그래도 괜찮다는 생각을 때때로 했어."

"오빠야, 그기 뭔 소린고? 내는 오빠에게 아무것도 바란 게 없다."

"근데 내 외삼촌은 내게 더 많은 사람들을 위해 내 인생을 살라고 하신다. 그게 하나님이 내게 주신 사명이라고."

요석은 이제 해가 산 넘어 뚝 떨어져 서서히 부드러운 비둘기색으로 변하는 하늘을 바라보고 있다.

하얗고 뾰족한 옆얼굴, 깊은 눈매는 한없는 걱정스러움과 우수를 담고 있어 연신과의 만남은 차라리 그의 또 다른 하나의 십자가인지도 모른다.

연신은 애초 감히 요석 오빠를 마음에 두지 않았다.

의젓하고 수재이고, 서울서도 최고의 학교를 다니며 마을 소문으로 그가 우리나라 제일 훌륭한 신학 대학에 진학한다는 소식도 들었다. 그러나 국민학교 때부터 각별한 친절과 이해로 더없이 다정하고 친했던 오빠. 너무 좋기만 했던, 하늘에 별같이 빛나는 요석 오빠에게 감히 뭘 어떻게….

"오빠야, 나는 누구의 보살핌을 받을 사람은 아니제. 오히려 내가 보살펴야 하는 내 가족이 있대이. 아버지도 이제 힘이 빠져 처량하게 누워 지낸대이. 어매와 난 우리 가족 사는 일에 보탬이 된다면 무슨 일이고 열심히 한대이. 난 바쁘고 책임이 크니 난 내삐리 뒤라. 그리고 오빠야, 난 잘 모르지만 오빠가 받은 사명을 잘 이루어라."

연신은 비록 국민학교만을 졸업했으나, 지난 6년의 험하고 고달픈 세월이 스승이 되어 더더욱 어른스럽고 야무져 있다. 요석은 오히려 자신의 여리고 무력함을 느끼며 할 말을 잊는다.

요석은 연신의 어깨를 조심스럽게 감싸 안으며 "정말 굳건하게 살아라. 정 어려울 땐 날 찾아오너라." 하고 등을 토닥인다.

그리고 속으로 다시 한 번 되뇌인다.

'내가 사랑하여 지켜 주고 싶은 내 가족, 나의 누이.'

연신은 가슴이 터지도록 벅찬 감동으로 산기슭을 통통통 뛰어 내려온다. 세상에 태어나 살아오면서 오늘같이 자존감을 벅차게 느껴 본 적이 없다. 역시 살아 있다는 건 즐거운 일이야.

'그 꼼꼼스런 요석 오빠가 설마 내를 마음에 담아 두고 있었는지를 내 어찌 알았겠나.'

심장이 너무 부풀어 목까지 꽉 차오른다. 그러나 곧 연신은 한숨을 포옥 내쉰다.

'하지만 그 오빤 내게 먼 별빛일 뿐이제. 그와 내 사이에 어디 통하는 게 있어야제. 내 오빠를 기어코 잡으려 한다면 서로 불행이제. 다만…, 다만 내 살아온 세월이 헛것은 아니라는 걸 알았다는 거 아이가? 그것으로 나는 좋대이.'

마치 무지개 구름 위로 날고 있는 듯 황홀한 기분에 취해 있던 연신은 벼락같이 자기를 부르는 소리에 깜짝 놀라 딱딱하고 울퉁불퉁한 돌비탈길에 우뚝 멈춰 섰다.

"아이고, 간 떨어질 뻔 안 했나? 동연아, 니 웬일이고?"

손아래 이제 열다섯 살인 남동생이다.

"누부야, 어데 이리 싸돌아댕기노 ? 아부지가 지금 큰일 났다."

"왜? 어찌된 긴데?"

연신도 화들짝 놀라 동생과 같이 허겁지겁 산을 내려와 집으로 향했다.

집 안은 썰물이 빠져나간 듯 휑하고 사립짝 문밖에 마을 노인 서넛이 혀를 끌끌 차고 있을 뿐이다.

"우리 어맨 어데 갔는데요?"

연신이 누구에게랄 것도 없이 외치자 아직 눈물자국이 마르지 않은 막내 남동생이 뛰어나오며 대답한다.

"어맨 아부지랑 병원으로 갔다."

"엄마가 어째 아부지를 업고 갔나?"

"아니, 만석 아재가 차를 가지고 와서 태우고 갔다."

"만석 아재가?"

되뇌이는 연신은 가슴이 부르르 떨린다.

'안 되는데. 그 사람한테 신세 지면 안 되는데.'

하지만 연신은 지금 이런저런 생각 할 때가 아니다. 차도 끊긴 도로에서 읍내를 향해 냅다 뛰어간다. 한 삼십여 분 어두운 거리를 달려온 남매의 얼굴은 땀범벅이고 등도 땀으로 흥건히 젖어 옷이 등에 척 붙었다.

"우리 아배는 어디 있십니까?"

"여기선 응급조치만 하고 서울 큰 병원으로 가십니다."

숨차게 묻는 연신에게 스테이션을 지키고 있던 간호사가 나른하게 대답한다. 이미 밤이 깊은 것이다. 좁은 읍내 바닥이라 웬만하면 모두 서로 아는 얼굴들이라, 영신은 간호사와도 약간의 안면이 있다.

"언니, 울 아배가 어떻게 아픈 긴데요? 어떻게 응급했는지 알려 주소. 내 답답해서 안 그러요? 이제 서울 갈 수도 없고, 서울 큰 병원 가면 살

수는 있는 거라요?"

연신은 오도 가도 못하는 이 밤, 답답한 심사를 간호사에게 매달린다.

"아버님은 간경화가 많이 진행되어 있더랍니다. 간 기능이 거의 정지되어 독소가 온몸에 퍼지고 소화가 안 되어 위 속에 쌓인 음식이 썩어나고 있었어예. 그것을 세척해 내고 배 속에 쌓인 혈변을 관장해 드렸어요. 우리가 할 수 있는 건 거기까지고요. 근본적으로 간 기능을 다시살려야 하는데 그 방법이…. 큰 병원 가면 혹시 방법이 있을까 싶어서급히 떠나셨어예."

자세하게 설명해 주는 간호사는 안타까움과 연민의 시선으로 남매를바라보았다.

차도 인적도 끊어진 어두운 신작로를 터덜터덜 걸어 집으로 돌아오는연신과 동연은 말이 없다. 그러나 마음은 천근만근 태산에 깔려 있다. 저녁녘에 소동으로 저녁밥도 짓지 못하고 불도 때지 않아 싸늘한 방바닥 구들은 고픈 배를 안고 누운 삼 남매의 등허리를 더욱 시리게 했다.

"누부야, 아배는 살아 돌아오겠나?"

동연이가 망설이듯 입을 뗀다.

"에이씨, 아배는 없는 게 낫다. 아배는 우리 집안의 흉물이다."

열두 살 막내 정연이는 씹어뱉듯 말한다.

"동연아, 정연아. 그래도 살아가노라면 아배가 우릴 세상에 낳아 준게 얼마나 고마분지 알게 될 때가 있대이. 너무 아배를 원망하지 말그라. 그리고 이 누나가 너들을 잘 돌봐 줄 기다."

"피이. 우리도 다 자랐다 아이가?"

오늘따라 왠지 어른스러운 누나의 말에 동연이 웃으며 대꾸한다.

"아유 요것들, 머리에 피도 안 마른 것들이."

연신은 동생들의 머리를 한 방씩 콩콩 쥐어박고 셋은 킥킥 웃으며 각자 잠을 청한다.

'아, 요석 오빠를 오늘 안 만났더라면 난 지금처럼 씩씩하지도 않고 자신 있지도 못하고 징징 울며 투덜거리기만 했겠지. 오빠는 내 안에 있는 또 다른 나를 일깨워 주었어. 새로 태어난 나는 씩씩하고 당차고 지혜롭고. 햐! 뭔 일이 닥쳐도 겁내지 않을 거야.'

심장에서 따뜻한 체온이 모락모락 온몸으로 퍼지고 몸이 따뜻해지자 연신은 평정을 찾아 고른 숨소리를 내며 잠이 들었다.

2. 선택

과연 연신의 아버지는 살아 돌아오지도 못하면서 남은 가족들에게 엄청난 빚만 남겨 주고 떠났다. 읍내 병원에서의 치료비는 새 발의 피이고 서울 적십자 병원에 입원하여 열흘간 치료받은 비용은 이 가족들에게는 생전 들어 보지도 못한 거금이었다. 그리고 그곳서 곧장 홍제동 화장터로 옮겨져, 집으로 돌아온 건 흰 보자기에 싸인 유골 상자였다. 물론 장례식도 절차대로 규모 있게 치러야 하겠지만, 서울서 이곳까지 운구하는 비용이며 또 쌀독에 얼굴이 비칠 정도로 말간 집안 형편에 삼일장이니 묘지 매입이니 모든 게 전혀 마련이 안 되어 이렇게 약식이 된 것이다.

그래도 고마운 것이 이만석 씨가 엄마 곁에서 모든 일을 도맡아 급전을 대 주고 화장 아이디어나 절차를 밟아 준 덕분이었다. 덕분이라고 하기에는 약식 장례가 너무 야박한 감이 없는 것도 아니지만 그래도 아무것도 모르고 가진 것도 없이 우왕좌왕하며 울고 짜고 할 이 가족을 위해 이만큼 발 벗고 나서 처음부터 끝까지 말끔하게 처리해 준 게 감사할 뿐이라 할밖에.

아버지 곁에서 병 수발하랴, 화장터까지 쫓아다니며 애쓴 어머니는 거의 초주검이 되어 있다. 그래서 하룻밤을 새우고 다음 날 이른 새벽, 세 남매만이 아버지의 유골함을 가슴에 안고 산길을 올랐다. 이 오목한 동네에 살며 가장 높다고 생각되는 산봉우리를 목적지로 하여 올라가는 것이다. 산길도 끊어지고 간간이 약초꾼이나 지날 만한 험하고 먼 길을 돌아 올라 드디어 정상에 도착했다. 바람이 거세게 불었다. 세 남매는 유골함을 향하여 엄숙하게 세 번 넙죽 절하고, 그래도 맏아들이라고 동연이가 침착하게 함 뚜껑을 열었다. 휘리릭, 바람이 고운 연회색의 가루를 휩쓸며 지나간다. 먼저 연신이가 맨손에 유골 가루를 한 줌 쥐고 바람결 따라 사르르 손을 폈다.

'아부지, 저세상에서 행복하게 잘 사시이소.'

목이 꽉 차올라 맘속으로만 중얼댄다. 동연도 한 줌 쥐어 바람에 날리며 코를 훌쩍이며 퉁명스럽게 외친다.

"아부지, 죽어서나마 우리 가족들 좀 지켜 주시고 도와주소."

"아부지, 하늘나라에서 이젠 술 좀 작작 마시이소."

막내 정연이 악을 쓰듯 말한다. 얼굴은 이미 눈물로 흠뻑 젖어 있다. 셋은 서로 손을 잡고 주저앉아 마음껏 소리 내어 엉엉 울어 버렸다.

얼마 후, 그들은 슬프고 허전한 마음으로 산길을 터덜터덜 내려왔다. 그러나 산을 올라갈 때보다 발걸음은 한결 가벼워졌다.

일이 어느 정도 일단락되자 이번엔 어머니의 시름이 깊어 갔다.

"니 아부지 치료비랑 입원비, 기타 경비로 만석 아재한테 빌린 돈이 이십육만팔천 원쯤 된대이. 이걸 어찌 갚아야 하겠노? 물론 만석 아재는 재촉은 안 하고 있지만서두, 그 집이 꽤 부자라 카지만 그만큼 신세를 지고도 가만있음 이게 사람짓이라 할꺼로? 어째야겠노?"

두 동생들은 벌써 입이 쑥 나오고 눈알을 부라린다. 다시 아버지에 대한 원망과 미움이 쏟아질 판이다. 그들이 입을 열기 전 얼른 연신이 말한다.

"어무이 너무 걱정 마소. 설마 산 입에 거미줄 치겠소. 내 생각이 있으니께니."

순간 엄마의 눈이 연신의 눈을 향해 날카롭게 찌르며 쨍 쇳소리가 났다.

"앙이 된다. 택도 읎는 소리 생각도 마라."

엄마는 홱 돌아 이불을 쓰고 누워 버렸다.

사실, 이만석 씨는 몇 년 전에 상처하고 어린 두 남매를 기르고 있는데, 작년 가을, 먼 친척 할매를 중간에 넣어 은근히 청혼을 한 일이 있었다. 열여덟 연신에 비해 거의 나이 두 배, 그리고 키워 줘야 하는 어린아이들, 아무리 그 사람됨이 덕망 있고 살림이 윤택하다 하지만 안될 일이라 하여 어매는 연신의 어린 나이를 핑계 삼아 딱 자르고 더 이상 말도 못 꺼내게 하였다.

'그가 우리에게 무한 호의를 보인 것은 빼도 박도 못하는 함정이 깔려 있는 게 아니었나.'

연신과 어매의 마음을 더욱 무겁게 하고 조바심치게 만든 원인이다.

그러나 연신은 생각했다.

'내가 우리 집안의 살림 밑천이다이. 꽉 막힌 집안 형편에 열쇠 노릇이라도 할 수 있다면 그게 얼마나 다행한 일인가.'

내린 눈이 녹을 새도 없이 켜켜이 쌓이고 매운 바람이 얇은 슬레이트

지붕과 흙벽을 핥듯이 유린하던 음울한 겨울이 지나갔다. 양지터에 햇살이 한결 상냥해지고, 앙상한 가지만 세찬 바람에 하느작대던 수양버들도 나날이 연둣빛이 짙어 가는 봄이다.

연신은 큰맘 먹고 읍내로 나가 미장원에 들렀다. 이제까지 손대지 않고 칠칠하게 길렀던 긴 머리를 풀어내어 귀밑 단발로 삭둑 잘랐다. 그다음엔 옷 가게에 들러 배추 속고갱이 같은 노란빛 어린 연두색 블라우스, 그리고 깊은 바닷물색 같은 군청색 주름치마를 샀다. 위아래 입어 보고, 얼마 전 아배를 장사 지낸 상제로서의 처신에 벗어난 건 아닌가 곰곰이 들여다본다. 그러나 앞이마 위로 가지런히 꼽은 조그만 흰빛 리본 달린 실핀이 모든 걸 한눈에 정리해 주었다.

며칠 후 읍내 한 다방에서 연신은 이만석 씨를 만났다.

"연신아, 네가 웬일이고?"

먼저 와서 긴장하여 앉아 있는 연신을 눈 부신듯 바라보며 만석 씨는 싱글벙글 웃었다.

"아자씨, 안녕하십니까? 바쁘신데 폐가 되는 건 아닌지요?"

"내사 바쁘기는 뭐….."

이만석 씨는 사실 바쁜 시간에 매달린 사람은 아니다. 읍내 노른자위 땅에 기다란 상가 건물은 세입자들에 의해 장사가 잘되고 두둑한 보증금을 깔고 앉아 그 위에 매달 월세만 챙기면 된다. 그리고 그가 운영하고 있는 마을금고도 주사 한 사람에 여직원 둘, 사환 한 명으로 척척 잘 돌아가며, 만석 씨는 금고에 쌓인 돈의 출납과, 사장 직함으로 유지들과의 교류와, 돈의 흐름을 잘 간파하여 적절하게 손을 쓰는 그런 일들을 시간 제약 없이 느긋하게 관리하고 있는 것이다. 부동산으로 논마지기와 밭도 적잖이 소유하고 있으나 모두 소작인의 손에 부쳐 가을 추수만 관장하면 집

안 가용과 식량, 목돈도 넉넉하게 충당되어 해마다 재산이 쌓여 간다.

만석 씨는 손목시계를 들어 보이며 "아따, 점심시간이 다 됐네 그려. 어디 가서 식사나 하며 천천히 얘기하제." 하고는 자리를 털고 일어선다.

읍내 거리에서 제일 크다는 용궁각 중국 요리집으로 앞서 들어간 만석 씨는 반겨 맞는 뽀이에게 귓속말을 한다.

"예이, 예! 알겠슴다. 이리로 오시소."

안내된 방 안은 밖의 소음이 완전 차단된 고요하고 말쑥한 방이다. 뽀이는 두툼한 비단 방석을 내놓으며 주문을 받는다.

사실 이런 곳은 연신으로서 처음 와 보는 무척 생소한 곳이다. 그러나 스스로 '촌티 내지 말자, 기죽을 거 없어.' 주문처럼 마음속에 되뇌이며 침착하게 방 안을 살핀다. 뽀이가 나가고 잠시 망설이던 연신은 "인사가 늦었습니다. 제 아배의 일을 잘 돌봐 주셔서 고맙십니더. 아저씨 아니었으면 어쨌을까 아찔하구먼요. 정말 감사합니다." 하며 공손히 머리를 숙였다. 그리고 만석 씨가 대답도 하기 전에 말을 계속한다.

"요즘 어매가 걱정을 많이 하십니더."

"머를?"

만석 씨가 눈을 치뜨며 묻는다.

"너무 많은 신세를 져서 이를 어찌 갚나 하고 말입니더."

만석 씨는 잔잔한 웃음을 띠고 연신을 보았다. 살집 좋은 두툼한 얼굴에 코가 너부죽하여 연신에겐 천만 낯선 얼굴이다. 그러나 약간 아래로 처진 두리두리한 눈매는 사납지 않다.

또 연신이 먼저 입을 뗀다. 마치 신중하게 써 놓은 원고를 달달 외워 그걸 까먹을까 봐 성급하게 써 내려가는 논술 시험지같이.

"그래서 제가 생각했십니더. … 제가 아재씨 집으로 들어가 살림을 살아 주면 안 되겠습니꺼?"

마침 노크 소리가 들리고 주문한 요리가 몇 접시 들어온다. 양파와 고기와 버섯을 넣어 볶은 화려한 색감의 음식, 거창한 기름냄새. 생전 처음 보는 요리며 냄새지만 이에는 전혀 신경 쓸 수 없는 연신.

만석 씨도 이제까지 흥미롭다는 듯 미소 짓던 얼굴이 굳어진다.

"그 무슨 뜻이고? 네 살림 산다는 말의 의미나 알고 하는 말이가?"

연신은 눈 하나 깜짝 않고 그를 마주 본다. 얼굴이 하얗게 질려 있고 칼로 그은 듯 붉은 입술이 당차다.

"제가 아아들의 엄마 노릇도 잘하겠습니다. 제 두 동생들도 제가 키운 거나 진배없어 아아들을 잘 다룹니더."

만석 씨가 어이없다는 듯 피식 웃었다. 연신을 바라보는 눈도 한결 부드러워진다.

"알았다, 알았어. 네가 효녀 심청이맹쿠로 인당수로 뛰어드는구나."

한심하다는 듯, 비웃는 듯하는 그의 말에 연신이 다급히 대답한다.

"아임니더, 그건 아이고요. 제 하나로 여러 사람들이 행복해지기를 바래는 맘뿐입니다. 지도 행복하면 더 바랄 것두 없겠지만서두."

요건 원고지에 없던 말이다. 아직 원고지에 써 놓은 말을 다 끝내기도 전에 불쑥 나온 말이다. 감히 내 행복을 꿈꾸다니. 또 원고지에 없던 돌발 상황. 후드득, 눈물이 떨어진다. 요건 전혀 계획에 없던 순서인데 감정의 통제가 안 된다. 후드득 눈물 따라 흐느낌마저 따라 온다.

무너져 버렸다. 연신의 계획과 통제가 와락 무너져 버리고 열아홉 철부지 여자애의 여리고 겁나는 속살이 그대로 드러났다.

'다 망친 게 아이가.'

부끄러움과 실망으로 연신은 엉망진창에 빠져 그대로 엎드려 흐느낌에 맡겨 버린다.

"그라믄 네 행복은 내 책임이 되겠구마."

의외에 그의 목소리가 가까이서 들린다. 어깨에 얹은 그의 두툼한 손도 느껴진다. 그가 곁으로 다가와 연신을 가볍게 안은 것이다.

그는 연신의 어깨를 툭툭 투덕여 달래 주고는 말한다.

"자자, 밥부터 먹자. 다 식는 거 아이가, 어서 먹자."

그는 연신의 접시에 음식을 몇 가지 덜어 주었다. 한 번 더 어깨를 투덕이고 난 후, 그는 몸을 일으켜 그의 자리로 돌아가 천연스레 식사를 시작한다. 좋은 먹성이고 의젓함이었다.

3. 인당수

오늘은 연신이 시집가는 날이다.

새벽 푸르스름함이 차츰 붉은 치잣빛으로 밝아 오는 게 좋은 날씨임을 예고한다.

연신은 자리에서 일어나 아직 아무 기척 없이 이불을 뒤집어쓰고 등져 누워 있는 엄마를 원망스럽게 바라보았다.

'엄마는 어째 내게 이리도 무정하게 대하노.'

건넌방에 잠들어 있는 두 동생 동연이와 정연이도 아직 자고 있는지 집 안은 고요하다.

부시시 일어난 연신은 부엌으로 내려가 아침밥을 짓는다.

평소 늘 하던 일이므로 익숙하게 불을 때 밥을 하고 뜨물에 된장을 풀어 국을 끓이고 그리고 오늘은 좀 특별하게 평소 아껴 두었던 굴비를 세 마리나 석쇠에 구웠다.

마침 알맞게 익은 열무김치와 함께 소반에 밥상을 차리며 소리친다.

"동연아, 정연아. 아침밥 먹거로 얼른 일어나그라."

그리고 밥상을 안방으로 들이며 아직 돌아누워 있는 엄마를 부른다.

"어무이도 일어나 같이 아침 잡수이소."

이때 이불 한 귀퉁이가 바람이 나도록 휘익 젖혀지며 노염에 찬 엄마의 얼굴이 드러났다.

파르족족한 피부와 허연 입술이 병자 같아 보이는데 눈에는 미움과 노기가 가득 차 섬찟하도록 사납게 번득인다.

"미친년, 시집가는 게 그래 좋나?"

"엄마야, 어디 내 좋자고 가는가? 낸 인당수 제물로 팔려 가는 심청이다. 그걸 모리나?"

벌써 몇 날 며칠을 주고받은 똑같은 대화였다.

연신이는 그에게 재취 자리로 가면서 큰 빚을 탕감받고 두 동생과 엄마가 주리지 않고 살 만큼의 논밭도 떼어 받았다.

연신은, 저 하나 가서 고생하더라도 뒤에 남는 식구들이 편히 살 만하면 된다는 생각에 스스로 결단을 내렸던 일이 엄마에게 그렇게도 못마땅한 건가 싶다.

처음에는 혹시 열댓 살이나 더 많은 남자의, 전처 소생까지 길러야 하는 재취 자리에, 어린 연신이 가야 한다는 모진 현실에 아깝고 애처로운 마음으로 그러는가 했었다. 그러나 줄기찬 엄마의 반대와 그보다 한층 더한 적의와 분노는 연신으로선 도저히 이해가 되지 않았다.

'어째 딸이 시집가는 날까지도 이래 냉차게 구는가.'

연신이 울음이 북받치려 할 때, 마침 두 남동생들이 세수를 하고 멀끔한 얼굴로 들어섰다.

엄마는 다시 이불을 뒤집어썼고, 삼 남매가 둘러앉은 밥상은 침울했다.

연신은 동생들이 먹기 좋게 굴비를 뜯어 뼈를 발라내 주며 동생들에게 당부한다.

"동연아, 이제 니가 집안의 기둥인기라. 부지런히 일하고 니들 어무니 잘 모시그라. 그리고 정연이는 아직 나이가 있시니까 공부를 계속허그라. 학비는 내가 어찌든동 대 주꾸마."

이 말도 그동안 누누이 했던 말이지만 다시 한 번 더 단단히 질러 둔다.

좀 머리 굵었다고 동연이는 묵묵히 밥을 먹는데, 돌연 정연이 "히힝!" 하고 울음을 터뜨리며 뒤곁으로 달려 나간다.

이런저런 심란하고 서러운 마음으로 뒷설거지까지 하고 난 연신은 손수 머리를 곱게 빗어 올리고 시가에서 미리 예단으로 보낸 연두색 삼회장저고리에 분홍치마로 갈아입었다.

얼마 안 돼 신랑 될 이만석 씨가 운전수를 대동하여 검은색 자가용을 타고 왔다. 이만석 씨는 집 안에 들어서 너무 조용하고 한산한 분위기에 놀란 듯 잠시 멍한다. 문 앞에 마중 나와 나란히 서 있던 동연과 정연 형제와 가볍게 손을 잡은 만석 씨는 "어무이는 어디 계시는가?" 물었다.

"어무이는 펜찮으셔서 자리에 누워 계십니더."

동연이 침착하고 의젓하게 말했다.

"어디가? 얼마나 많이?"

만석 씨는 당황하고 다급한 마음으로 안방 문 앞으로 다가가 안에다 대고 묻는다.

"장모님, 저 왔십니다. 얼매나 펜찮으신지 좀 들어가 뵈도 되겠십니까?"

이때, 연신이 분홍 치맛자락을 사르륵 끌며 마루로 나왔다.

"어매는 지금 잠들어 기십니다. 다음에 뵈이시소."

연신이 조용히 말했다.

만석 씨는 상황 판단이 잘 안 되는지 눈을 끔벅이다가 문을 향하여 말한다.

"일간 다시 찾아뵙겠십니다. 몸조리 잘 하시이소."

이만석 씨는 참하고 어린 신부, 연신이를 데리고 떠나는 마음이 퍽이나 안쓰럽다.

연신이 시집 동네인 염문동에 이르렀을 때는 한낮이 지난 오후 2시쯤. 시집인 이만석 씨의 집은 연신네와는 전혀 딴판, 잔치집 분위기로 흥성대고 있다.

대문 밖 큰 마당에는 차일을 치고 그 아래로 멍석을 널찍이 깔아 많은 손님들이 북적였고, 대문을 들어서자 안마당엔 아낙네들이 지짐을 부치고 고기를 굽고, 그리고 일변에선 상을 차리고 내온 상을 치우느라 분주한 모습들이다.

만석의 인도로 연신이 들어서자 모든 사람들은 움직임을 멈추고 그들, 새신랑 신부를 유심히 살펴본다.

"새색시가 어여쁘게도 생겼구만이라우."

"저리 에린 각시가 이 집 큰살림을 잘해 나갈란가 몰겄네."

"아, 그러니 억만금을 주고 델꼬 오지 않았겠나."

수많은 수군거림이 지나간다.

연신은 일단 안방에 들어서 우선 숨부터 고른다,

누군가 나이 지긋한 아지매가 들어와 연신의 머리에 기다란 비녀를 꽂아 양 끝에 댕기를 내리고 머리에는 족두리를 씌운다. 그리고 당홍색 몸체에 색동 팔소매 긴 저고리, 대례복을 입혀 준다.

대청마루에는 폐백상이 차려져 있다. 높직이 고인 떡과 과일, 그리고 알 굵은 대추와 밤.

시집 일가 어르신과 가족들에게 차례로 절을 올린다.

"아들 딸, 많이 낳고 잘 살거래이."

덕담들이 오가고 웃음꽃이 만발한다.

마지막으로 어린 딸과 아들이 윗자리에 앉았다.

"야들이 네 아들 딸이 된 기라. 잘 키워 주꾸마."

당부하는 노친의 목소리는 위엄이 있었다. 그러나 그 이면에는 간절하고 불안한 염원이 깔려 있다.

"지 아들의 외할매요."

만석 씨가 연신의 귀에 가만히 속삭인다.

열한 살 한영이와 여덟 살 소영이. 연신은 미소를 지으며 그 애들을 바라보았다.

만석 씨는 하루 일과가 끝나면 연신이 기거하는 안방으로 들어왔다.

본래 먼 친척으로 살림을 돌보아 주는 안잠자기 아지매가 있어 대충의 일들을 거들어 주지마는, 연신은 손수 저녁 밥상을 차려 들고 만석 씨 앞에 올렸다. 저녁은 한영이, 소영이와 같이 먹는다.

상을 물리면 만석 씨는 아이들과 한동안 놀아 주었다. 학교 생활을 묻고 숙제를 검사하고 그리고 아이들이 뭐 필요한 게 없는지 자상하게 살피며 다정한 아버지가 되어 주었다. 연신에게는 이런 모습을 보는 게 따뜻하고 흐뭇했다.

그러나 잠자리에 들면 만석 씨는 갑자기 말이 없어지고 무뚝뚝해졌다.

연신이도 처음 경험이므로 어쩔 수 없는 두려움과 경계로 온몸이 굳어졌다. 그러나 며칠이 지나도록 언제나 간격을 두고 떨어져 등을 보이며 잠드는 만석 씨가 차츰 의아하고 신경 쓰였다.

거의 보름이나 지난 어느 날 밤, 연신은 유난히 잠이 오지 않았다.

'어매는 이자 성이 풀려 기동이나 할려나. 동연이, 정연이는 끼니나 잘 때우고 있실까. 막상 나가 떠나올 때, 우리 식구들은 우째 그리 무정하더노.'

사면이 고요 적막한 밤, 연신은 홀로 멀리 무인도에 떨어져 표류하는 나그네처럼 외롭고 서럽다. 집을 떠나올 때 엄마의 매몰찬 모습, 동생들이 저 없이도 잘 지내고 있는지 걱정스러움, 그리움.

그리고 잠자리에서 커다란 등짝만을 보이며 잠드는 남편 만석 씨. 문득 연신은 가슴이 쿵 내려앉았다.

'혹시 저이가 나를 싫어하는 건 아닌가? 그래서 날 돌아보지도 않고? 그렇담 나는 일생 이렇게 소박당하고 사는 게 아닐까?'

예까지 생각이 미치자 연신은 북받치는 서러움이 눈물로 쏟아진다. 심지어 컥컥 목울대 흐느낌마저 솟구쳐 그걸 막느라 입술을 깨문다. 그리고 몸을 동그랗게 말아 머리를 가슴 속으로 박았다.

"각시야, 네 우노?"

자는 줄 알았던 만석 씨가 팔을 뻗어 연신의 얼굴을 쓰다듬었다. 눈물 젖은 얼굴을 확인하며 펄쩍 놀라는 그가 연신의 곁으로 다가들었다.

"와 그라노? 어데 아프나?"

"아입니더, 그냥."

"말하그라, 와 그라노?"

"서방님, 저를 내치시는 건 아니시지요?"

"어데? 네 나를 어려워할까 봐 내 떨어져 잔 기라."

만석 씨는 연신을 끌어당겨 깊이깊이 안아 주었다.

그 따뜻하고 넓은 품에서 연신의 큰 시름은 지나갔다.

그런데 아직 연신의 가슴 바닥에 무겁게 가라앉은 어매의 알 수 없는 노여움과 증오심.

'그 이유가 뭔지 어떡하든 풀어야 해.'

아직 연신의 숙제는 끝난 게 아니다.

혼인하고 달포가 다 되어 갈 때, 연신은 망설이며 남편에게 말했다.

"저 친정집에 다녀오고 싶습니더. 말미를 주세요."

반듯한 이마와 흑백이 또렷한 연신의 눈을 가만히 응시하던 만석 씨는 빙그레 웃으며 대답한다.

"아, 참, 그래야제. 내가 진작에 생각했어야 하는 긴데. 미안하구만."

만석 씨는 연신의 손을 잡아 손등을 토닥이며 몇 마디 더 얹고 기분 좋게 웃는다.

"마을에 얘기해서 큰 돼지 한 마리 잡고 음식도 넉넉히 해서 친척들 부르고 이웃 사람들도 모두 불러 크게 잔치 한번 하자구."

과연 만석 씨는 연신의 첫 친정 나들이에 후덕하게 넉넉한 채비를 다 해 주었다. 연신의 어머니와 동생들을 위해 새 옷 한 벌씩을 선물로 준비하고 쌀 서 말을 풀어 떡을 하고 엿을 고고, 그리고 건어물들을 바리바리 싸서 자가용 차에 실었다. 운전수를 딸려 연신을 친정집으로 보내며 자상하게 덧붙인다.

"낸 바빠서 함께 못 가지만, 당신은, 이틀 밤 묵고 오시요. 내 삼 일 뒤, 오후에 댕기러 가리다. 그때 장모님께 인사도 드리고요."

연신은 남편의 빈틈없고 따뜻한 배려가 너무 고맙고 흐뭇하며 친정 나들이가 떳떳하고 자랑스럽다.

오랜만에 누나를 보는 동생 정연이, 동연이도 좋아서 입이 벙긋벙긋했지만 엄마는 왜인지 아직까지도 새침해서 연신의 얼굴을 정면으로 대하지 않았다. 많이 수척해지고 누르스름한 얼굴이 끼니도 제대로 안 챙기고 방 안에서만 웅크려 지낸 것 같아 연신은 마음이 불편하고 아프다.

"엄마, 어떠있십니꺼? 잘 지내있십니까?"

연신은 제법 새댁 태가 나게 나부죽이 엎드려 큰절을 올렸다.

이젠 머리를 짧게 잘라 신식 파마로 달라진 딸의 얼굴을 이윽히 눈부신 듯 바라보던 연신 엄마 길례는 눈을 비키며 낮은 목소리로 말했다.

"잘 있었나 보구나. 잘했다."

연신은 엄마의 짧고 건조한 말 한마디에도 너무 기분이 좋아져서 예전 어린 시절처럼 마구 거침없는 수다가 쏟아져 나올 판이다. 그러나 엄마는 긴 치마를 추슬러 일어나며 다소 갈앉은 목소리로 말한다.

"손님들이 많이들 오실 끼니 대접할 준비를 해야제."

마루에는 동네 아낙들이 모여 전을 지지고 잡채니 나물이니 무치고 마당가에 큰 가마솥에는 이글이글한 장작불로 통돼지를 삶고 있다. 구수한 냄새에 동네 아이들도 몰려와 제기를 차고 자치기를 하며 돼지고기가 어서 익기를 은근히 기다리고 있는 눈치들이다. 이윽고 떡이며 술이며 고기며 모두 넉넉하게 먹고 즐긴 친척과 이웃들은 마음이 더없이 부드럽고 너그러워져 연신의 기지와 용기에 칭찬을 아끼지 않고 듣기 좋은 덕담들을 쏟아 냈다.

푸짐한 동네 잔치가 끝나 썰물 빠지듯 손님들이 다 돌아간 후, 대충 뒷정리를 하고, 연신은 엄마와 마주 앉았다. 이제 어려운 고비 넘기고 한숨 놓으며 엄마와 마음을 터놓고 싶은 것이다.

"엄마, 나 없어서 많이 아쉽지 않았나? 낸 엄마 보고잡고 동연이 정연이 야들도 생각나 밤마다 눈물이 나더라."

'어째 안 그렇겠노? 네 고생할 거 뻔해 내도 잠이 안 오더라카이.'

연신은 엄마의 이런 다정한 대답을 기대하였으나, 엄마는 말끄러미 연신의 얼굴만 들여다보았다.

"어매야, 어째 내 얼굴을 그리 세세히 보노, 뭐 이상한 거 있나?"

연신이 얼굴을 붉히며 당황스레 두 손으로 제 얼굴을 가린다. 그리고 엄마를 건너다보았다.

엄마는 뭔가 다른 생각에 잠긴 듯 착 가라앉은 차가운 표정으로 먼 곳으로 시선을 고정하고 있다. 분하고 노여운 마음은 많이 스러졌으나 여전히 쌀쌀하고, 그리고 처연한 엄마의 표정이다.

연신은 문득 엄마의 얼굴이 아직 젊고 곱다는 생각을 했다. 비록 가난한 살림에 무능한 남편과 자라나는 삼 남매의 호구를 위해 엄청난 삶의 질곡을 겪어 왔으나, 이제 얼마간 안정되어, 방파제 골 안에서 거센 파도를 벗어난 홀가분한 얼굴이 저럴까?

엄마가 아버지 장례 후부터는 거의 밖에 나가 거친 일 하지 않고 집 안에만 칩거해 있어선지 피부가 창백하고 해맑게 보인다.

연신이 새삼스레 물었다.

"어매 몇 살이고? 아적도 새댁 같고만."

분위기가 무거워 엄마를 웃기려고 한 농담에 엄마는 사나운 눈길로 쏘아보며 뚝뚝하게 말했다.

"니 애미 낫살도 모리나? 네 서방과 내가 비슷한 기라."

'앗차.'

연신은 자신의 심한 실수에 해쓱해졌다.

따져 보자면 어매는 사위보다 겨우 서너 살 위이다.

"내라고 나이 많은 서방이 좋아서 갔겠나?"

연신은 곧 뒤이어 나올 집안을 위해서 어쩌구 하는 말은 더 이상 입에 담고 싶지 않았다. 이제 그런 말은 철없이 유세 떠는 위선 같다는 생각으로 쑥스러워서다.

그러나 곧 연신은 서러움이 북받치며 울컥 울음이 터져 나와 펼쳐 놓은 이부자리 속으로 파고 들어가 어깨를 떨며 울고 말았다.

이불을 들썩이며 흐느끼는 딸의 모습을 보며 길례는 마냥 부끄럽고 한스럽다.

'내가 왜 이리도 맴이 강퍅하고 어리석을까? 이러지 말아얄 낀데.'

길례도 어린 나이에 중신아비 따라 한씨 집으로 시집이라고 왔지만, 빈한한 집안에 남편이란 작자는 먹고사는 일은 뒷전이고 성격이 사나워 제멋대로였다.

그나마 시부모가 계실 때는 그럭저럭 끼니나 때우고 큰소리 안 내고 살았으나, 두 분이 앞서거니 뒤서거니 돌아가신 후 남편은 더한층 폭군처럼 고약해지고, 술을 마시면 주사가 심해 이루 말할 수 없이 식구들을 괴롭혔다.

그래도 맏딸인 연신이가 일찍부터 철이 들었는지, 때로는 어미보다 더 강단 있고 지혜로우며 힘도 세서 딸이 아니라 조력자, 동무 같다는 생각으로 고된 세월을 함께 겪어 왔던 것이다.

'연신이 곁에 없었다면 어찌 나가 지탱해 살았일꼬.'

길례에게 남자란 좋든 싫든 부모가 짝지어 준 남편, 한 서방 하나뿐이었다.

남편이 아무리 고약스레 굴어도 '세상 남자들 속성이 다 그러려니,

또는 내 팔자가 사나워서 전생의 죗값으로 이리 당하고 사는 게 아닐까.' 하고 혼자 속으로 생각할 뿐, 사주팔자를 잘못 타고났다는 체념으로 남들은 어쩌구 하며 비교할 줄도 몰랐다.

그런 길례에게 놀랍고 새로운 시야가 열린 것이다.

이만석 씨는 본래 길례 남편 한 씨와 한동네 국민학교를 다니며 형, 동생 하던 선후배 사이였다. 이후에도 인품이나 신망이 좋은 만석 씨는 명절이나 생일 때 직접 들러 인사를 건네기도 하고, 바빠진 근래에는 사람을 시켜 선물을 전하기도 했다.

작년 언젠가 한 씨가 지병으로 몸져 누웠다는 소식을 듣고 그가 찾아온 적이 있었다. 그는 한씨의 병세를 이리저리 챙기고 돌아가는 길에 길례에게 명함과 얼마간의 약값을 내놓았다.

"형수님, 형님에게 어려운 일이 생기면 내게 연락해 주소."

그때에도 그의 친절이 고맙다고 생각했을 뿐, 천만 다른 감정은 절대 없었다.

그런데 남편 한 씨에게 위급한 상황이 생기자 경황없이 그에게 연락을 하고 말았다. 천지간 믿을 만한 친지나 이웃이 없었던 것이다.

그는 연락을 받자 열 일 제치고 자신의 자가용차를 타고 곧바로 달려왔다.

그리고 고통으로 몸을 뒤트는 한 씨를 넙죽 업어 차 뒷좌석에 태우고 "형수님도 어서 여기 타소." 하며 운전석 옆자리를 권하였다.

그의 말 따라 조수석에 앉은 다음부터 길례는 마법처럼 전혀 다른 세상에 들어서게 된 것이다.

차 문을 닫자 좁은 공간에 어떤 낯선 냄새가 강하게 느껴졌다.

땀 냄새에 배어든 왕성한 동물적인 냄새, 그 냄새가 싫지 않다. 냄새의 근원을 따라 눈길이 간 곳에 두툼하고 넓직한 남자의 건장한 어깨가 있었다.

길례는 곧 얼굴을 붉혔다. 그러나 심장이 쿵쿵하며 지나치게 두근대어 무의식 중에 가슴을 싸안았다.

'이게 뭔 짓이라냐? 애들 아배는 저래 사경을 헤매는데 이 무슨 해괴한 잡생각이란 말이가.'

첫 번째 낯선 충격은 영 가시지를 않은 채, 그 다음은 온통 뒤죽박죽 허둥허둥이었다. 가뜩이나 병원도 처음이요, 외지 사람은 별로 대한 일이 없어 모든 게 알 수 없고 서툴기만 한 길례는 어찌 할 바를 몰라 그저 일이 되어 가는 모습만 손님처럼 쫓아다니며 보고 있을 수밖에 없었다.

그러나 만석 씨는 익숙하게 환자를 응급실로 옮겨 놓고 의사를 찾아 경위를 아는 대로 요령 있게 설명한다. 깊숙한 동굴 속에서 울리는 듯한 부드럽고 낮은 목소리, 서늘한 그의 목소리가 또한 유별나게 길례의 귓 속을 파고들었다. 환자를 살피는 의사처럼 걱정스런 눈으로 유심히 남편을 들여다보는 그의 모습은 진심이 담겨 인정스럽고 피붙이처럼 친밀하게 느껴졌다.

'어쩨 저런 사람이 다 있노. 한나도 빠진 게 없는 정말 사내다운 사내 아이가.'

그리고 문득 저런 사내와 하루만이라도 살아 봤으면 소원이 없겠다는 생각을 했다. 그러나 곧 '에그그, 내 미친 거 아이가. 이 무슨 망칙한 생각이란 말인가.' 하며 머리를 흔들고 남편 한 씨의 초췌한 얼굴을 들여다보며 살그머니 손을 잡았다.

만석 씨와 그 정도로 응급실에서 일회성 만남이었다면 그대로 스러질 감정일 수도 있었을 것이다.

그런데 남편의 병세가 위중하여 서울 큰 병원으로 가야 한다는 의사의 권고를 듣고 만석 씨는 지체하지 않고 그 밤, 서울로 향했다.

서대문 세브란스 병원에 도착하여 입원 수속을 하고 입원비를 지불하며, 절차를 거치는 만석 씨에게서는 조그만큼의 주저함도 없어 친동기같이 믿음직스럽기만 했다.

"형수님, 여기 보호자란에 지장 찍어 주이소. 여긴 우리나라서 젤로 좋은 병원이라 합디더. 잘 고쳐 줄구마. 염려 놓으소."

길례는 얼굴을 붉히며 떨리는 손가락에 인주를 묻혀 손도장을 찍었을 뿐 아무 한 일이 없었다.

남편이 한 보름 동안 입원을 하고 있을 때도 그는 틈틈이 찾아와 만사를 보살펴 주었다.

"마, 입원비는 걱정 마이소. 내가 부담하고 있으니께니."

"고맙십니다. 냉중에 꼭 갚겠십니다."

길례는 기어들어 가는 소리로 이 말을 겨우 했을 뿐이다.

그러나 만석 씨의 이미지는 길례의 가슴속에 찬탄과 동경의 절대주로 크게 자리 잡아 가고 있었다.

결국 남편 한 씨는 온갖 치료도 소용없이 숨지고 말았다.

한 집안의 가장이 아무런 준비도 대책도 없이 폭풍처럼 일을 벌여 놓고 뜬금없이 가 버렸다.

'나더러 어떡하라고.'

어쩔 줄 모르고 망연한 길례 앞에 모든 일을 일사천리로 해결해 준 사람도 만석 씨였다. 그의 의견에 따르는 것이 당시로서는 최선이었다.

"이 은혜를 꼭 갚겠십니다."

길례는 이번엔 좀 더 또렷한 말씨로 인사를 했다. 어떤 소망이 가능성이 되어 그네의 가슴속에 자리 잡았을까?

길례 스스로 생각해도 참으로 어처구니없고 해괴한 욕심이요, 염치없는 생각이었지만 자기도 모르게 마음이 이랬다 저랬다 오락가락했다.

'내 이래 살지 않았다이. 비록 가난하고 힘들게 살고 있지만 한 지아비만을 섬기고 아이들 낳아 잘 길렀고마는, 내 이 무신 망령이고. 연신이 보기 부끄럽다이.'

'인생 한 번 사는 기 아이가. 난 한 서방, 그 인간 하나만 남자라 생각하며 죽이라, 밥이라, 가리잖고 매 맞으며 한자리서 살았는데, 세상에 저리 잘난 남자가 있다니 믿기지 않는다이. 남의 말로 들었심 그짓말이라고 했일 기구만. 근디 바로 눈앞에 손잡을 만한 곳에 있재 아이가. 그도 나도 홀씨, 나이도 어슥하구만. 몬할 기 뭐 있겄나.'

'내도 제 푼수 모리고 웃기는 년 아닌가배? 엊그제 서방 상 당한 년이 이 무신 망칙한 발상이고. 내 혼자 발광을 하는구만. 김칫국만 푸지게 마시고 앉아서.'

하루는 길례, 세수를 꼼꼼하게 하고 경대 앞에 앉아 머리를 곱게 빗어 본다. 수척한 얼굴이지만 눈매가 깊고 갸름한 턱선이 아담하다. 턱 밑으로 흐르는 긴 목선도 의외로 도톰하고 희다.

'내 이제 겨우 마흔 좀 넘었고만.'

길례는 한숨을 쉬며 들창 너머 먼 산을 내다보았다.

심장이 통증을 느낄 만치 뭉클하며 오래 잊고 있었던 그곳의 젖무덤이 기지개 펴듯 뻐근하다.

길례가 하루는 지옥, 또 다른 하루는 천당을 꿈꾸고 있을 때, 딸 연신이 폭탄 같은 발언을 했던 것이다. 만석 씨와 혼인하여 빚도 갚고 앞으로 살 기반도 만들겠다고.

'이게 선수를 치는구나.'

놀람과 동시에 퍼뜩 비교치가 주르르 나온다.

어리고 어여쁜 연신이, 언젠가 만석 씨가 중신을 넣었던 연신이, 영리하고 당차서 결심하면 곧장 돌진해 버리는 연신이.

'내가 얘를 어떻게 당할 건가.'

길례는 얼굴이 새파래져 이불을 뒤집어쓰고 누워 버렸다.

'내 아무리 미치지 않고야 우째 이런 에미 속을 네게 말하리.'

연신이 돌아가기로 한 날, 컴컴한 새벽부터 일찍 일어난 길례는 연신이 시댁에 갖고 갈 이바지 음식을 정성스레 장만했다. 찹쌀을 갈아서 지글지글 기름에 지져 가운데 팥알심을 넣어 얌전하게 접어 개어 부꾸미를 만들고, 잘 익은 막걸리를 빚어 엿기름 맑은 물과 밥알을 넣고 삭힌 동동주를 됫병에 담았다. 연신이 가져온 북어를 잘게 찢어 고추장 참기름으로 양념한 밑반찬도 연신을 위해 만들어 넣었다. 그리고 가지런히 광주리에 담아 놓은 뒤 길례는 머리에 수건을 두르고 들로 나갔다.

느지막한 오후, 약속대로 연신을 찾아온 만석 씨는 처남 동연이와 정연이의 배웅을 받으며 연신을 데리고 처갓집을 떠났다.

"우째 장모님은 내 인사를 받지 않으시까."

만석 씨는 혼잣말처럼 불만스레 말했지만 연신은 못 들은 척 차창 밖만 보고 있다.

저쪽 콩밭 머리 어디에서, 흰 수건을 푹 눌러쓴 어매가 호미로 풀 뽑던 일손을 멈추고 몸을 일으켜 먼지 일으키며 달리는 검은 승용차를 묵연히 쳐다볼 것 같아서이다.

4. 괴담

여인 몇이 모여 으스스한 대화를 나누고 있다.

"원한 맺힌 귀신이라카이."

읍내에서 해괴한 소문이 떠돌고 있었다. 수상한 소문은 여인들 입으로부터 시작했다.

시냇가 빨래터는 여인네들이 일 삼아 놀이 삼아 모여 앉아 동네 소식을 전하며 수다떨기 더없이 좋은 장소다. 더위가 한풀 꺾인 9월의 어느날 오후, 느지막한 때였다.

"구신은 12시 넘어서 다니는 거 아이가?"

"천년 묵은 여시가 둔갑을 했다 하대."

다른 여인의 숨죽인 말이다.

"에이! 그건 옛날 야그에 나오는 거 아이가? 설마 그럴라고."

하하 웃는 여인에게 다른 여자가 말한다.

"맨날 산 너머 공동묘지에서 울던 여시 니들 다 알제? 그기 요샌 잠 잠하구만. 그기 둔갑한 거 아일까?"

듣던 여인들은 싸하니 목덜미에 소름이 끼친다. 산그림자가 제법 길게 내려와 있다. 여인들은 갑자기 바쁘게 서둘러 빨래를 개울물에 헹구어 대야에 담고 어둡기 전에 집에 가야 한다고 제각기 종종걸음으로 흩어졌다.

저녁 어스름이 내리는 장터에는 인적이 끊어져 휑한 바람뿐이다.

거기에 형광색이 돌도록 파르스름한 얼굴로 소복한 여인이 배회하고 있다. 큰길을 한 바퀴 휘돌아 골목길을 꺾어 돌며 혹시 늦도록 전을 연 술집 앞을 기웃거리기도 한다. 여인네나 아이들이 수상하게 쳐다보면 얼른 눈을 내리깔고 고개를 외로 꼬며 소리 없이 지나치는 걸 보면 아주 정신 놓은 미친년은 아닌 듯하다. 그러나 기골이 좋아 힘깨나 쓸 만한 장정을 만나면 살그머니 눈을 치떠 해죽이 웃는다.

정신이 올바른 사내라면 '에이, 재수없는 여시 년.' 하고 침을 탁 뱉으며 처자식 기다리는 집으로 가겠지만 술이 한두 잔 올라 마누라가 바가지를 긁거나 말거나, 쌀독에 쌀이 떨어지거나 말거나, 아새끼들이 배고파 울거나 말거나 거나하게 정신줄 헐렁한 한량들, 그리고 동가식서가숙하는 부랑아, 또는 게으르고 마련 없어 장가 못 간 노총각들에게 이런 횡재가 어딜쏜가. 더구나 흥정도 않고 앙탈도 없이 사내가 손을 잡아끌면 순순히 따라간다지 않는가. 그리고 헛간에서건, 으슥한 산비탈 흙바닥에서건, 심지어 막다른 외진 골목에서도 치마를 깔고 다리를 벌린다는 소문은 어디서부터 난 걸까.

동네에서 홀어머니 모시고 사는 과수댁네는 만만한 여인들의 마실방이다.

"아유, 망칙스러버. 사내에 환장한 년이 지랄병하고 다니는 거랑께."

왈가닥스럽고 입이 거친 사평댁이 들어와 앉자마자 초장에 본론으로 직행했다.

"그 소문 듣고선 우리 서방은 초저녁부터 절대 못 나가게 붙잡고 있구만."

"그럼, 그래야지러. 어데 맴 놓고 밤마실 다닐랑가?"

늙스그레한 영수 엄니 말.

"우리 주접은 저녁만 되면 엉뎅이를 들썩들썩 내뺄 궁리만 하는디?"

왁자한 웃음소리.

"아니, 근데 그기 구신이 맞다 카대. 일만 끝나면 연기처럼 사라져 흔적이 읎다 안 카나?"

"참으로 모를 일이제. 둔갑한 여시가 사내들 정기를 쏙쏙 빨아 사람이 될라 카는 게 아인교?"

"상사병이라 캅디더. 상사병이 깊으모 미친 지랄이 나서 산지사방 쏘다닌다 안 그렇습디어? 그 기집이 숨을 색색 헐떡이며 만석이, 만석이 하더랍니더."

반짇고리를 갖고 와 조용히 버선볼을 깁던 젊은 새댁이 낮은 소리로 말한다. 새댁의 낮은 목소리는 마침 사평댁이 떠드는 열띤 주장에 덮여 좌중은 듣지 못했다. 그러나 새댁은 어젯밤 남편의 말이 길게 여운으로 남은 것이다.

사평댁의 말은 이렇다.

우리 여자들이 나서서 그 미친년이 우리 동네에 들어오지 못하게 지키자는 것이다. 못 믿을 것은 남정네들잉께 우리가 내일부터 마을 입구에서 그 미친년이 못 들어오게 교대로 지켜야 한다는 것이다. 만나면 동네 한가운데로 끌고 가 온 남정네가 보는 앞에서 태장을 치자는 것이다.

"맞십니다. 맞애요. 우리 서방들은 우리가 지켜 내야 합디다. 발쎄 넘어간 놈이 있구만요."

갑자기 흥분한 목소리로 끼어드는 새댁의 열띤 모습에 모두들 놀라 할 말을 잊고 입을 헤 벌린 채 그녀를 바라보았다.

연신은 마음이 뒤숭숭하니, 매일 밤 꿈자리까지 사납다.

못 견디게 어매가 걱정되는 것이다. 친정에서 돌아올 때 어매는 어데 가서 보이지 않았을꼬?

마음 같아선 한걸음에 친정집에 가고 싶지만 이제 그 절차가 녹록지 않았다. 남편에게 얘기하고 허락받고. 차편이야 대 주겠지만 그것도 부담이 된다. 그리고 오후에 학교서 돌아오는 한영이와 소영이, 이제 겨우 친해지고 있는데.

정연이는 고등학교에 진학하여 도시에 나가 있고, 하는 수 없이 동연에게 인편을 보냈다.

'누나가 너를 보고잡구나. 일간 와 주거라.'

동연은 연락을 받자 곧 누나에게 왔지만, 오히려 누나를 보자마자 제 불평부터 한다.

어매가 통 농사일은 뒷전이니 저 혼자 논이야 밭이야 뛰어다니기 너무 힘들다는 말이다.

"어매는 뭐 하는디? 맨날 모 하고 있다냐?"

"어매는 일찍 일어나 아침밥을 하고, 언제나 어매와 난 같이 아침밥을 먹는다."

"그럼 고마분 거 아이가? 그리고 뭐 하는디?"

연신의 성급한 물음에 동연은 느긋하게 대답한다.

"상 치우고, 집안 청소하고, 그리고 세수하고 나가 버린다."

"어데로 가는데?"

"낸들 아나. 어매는 미쳤다. 옛날 우리 어매가 아니다."

"동연아, 네가 단대이 어매를 살피거라. 난 걱정이 되서 잠도 안 온다 카이."

"누이야, 어매보다 내가 더 힘든 기라. 농사를 어예 짓는지 내가 어찌 알겠노?"

"그럼, 차라리 머슴 하나 두거라. 그만한 규모 농사라면 머슴 하나 감당 안 되겠나?"

연신의 말에는 별무관심으로 동연이 엉뚱한 얘기를 꺼낸다.

"누이야, 내가 기양 장가들면 어떻겠노? 아내와 함께 농사짓고, 사돈 집안도 생기니 의지도 되고, 난 의지가지가 필요한 기라."

동연은 심각한 얘기를 하면서도 히힛 웃는다.

"우야튼 좋고, 우선에 어매를 잘 살피그라."

연신도 따라 웃고 만다.

그 해괴한 소문은 얼마 되지 않아 늦가을 어느 날 속절없이 스러졌다. 인가에서 한참 떨어진 외진 산골짜기, 으슥한 구덩이에 목이 졸린 채 숨겨 있는 여인이 발견된 것이다. 흙범벅 치마지만 단정히 여며 있고 의외로 그 얼굴은 고요했다. 인고를 넘어서 드디어 도를 깨우친 평안한 보살의 미소. 그 미소가 그녀의 죽음을 덜 슬프게 했다.

"에이! 어떤 개노무새끼가 이렇게 끔찍한 짓을⋯."

시체를 거두는 경관은 그 처염한 모습에 얼굴을 찡그리며 침을 탁 뱉는다.

연신은 나서지 않았다.

동연에게 돈을 주어 사람을 사고 야밤을 이용해 조용히 매장했다. 그리고 남 몰래 가슴을 칠 뿐이다.

'어매! 와 그리 처참하게 갔노? 누가 그랬노? 어매는 그런 헤설픈 사람이 아니었는 기라. 왜 내 가슴에 못을 박고 이렇게 덧없이 가 삐릿노.'

연신은 풍문으로 들었다. 어매가 정신이 나가 버리면 헛소리처럼 '만석이'를 불렀다고.

'만석이가 누고? 설마하니⋯. 만석이 하나둘이 아닐 끼고.'

그러나 마음은 쿵쿵 심장을 두드리며 편안하지 않았다.

그러나 또 어쩌랴. 연신의 배 속에는 사랑하고 의지하는 남편 만석 씨의 어린 생명이 꼬물거리며 자라나고 있는 것을.

만석 씨는 성실하고 자애로운 사람이었다. 그의 생활은 아무런 변화나 파란 없이 언제나 일정했다. 연신이 회임한 것을 안 후로는 더욱더 연신을 위해 주고 아꼈다.

그들은 불행한 어매에 대해서는 서로 약속이나 한 듯이 거의 아무 말도 하지 않았다.

5. 이제 흐르는 이 물은 어제 흐르던 그 물이 아니네

동연은 저가 원하던 대로 웬만한 중농의 외동딸과 혼인했다.

사돈 내외는 아직 정정하고 활력이 있지만 도와줄 장성한 아들이 없어 늘 허전했던 집안이었다.

거기에 용모가 반듯하고 젊은 청년인 데다 부모가 모두 돌아가서 데릴사위 삼아 가족으로 들이기에 부담이 없으니 됐고, 겨우 실업 중학교만을 졸업했다는 짧은 학력이 걸렸지만 딸내미 분이도 싫지 않은 기색이어서 사돈댁에서는 좀 이른 듯하지만 후다닥 혼사를 치러 주었던 것이다.

연신은 우선 외로운 동생 동연에게 짝이 생기고 의지간이 생겨 안심이 되고 좋았다.

그래서 결혼 예물로 서 돈쭝 쌍가락지와 채단을 넉넉히 하고 사돈댁 선물에도 정성을 기울였다.

정연은 정상적으로 중학교와 읍내 고교를 졸업하고 서울 K법대로 진학했다. 진짜 촌놈에다 한미하고 어려운 집안에서 엄청난 발전이고 자랑스런 일이었다.

정연이는 어려서부터 가난의 쓴맛에 질려 버렸는지 악착같이 공부에 매달렸다. 이 길만이 자신의 살길이란 듯, 또한 그 뒤에는 누나 연신의 헌신적인 뒷바라지가 있어 가능하다는 걸 그도 잘 알고 있었다.

그렇기 때문에 더욱 공부에 달라붙어 서울의 일류 K대학에 진학하고 열심히 노력하여 하루빨리 사법고시에 패스하겠다는 야망을 가슴에 품고 있었다. 연신은 때때로 서울로 올라가 객지에서 외롭게 사는 동생을 찾아보고 싶었다. 하지만 그럴 때마다 속으로만 스스로를 타이르고 자위했다.

'우리 삼 남매 한 둥우리에서 한솥밥 먹고 살던 때는 지났다. 결국 제 갈 길 찾아 각기 떠나는 게 인생살이 아닌가. 낸 누나로서 그들이 행복하게 만족하게 사는 것만 보면 되는 기라. 내 뭘 더 바라겠나.'

연신이 낳은 딸 예나는 이제 다섯 살이 되었다.

집 안은 언제나 드나드는 손님으로 북적였고, 연신은 자라나는 세 아이들의 어미로서 소임에 충실했다.

연신이 처음 이 집으로 혼인해 들어왔을 때 11살이었던 한영이는 16살이 되었고 소영이도 13살로 그새 둘 다 부쩍부쩍 장성하여 고등학생, 중학생이 되었다.

이들에게 연신은 지성으로 사랑과 정성을 쏟아 공을 들였건만 연신에 대한 이들의 태도는 녹록지 않았다.

'어린아이들이 어찌 그리 형편을 자세히 알고 내게 맞먹겠노. 지 외할매가 쯧쯧거리며 하던 말을 야들이 들은 거지.'

연신은 그렇게 생각지 않을 수 없는 게 애들이 외갓집만 갔다 오면 더욱 쌜쭉해지고 어깃장을 부리는 것이다.

애들 외할머니는 올봄부터는 아예 큰 도시 부산에 좋은 학교가 많이 몰려 있으니 아이들을 그곳으로 전학시키라고 성화를 부렸다.

만석 씨는 골머리를 앓다가 소영이는 아직 어려서 중학교나 졸업하면 생각해 보겠노라 하고, 우선 한영이만 부산의 애들 외갓댁으로 보냈다.

한영이는 이미 중학교를 졸업하였기에 부산에 있는 제일고교로 진학시킨 것이다.

몇 달 만에 방학으로 집에 내려온 한영은 키가 크고 등판도 널찍한 게 부쩍 자라 의젓하게 보였다.

만석 씨도 오랜만에 보는 아들의 잘난 모습이 기꺼워서 만면에 웃음이다.

"한영이 많이 컸네. 길에서 보면 몰라 보겠다 아이가?"

어린 예나도 오빠가 반가워서 "오빠야." 하며 종종걸음으로 뛰어왔다.

잠깐 한영은 착잡한 눈길로 예나를 바라보았다. 그러곤 도저히 내키지 않는 듯 살짝 고개를 가로흔든다.

만석 씨도 어이없고 놀란 듯 아들에게 퉁을 준다.

"이누마, 한번 안아 주거라. 반갑다고 하는 거를."

연신은 천 가지 만 가지 생각과 감정이 한꺼번에 휘몰아치며 한영을 지그시 바라보았다.

하루를 쉬고 난 다음 날 한영이는 학교에서 여름방학 보충수업을 해야 한다고 부산으로 되돌아가 버렸다. 워낙 학교 공부가 이들에게 지엄하니 천하의 만석 씨도 암말 없이 아들을 부산으로 보냈다.

그런데 2학기 개학한 지 한두 달쯤 지난 10월 어느 날, 만석 씨 사무실로 전화가 왔다.

한영이가 살인 미수로 경찰서에 들어와 조사를 받고 있다는 놀라운 연락이었다.

"보호자가 꼭 오셔야 합니다."

한영이는 부산서도 가장 악명 높은 고교 연합 깡패 조직에 속해 있었다. 그들의 조직은 '빡사리'라는 명칭으로 학생들 사이에선 공포의 대명사라고 했다.

이번 사건에서 피해자는 품행이 바르고 학업 성적도 좋은 모범 학생이었다.

"왜 네놈이 이런 끔찍한 짓을…?"

만석 씨는 놀라고 화가 났다.

청을 넣어 경찰 구치실에 있는 아들 한영을 만난 만석 씨는 잘생겼지만 아직 어린 아들의 얼굴을 심란하게 바라보았다.

"한영아, 네 엄마는 착한 여자였어. 하늘에서 네 꼴을 본다면 얼마나 슬프고 실망하시겠노?"

무심코 첫 번째 나온 말이었다.

"아버지, 엄마를 입에 담을 자격이나 있나요?"

싸늘한 한영의 대답.

"그 무신 말이고? 네 내게 무신 유감 있나?"

"아부지가 새엄마를 들이고 난 뒤부터 난 아부지를 떠났심더. 그래, 난 이제 내 맘 내키는 대로 살겠심더. 나를 내비러두소."

만석 씨는 어이가 없어 말이 안 나오고 억장이 무너졌다.

"아들아, 나는 너를 경찰에 선처해 달라고 빌 생각은 전혀 없대이. 네 죄가 뭣인지 깊이 생각하고 그 죗값을 다 받고 나오그래이."

쓴웃음을 지으며 한영을 한 번 더 바라본 후 그곳을 나왔다.

만석 씨는 피해 학생을 찾아 병원에 들러 그 부모에게 깊이 사죄했다. 그리고 보상이라도 할 수 있는 만큼 성심을 다하겠다고 약속했다. 충격과 실망, 낙담에 힘이 빠진 만석 씨는 늦은 밤 집으로 돌아왔다. 연신은 그의 양복 저고리를 받아 장에 걸며 남편의 피곤한 얼굴을 보았다.

"한영이가 아주 빗나갔더군. 깡패 중에도 상깡패가 되었어."

그가 깊은 시름으로 탄식했다.

연신은 아무 대답이 없다.

"당신은 그걸 애당초 눈치도 채지 못했나?"

"대강은 느끼고 있었십니다. 그란디 이제 겨우 부산 가서 몇 달 만인데 그런 대담한 짓을 벌리리란 걸 지인들 우찌 알았겠습니꺼?"

연신은 낮은 목소리로 또박또박 말했다.

만석 씨는 한영의 반항으로 비수 같은 눈초리가 서늘하게 다가오고 연신의 지극히 당연스럽고 합리적인 말에 불현듯 혼란스러워진다.

'내 지은 죄가 많은가.'

아들의 혼란스러운 사춘기 변화를 접하며 만석 씨는 여느 아버지보다 더 깊은 회의에 빠졌다.

6. 급전직하

예나가 일곱 살이 되어 초등학교에 입학하는 날이다.

연신은 사랑스런 딸, 예나의 머리를 빗어 준다. 미리 준비해 둔 모직 겨울 드레스와 짙은 핑크 코트를 입히고 어깨에 가죽 가방을 메어 준다. 오른쪽 가슴에 '이예나'라는 이름표와 그 아래에 길게 늘어진 하얀 손수건. 영락없는 햇병아리 초딩이 된 것이다.

"예나야, 이제 넌 의젓한 학생이야. 선생님 말씀 잘 듣고 공부 열심히 하는 모범 학생이 돼야 하는 기라."

"엄마, 알았다 카이. 이젠 쫌 그만하그라."

제 언니 소영이의 되바라진 말투 따라 예나도 말투가 고약하다.

그러나 새 옷 입고 학교에 간다는 설렘으로 반짝이는 눈과 벌름대는 콧구멍은 먼 초원을 향해 달리려는 어린 준마의 그 모습이다.

"가스나가 나대기는, 얌전히 쫌 기다리그라. 어매 옷 갈아입고 나올 게니."

그때 전화벨이 울렸다. 마을금고에서 일하는 장 주사이다.

"사모님, 큰일 났어예. 사장님이 쓰러지서 병원으로 실려 갔어예."

"음마, 으찌 그리 되셨습니까? 어느 병원 가싰어요?"

"우선 가까운 상록수병원으로 가싰습니다. 한 이십 분 됐실 거로."

"그걸 와 이제 알려 주십니꺼?"

연신은 소리를 빽 지르며 대답도 들을 새 없이 전화를 끊고 일하는 할매에게 예나를 부탁했다.

"할무이예, 예나를 학교에 데리꼬 가 주소."

그리고 곧바로 남편의 형인 시아주버님 댁에 전화를 했다. 동서가 전화를 받았다.

"행님, 큰일 났어예. 예나 제 아범이 쓰러져 응급실에 실려 갔답니다. 상록수병원이라 합디더. 지는 지금 곧 가 보꾸마요."

연신이 병원에 도착했을 때, 만석 씨는 응급 수술을 하고 있었다. 서너 시간을 기다리느라 피를 말리는 긴 수술이 끝나고 수술실을 나오는 만석 씨의 침상은 하얀 시트로 얼굴까지 모두 덮여 있었다.

주치의 김형식 박사는 연신과 형님 가족 앞에 다가와 정중히 고개를 숙인다.

"죄송합니다. 병원에 왔을 때 이미 많은 피가 뇌 속에 차 있어 신속히 핏줄을 차단하고 고여 있는 피를 뽑아냈으나 목숨을 구하지 못했습니다."

만석 씨의 사망 원인은 다량의 뇌출혈이라는 것이다.

오일장으로 치른 만석 씨의 장례 기간 동안은 연신에게 시공이 아득히 멀어져 간 무중력 우주 공간 속이었다. 머릿속은 텅 비어 아무 생각을 할 수도 없었고 모든 감각은 마비되어 느낌이 없었다. 곡기도 입에 대지 않아 홀쭉하고 창백한 볼에 눈만 퀭하게 번쩍일 뿐이었다.

"지어매, 내 숭늉을 진하게 끓였으니 한 모금이라도 마시게."

할매의 권에도 말귀를 모르는 듯 멍한 시선만 보이는 연신이었다.

연신이 무중력 상태에서 맥 놓고 있을 때 밖에서는 분주하게 움직이던 시아주버니네가 있었다. 그는 만석 씨의 마을금고를 차지하고 금융자산을 조사하여 명의를 바꾸고 그리고 상속인의 서열을 날조하여 많은 부동산을 합법적으로 차지했다.

연신이 문득 정신을 차렸을 때는 집 안의 식량이나 당장의 살림 비용마저 텅 빈 상태였다.

만석 씨와 함께 산 이후로는 그가 항상 빈틈없이 만사를 배려해 주었으므로 연신은 일상 필요한 살림살이 비용이나, 더구나 그의 재산 상태에 대해선 알 필요도 없었고 아는 바도 없었다.

당장에 살길이 막막해진 연신은 생각다 못해 큰아주버님을 찾아갔다.

"이제 우리는 어째 살아야 합니꺼? 예나 아부지의 많은 재산은 다 우찌 되는 것입니꺼?"

시아주버니 대신 동서의 싸늘한 대답이 먼저 날아왔다.

"아니, 자네는 냄편 보낸 게 며칠이나 됐다구 벌써 재산부터 챙기는가?"

하지만 시아주버니는 선기침을 흠흠 하며 위로랍시고 건성건성 대답한다.

"걱정 마시요, 제수씨. 내가 이녁 살도록은 돌봐 줄꾸마."

진정 없이 허울뿐인 무뚝뚝한 대답이었다.

시아주버니가 내어 준 몇 푼의 돈을 손에 쥐고 나오며 연신은 늦게나마 상황 판단이 어렴풋이 되었다.

연신은 서울서 사법고시 준비에 여념이 없는 동생 정연을 불러 내렸다.

"내 배운 게 짧으니 으찌 알겄나. 니가 매형의 재산 일체와 그게 으찌움직이고 있는지 알아 봐 도고."

정연은 누이의 부탁에 두말없이 내려와 남겨진 서류랑 대조하며 실물을 살폈다.

며칠 후 정연은 누이에게 말했다.

"누나, 정말 무섭습니다. 마치 매형이 이래 떠날 줄 미리 알고 꾸며 낸 일처럼 모두 치밀하게 처리됐십니다. 다만 이 집만 남아 있지만 이것도 언제 날라갈지 모립니다. 매형과 누나의 가짜 인감도장도 모두 완벽하더만요."

연신은 눈앞이 캄캄했다.

"아주바님, 이러시면 안 되지요. 나와 예나가 살아갈 길은 마련해 주세야지요."

연신은 다만 직선적인 항의 외에 방법을 몰랐다.

"에이, 이보게. 자네를 내 동생 만석이가 엄청 싸고도니 으쩔 수 없었고만, 내는 자네를 우리 가족으로 인정한 일은 전혀 읎었네. 자네 에미의 해괴한 소문이 내 동상을 얼매나 힘들게 했는지 아는가? 자네 복은 여기까정인게 이젠 보따리 싸게. 한영이와 소영이는 우리 사돈과 잘 타협하여 갸들 사는 데 지장 읎이 한 자락 떼어 줄 테니 그건 걱정 말드라고."

연신의 동아줄은 만석 씨이고 이제 그 동아줄은 스러져 갔는가?

동생 정연이가 하는 말이, 지금 사귀고 있는 아가씨가 있는데 그 가족은 미국에 살고 그 아가씨는 한국으로 우리말을 배우러 유학 왔다고 한다. 그녀가 학업을 마치면 그녀를 따라갈 것인가, 남을 것인가 망설이고 있다고 했다.

"니, 사법고시 준비하고 있는 게 아니었드나?"

"누나, 여기 있어 봤자 말짱 똥밭이다. 누가 우리를 옳게 봐 줄까 말이다."

"아직 그누마들의 손길이 안 간 몇 뙈기 땅이 있더라. 내 단대이 넘어가지 않게 손봐 놨다. 이걸 잽싸게 팔아 거두면 우리 미국 가서 자리 잡는 데 도움이 될 꺼로."

연신에게 남은 건 소중한 딸 예나뿐. 연신이 욕심과 집착을 버린다면 그녀의 입지는 가볍다.

연신은 한밤중에 그곳을 떠났다. 주위의 치욕스러운 말이나 멸시에 찬 눈총을 감당할 수 없어서였다.

예나에게 두툼한 겉옷을 입히고 큼직한 가방을 하나 든 채 가벼운 행장으로 야밤에 따숩던 둥지, 만석 씨의 집을 떠난 것이다.

하도 분위기가 으스스하고 삼엄하여 슬픔과 탄식에 빠질 경황도 없었다.

7. 연신의 봄

예배 시간, 몇 순서가 지나고 목사님의 설교 말씀이 시작되기 전 비교적 길고 서사적인 장로님의 기도가 있다. 연신은 눈을 감고 침착하게 장로님의 기도 말씀에 귀 기울였다.

그때 탁 성경을 의자에 던지며 연이어 묵직한 신체가 털썩 주저앉는 무게의 파장, 그리고 연이어 들려오는 무거운 한숨 소리. 도대체 누가 이렇게 분위기 안 맞게 불손한 태도로, 하필 내 옆에 앉는단 말인가? 살짝 불쾌감이 들었지만, 한편 뭔가 매우 불만이 많고 반항심이 목구멍까지 꽉 찬 불행한 사람이 아닐까? 더구나 이곳서 지극히 신봉하는 하나님께 말이다. 호기심과 궁금증으로 이제 연신은 장로님의 기도 말씀이 귀에서 멀어지고 옆자리 인물에게 급관심이 쏠린다. 결국 인내심의 한계를 넘어 살그머니 실눈을 뜨고 옆자리를 훔쳐보았다.

'어머, 변기섭 선생님.'

변기섭 선생은 연신이 다니는 야학에서 국어와 영어 과목을 가르치는 교사다. 본래는 시청에 근무하는 공무원인데, 삼양동 산동네에 몰려 사는 저학력 계층에게 글을 가르치는 자원봉사자이기도 했다. 그는 자신의 공무 외에 남는 시간을 쪼개어 야학에 모이는 각종 사람들을 열심히 지도했다.

도시에 나와 새로운 생활을 시작한 연신은 학력의 필요성을 실감했다. 동생 정연도 미국으로 떠나기 전 누나 연신에게 간곡하게 충고했다.

"누나, 공부해야 돼. 누나가 세상 물정 모르고 학력이 낮아 매형 집에서도 얕뵈인 거야. 지금도 늦지 않아. 야학이나 학원에 다니며 뒤떨어진 실력을 보충하고 검정고시를 보고 고졸 자격증만 따면 대학에 갈 수 있어. 누나는 부지런하고 머리가 좋아서 결심만 하면 성취할 수 있어."

삼양동 산동네는 무허가 집들이 빼곡하게 들어차 있고 주로 시골서 도회지로 나온 사람들이 처음 수월하게 자리 잡는 곳이다. 전세나 월세가 비교적 헐했고, 없는 사람들이 어깨를 맞대고 사는 만큼 악을 쓰고 싸우는 소리도 자주 있지만 서로 도와주고 기대는 인정도 훈훈한 곳이었다.

연신은 이곳에 안방, 건넛방, 손바닥만 한 마당 건너 뜰아랫방까지 갖춘 조그만 집을 구입했다. 비록 무허가 집이지만 연신이 딸 예나와 함께 살기에는 넉넉한 공간이다. 뜰아랫방이 맘에 들었던 건 거기엔 방과 부엌이 딸려 있어 수입이 불확실한 연신이 월세로 놓아 생활비에 보태 쓰기 위함이었다.

예나를 지역에 있는 학교에 전학시키고 연신도 시청에서 무료로 제공하는 야학에 들어가 공부를 시작했다. 연신은 문맹은 아니어서 중학교 졸업자격 검정고시 준비반으로 들어갔다. 일 년이 지난 후 이 시험에 합격했을 때, 자기 일처럼 기뻐해 준 이가 변기섭 선생이었다.

'이 사람이 여길 어떻게 알고, 왜 나를 찾아왔단 말인가.'

연신은 께름칙한 마음으로 눈을 내리깔고 알은체하지 않았다. 예배 시간이 끝난 후 교육관으로 이동하여 성경 공부를 하는 곳에도 그는 따라왔다. 연신은 시선을 돌려 그를 무시했다. 새침하게 대하는 연신에게 그는 말을 걸어오지 못했다.

성경 공부가 끝나고 어린이 예배실에 들러 예나를 찾았다. 예나는 간식을 먹으며 친구들과 재미나게 떠들고 있었다. 이제 열 살이 되어 가는 예나는 황새처럼 다리가 길쭉하고 살빛이 하얘 금방 눈에 띄었다.

"예나야, 오늘 목사님 설교 말씀 잘 들었어?"

"엄마, 난 다행이야."

"왜?"

"요셉은 형제들이 많아 질투와 시기를 받아 죽을 뻔했고 애굽의 노예로 팔려 갔잖아?"

예나는 잠시 뜸을 들이다 말을 잇는다.

"나도 사실, 한영이 오빠, 소영이 언니한테서 많이 맞았다. 아빠가 나만 예뻐한다고 소영 언니는 나를 마구 꼬집기도 했어."

예나는 심각하게 눈을 내리깔았다.

"아, 그랬구나. 왜 그때 내게 말하지 않았어? 아빠한테 일렀으면 걔들 혼났을 텐데."

"엄마, 언니 말이 맞잖아? 아빠가 나를 얼마나 귀애했는지 언니 오빠들에게 미안했어. 그래서 그냥 맞았어."

"기집애, 네가 몇 살이나 됐다고 어린게 그런 생각까지 했니?"

예나는 엄마 말에는 딴청을 하며 제소리를 뱉는다.

"아빠 보고 싶어. 고향 가면 아빠 거기 있지 않을까?"

변 선생은 아직도 모녀의 뒤에서 멀찍이 떨어진 채 따라오고 있다.

집에 도착한 연신은 예나에게 오렌지 주스를 한 잔 주며 책상 앞에 앉아 숙제할 시간이라고 말했다. 편한 옷으로 갈아입은 연신은 다시 대문 밖으로 나가 보았다. 역시 그는 거기 있었다.

좀 짜증스런 맘이 났지만 꾹 누르고 그에게 다가갔다. 그 둘은 나란히 경사진 동네 어귀 길을 내려온다. 4월 정오가 한참 지난 한낮의 햇볕은 밝고 따사로우며 이 메마른 산동네에도 듬성듬성 봄꽃들이 피어 있다.

문득 연신은 옛날 잡풀이 무성한 들판에서 소에게 먹일 꼴을 낫으로 썩썩 베어 낼 때 강하게 풍기던 풀냄새를 맡았다. 생뚱맞게 이 냄새는 뭔가. 옆에 나란히 걷는 그 남자를 스치며 불어오는 바람결에서 그 냄새는 연신을 어린 시절 한때, 싱싱하고 달콤한 환상으로 이끌었다.

'이 냄새!'

코를 흠흠거리며 중얼대는 연신을 보며 변기섭은 셔츠를 펄럭여 슬쩍 냄새를 맡아 보고 씩 웃는다.

‘이 오데콜론 냄새가 맘에 드나?’

그리고 그참에 용기를 내어 말했다.

“연신아, 고졸 검정고시 날짜 공고가 났어. 7월 말쯤인데 아직 세 달이 남았으니 우리 다시 한 번 도전해 보자. 그 말을 하려고 널 찾아온 거야.”

연신은 지나친 걱정으로 그를 경계했던 자신의 행동이 쑥스러워졌다. 믿어도 될까? 꺼려졌지만 시침을 떼고 관심 없다는 듯 심상하게 묻는다.

“선생님, 제가 정말 잘 해낼 수 있을까요?”

“당연하지, 넌 틀림없이 해낼 수 있다는 생각에 여기까지 찾아온 거야.”

변 선생은 열렬하게 말했다.

연신은 그의 과장된 어투에 피식 웃음이 터졌다.

그도 뒤늦게 씩 웃었다.

연신은 다시 야학에 나갔다. 빈 교실에 책상 두 개를 맞대어 서로 마주 보며 수업할 수 있게 철저한 일대일, 개인 수업 배열이다.

“내 혼자 이렇게 특별 대우를 받아도 됩니꺼?”

“그럼, 나는 너를 꼭 합격시키고야 말겠다는 각오로 모든 걸 완벽하게 준비했다는 거 아니냐?”

그는 희미하게 웃으며 다분히 의도된 자부심으로 과장했다.

연신은 마주 앉은 변 선생의 반팔 셔츠 아래로 뻗쳐 나온 팔뚝에 시선이 갔다. 연필을 쥔 손가락의 움직임에 따라 검붉게 그을린 근육질 팔뚝에 힘살이 울근불근 꿈틀댄다. 역동적이고 강인한 그의 근육을 보며 연신은 자신도 모르게 심장이 쿵하며 온몸에 진동이 메아리처럼 퍼진다. 내가 어느 사람 앞에서 설레었던 적이 있었던가. 연신이 슬며시 웃는 걸 보며 변 선생이 자신의 검붉은 팔뚝을 쓱 훑으며 말한다.

"요새 농활 운동 때문에 매일 농촌에 들어가 영농 개혁을 지도하고 있어. 비닐하우스 농법과 스프링클러 시설, 유기농의 필요성과 유기농 비료 배양, 시비 방법, 그런 걸 이론으로 가르치고 또 몸소 시범을 보이기도 하지. 농업도 이젠 첨단 산업형으로 바뀌고 있어."

연신의 심쿵은 아직 끝나지 않고 그를 가만히 바라본다.

"자, 한눈팔지 말고 어서 계속해야지."

연신은 화끈거리는 얼굴을 숙여 이제까지 보던 교과서를 다시 집어 들었다.

겨울바다에 가 보았지.
미지의 새
보고 싶던 새들은 죽고 없었네.

그대 생각을 했건만도
매운 해풍에
그 진실마저 눈물져 얼어 버리고

허무의
불
물이랑 위에 불붙어 있었네.

나를 가르치는 건

언제나

시간……

끄덕이며 끄덕이며 겨울바다에 섰었네.

-

-

-

겨울바다에 가 보았지.

인고의 물이

수심 속에 기둥을 이루고 있었네.

글쓴이 (　　) 제목 (　　) 분류 (　　) 주제어 (　　)

괄호 속을 꼭꼭 채우며 연신은 한숨을 포옥 내쉰다.

대입 자격 검정고시 결과로는 국어, 영어, 사회, 과학 모두 합격인데 수학이 60점에 미달되어 불합격이다. 변 선생은 이만큼도 잘했다고 칭찬이지만 연신은 또 한 해 꿇어야 한다는 생각에 시무룩했다.

"연신아, 오늘 내가 특별히 맥주 한 잔 살 테니 잠깐 들렀다 갈까?"

변 선생은 길가 생맥줏집 간판을 보며 물었다.

"아니요, 집에 예나가 혼자 있어요. 빨리 가 봐야 해요."

틀림없이 연신은 변 선생의 가르침과 도움을 받고 있지만 이상하게 그에게는 당연하다는 듯 별로 미안하지 않다. 그 또한 도도하고 경계하는 듯 거리를 두는 연신을 별로 개의치 않는다. 무심한 듯하면서도 속속들이 알고 있다는 뱃심인지 그는 초조해하지 않았다.

찬바람 나게 돌아서서 걷던 연신이 문득 뒤돌아보았다. 아직 그 자리에 서 있는 그를 보자 연신은 얼른 다시 뒤돌아 걷는다. 그도 천천히 연신의 뒤를 따라 걸었다.

　그날 밤 연신의 몸은 뜨거웠다. 온몸의 신경이 올올이 곤두서 와일드 캣처럼 새파랗게 눈을 뜨고 귀를 쫑긋 세워 사방을 유심히 살핀다. 유방이 긴장으로 단단해지고 유두는 꼿꼿하게 솟아 보이지 않는 대상을 향해 격전의 준비를 하고 있다. 생각지도, 느끼지도 못했던 낯선 곳에서 뜨거운 물이 고이고 있다. 연신은 타들어 가는 듯 답답함을 견딜 수 없어 속치마 내복 바람으로 활짝 문을 열고 마당으로 나왔다. 싸하게 스치는 밤의 냉기도 그녀의 열기를 식히지 못했다. 한걸음에 대문께로 나가 문을 열었다. 철문에 매단 종이 파르르 떨며 맑은 쇳소리를 내지만 텅빈 골목은 적막하다. 심호흡을 하며 천천히 문을 닫으려는 순간, 검은 뭉치 하나 담벽에서 튀어나와 보자기처럼 연신을 감싸 안았다. 기체처럼 무게감 없이 접근한 검은 뭉치의 힘은 연신의 육신을 부스러뜨릴 듯 강력하다. 콧속으로 스며드는 들풀의 비릿한 진액 냄새, 낯익은 냄새, 냄새 속 환상으로 연신은 몽롱하게 녹아든다.

　내가 그이를 마주 안았던가, 그이와 맨살을 비볐던가, 도대체 무슨 일이 있었던 거지? 그는 어디로 갔지? 내가 꿈을 꾼 걸까? 연신은 하체를 적신 뜨거운 물에 잠겨 모든 게 비현실적이다.

　옆자리 예나는 곤하게 자고 있다. 꿈을 꾸는지 방긋방긋 웃기도 한다.

　'그래, 아무것도 바뀐 건 없어. 내가 꿈을 꾼 거야.'

　연신은 예나의 뺨에 입을 맞춘다. 예나도 잠결에 엄마를 꼭 끌어안았다.

　"예나야, 오늘 가구점에 가서 예나 예쁜 침대 사 줄 테니 이젠 건넌방에서 공부도 하고 혼자 잠도 자고, 너도 이제 큰 아가씨가 다 되었으니 말야."

"아, 엄마 좋아요. 내 친구 민혜가 독방 쓴다구 자랑하더라구요. 나도 독방이 갖고 싶었어요. 근데 엄마."

예나는 잠깐 망설이며 엄마를 본다.

"이상한데, 밤마다 아빠 오셔요?"

연신은 어색하게 웃으며 애매하게 고개를 끄덕인다.

"그럼 피이! 예나는 안 보고 그냥 나가세요? 나 아빠에게 할 말 많은데."

그는 매일 밤 찾아왔다. 문단속하고 불도 다 끄고 꿈속으로 잦아드는 시간, 그도 살그머니 연신의 품 속으로 스며든다. 아무 말 없다. 다만 살의 감각만이 살아나 부딪치고 비벼대고 빨아들이는 그 시간, 머리 속 브레인은 동작을 멈췄다. 연신은 들풀 냄새 가득한 벌판을 뛰며 구르며 그의 냄새에 흠뻑 취했다.

"연신아, 난 이런 날을 얼마나 오래 기다렸는지 아니? 몇 날 며칠이나 네 집 문 앞에서 밤을 새웠는지 너는 절대 모를 거다."

그는 연신의 길고 윤기 나는 머리칼을 움켜잡으며 흐느끼듯 말한다.

아직 관능의 달콤한 여운 속에서 나른한 연신이 졸린 소리로 말했다.

"선생님, 낮에 한번 데이트해요. 점심식사도 하고 영화도 봐요."

연신은 갖고 있는 옷 중, 가장 최신의 화사한 옷을 골랐다. 특별히 미장원에 들러 머리를 손질하고 잘 신지 않던 하이힐을 신고 핸드백도 갖춰 들었다.

마주 보는 거울 속에서 서른 살이 조금 넘은 연신은 이젠 시골 때가 벗겨지고 보기 좋게 살집이 붙고 적당하게 균형 잡힌 몸매가 활짝 핀

모란이다.

그는 눈부신 듯 연신을 바라보았다.

"선생님, 음식 주문하셔야지요."

연신이 장난스레 웃으며 그의 팔을 가볍게 꼬집는다.

그는 찌릿한 감전에 소스라치게 놀라며 앞에 선 웨이트리스를 쳐다
보곤 메뉴판을 받는다.

"오늘은 우리 특별한 쌍칼잡이 식사하자. 비프스테이크 2인분 주세요."

내가 이렇게 행복해도 되는 걸까. 연신은 벅차게 용솟음치는 행복감에
살그머니 가슴을 누른다. 그렇지만 이렇게 맘 놓고 좋아라만 할 수 없지.

"선생님 부모님께 인사드리고 싶어요. 만나 뵙게 해 주세요."

그는 화들짝 놀란다. 취한 듯 화사했던 얼굴에 짙은 구름이 낀다.

'그래, 저이를 처음 봤을 때는 늘 저런 얼굴이었어. 요샌 좀 표정이 환
해졌는데.'

연신은 생각하며 이왕 말을 꺼낸 이상 망설이던 얘기도 쏟아 낸다.

"근데, 저어. 아이 딸린 홀엄씨를 며느리로 받아 주실까요? 그게 걱정
이 돼요."

변기섭은 이마를 우두둑 꾸기며 눈을 아래로 깔았다. 이어서 투명한
유리잔 가득한 물을 들어 벌컥벌컥 마셨다. 한참 대답이 없다.

"왜? 승낙이 어렵겠어요? 말해 봐요."

마침 아직도 철판 위에서 자글자글 끓고 있는 비프스테이크가 왔다.

갓 구운 구수하고 말랑한 빵이 담긴 바구니와 버터, 잼, 그리고 수북
하게 담긴 싱싱한 샐러드.

한 상이 잘 차려졌다.

"연신아, 어서 먹자. 먹고 힘내고."

그는 눈을 찡긋했다. 연신은 살짝 눈을 흘기며 나이프과 포크를 양손으로 잡고 신중하게 비프스테이크 해체 작업에 들어갔다.

"연신아, 걱정 마. 부모님은 장성한 아들이 객지에서 하숙집 밥 먹고 사는 걸 몹시 걱정하셔. 널 데려가서 보이면 무척 좋아하실 거야. 우리 부모님은 아들 밥 잘 해 먹이고 뒷바라지 잘 해 주면 그걸로 만족하실 거야. 니 음식 잘 하나?"

"그럼요, 선생님. 서울 세련된 멋쟁이 음식은 못하지만 우리 고향 경상도 음식은 모두 잘해요. 추어탕, 육개장."

"아, 네가 차려주는 밥, 빨리 먹고 싶다."

연신은 그를 보았다. 손색없이 잘생긴 얼굴이다. 강한 뼈를 유연하게 감싼 면도 자국이 파르스름한 턱선은 연신을 숨막히게 했다. 그는 부자는 아니지만 성실하게 일하는 공무원이다.

'별 볼일 없는 나를 몇 년이나 친절하게 열심으로 공부를 지도해 준 선생님. 아마 예나에게도 좋은 아빠가 되어 줄 거야. 인물, 학식, 직업 출중하고, 나이도 나랑 비슷하고, 거기에 우리는 마그마 같은 뜨거운 사랑을 하고 있어.'

연신은 결심하고 말했다.

"선생님, 우리 집 뜰아랫방이 비어 있어요. 거기 들어오셔서 하숙하세요. 물론 하숙비는 톡톡히 내시구요."

"뭐라카나? 네 집에 들어와 살라꼬? 네가 밥도 해 준다꼬?"

변기섭은 깜짝 놀라 얼결에 고향 사투리 발음이 그대로 튀어나온다.

"직장까지 거리가 멀어 출퇴근 시간이 좀 걸리겠지만 마을버스 타고 다녀도 되잖아요?"

연신은 저녁마다 그가 집으로 돌아오기를 기다리게 되었다. 밥상을 차려 놓고 시계를 본다. 배고픈 예나를 위해선 따로 조그만 소반에 밥을 차려 먹였다.

"엄마도 나하고 같이 먹자아."

예나가 혼자 먹기 싫다고 투정이다.

"난 선생님 오시면 먼저 드리고 먹을 거야."

"피이, 엄마는 뭘 몰라."

예나는 미간에 힘을 주고 눈길을 바로 세워 엄마를 똑바로 노려보았다.

"내가 뭘 모른다는 거야?"

"그 선생님은 엉큼하단 말이야. 속이 꺼멓다는 거야."

"어머, 얘가 무슨 소리 하는 거야. 뭘 보고 하는 말이야?"

"그 사람은 솔직하지 못해."

단언하듯 소리를 빽 지른다.

예나는 서둘러 밥을 먹고 후다닥 제 방으로 들어갔다.

'예나가 제법 컸다고 질투를 하나?'

연신은 쓰게 웃지만 한편 예나의 경고에도 신경이 쓰여 그이를 객관화시키며 꼼꼼히 점검했다. 그는 사소한 약속도 어긴 적이 없었다. 또 연신에게 대학 진학을 목표로 꾸준히 공부할 것을 권하며 수학 문제지도 계획적으로, 단계적으로 만들어 지도해 주고 있다.

'그의 짝이 되려면 대학은 나와야 하지 않겠나. 그나저나 어서 그이의 시부모님을 뵈어야 할 긴데. 그기 맘에 걸리는구만.'

조만간 그 문제를 좀 더 확실히 다짐해 두려 맘먹었다.

그날도 연신은 식당 일을 일찍 끝내고 집에 오자, 그이의 방을 청소하고 때 묻은 옷들을 거두어 마당 수돗가에서 빨래를 했다. 속옷은 애벌 빤 다음 뽀얗게 삶아서 햇빛 쨍쨍한 빨랫줄에 널어 놓으니 기분이 산뜻하고 흐뭇했다.

그때 철문에 달린 종이 뗑그렁 울리며 사람 기척이 났다.

"예나 왔니?" 하며 나가서 문을 여니 아이를 업은 젊은 여인과 늙수그레한 두 여인이 서 있다. 자세히 보니 애 엄마 뒤에 또 한 사내아이가 엄마 치마에 얼굴을 묻고 수줍게 서 있다.

"여기가 변기섭 씨 하숙하는 집이우?"

늙수그레한 여인이 나서며 묻는다.

"네, 맞는데요. 무슨 일로 찾아오셨습니까?"

아직 문을 막은 채 묻고 있는 연신을 확 밀어제친 것은 젊은 애엄마였다.

"엄니, 묻고 자시고 할 것도 없당게요. 제가 다 알고 있구만이라. 저년이 바로 애아버지를 꼬신 여시랑께요."

그 여자는 보란 듯 부끄럼 타는 아이 손을 부여잡고 집 안으로 들어섰다. 적의로 번득이는 눈초리가 사방을 훑는다. 이윽고 그녀는 바닥에 주저앉아 악을 악을 썼다. 등에 업은 아이까지 덩달아 새된 울음을 터뜨렸다.

"어머이, 저것 좀 보소. 제 서방맨치로 빨래까정 저렇게 해 널었당게로. 아주 이것들이 살림을 차려 꿀떡같이 살고 있구만이라. 아이구, 억울해라. 이 일을 어쩔꼬? 어쩔꼬?"

벌써 그녀의 입 가장자리는 게거품이 허옇게 엉긴다.

"이를 어쩌노? 기도 안 찬다. 이보소, 남의 서방을 이리 가로채면 되는교? 이 아들은 변 선생 아들이란 말이시. 난 그 어매고, 여긴 아 어맨게라. 정말 몰랐던교?"

늙수그레한 여인의 경황없는 소개였다.

연신은 하얗게 질려서 이들의 모습을 크게 뜬 눈으로 뚫어지게 바라보았다.

시어매의 역성에 힘을 얻은 애엄마가 벌떡 일어서더니 다짜고짜 달려들어 연신의 머리채를 틀어쥐고 휘휘 흔들어 댄다. 힘이 여간 센 게 아니다. 연신도 제법 한 힘 하는 편이지만 지금은 너무 갑자기 당하는 사태에 속수무책이었다.

연신은 바늘 끝같이 따가운 시선을 느끼며 우쭐 힘을 써 그 여자를 떼어 밀쳐 낸다.

학교에서 돌아온 예나가 이 난장판을 날카롭게 쏘아보고 있는 것이다.

애를 업은 채 땅바닥에 주저앉았던 애엄마가 다시 벌떡 일어서며 "내 이 연놈들의 세간을 빠삭빠삭 뽀사 버릴 끼다." 하며 후다닥 마루에 올라서 안방으로 향한다.

그때, 어리지만 쇳소리 나게 쨍쨍한 목소리가 마당을 울린다.

"이봐요, 아저씨 방은 거기가 아니고 저 방이에요." 하고 예나가 뜰아랫방을 가리켰다.

애엄마와 할머니는 흠칫 놀라고 기세가 한껏 누그러졌다. 그들이 아랫방으로 물러간 뒤 연신은 간신히 정신을 수습하고 이 사태를 정리해 본다.

'그이는 유부남이다. 두 아이의 아버지고 그 아내는 여간 아니게 사납고 무데뽀다.'

예나는 아무 말 없이 뽀로통해서 제 방으로 들어가고 연신은 무언가 생각난 듯 밖으로 나갔다.

동네 입구에 있는 전화 부스로 가서 그의 사무실에 전화를 걸었다. 그는 외근 나가고 자리에 없다고 했다.

'아, 나는 어떻게 되는 거야. 이게 뭐야.'

이마를 전화 부스 창에 콩콩 박았다.

'어쩌면 좋아. 난 바보. 너무 어리석은 바보. 어이없는 실수를 한 거야.'

머리를 더 세게 박았다.

"연신아, 여기서 뭐 하는 거야?"

반가운 목소리, 그러나 지금은 한없는 고뇌의 씨앗이 된 원망스런 그 목소리. 목덜미에서 등으로 찬바람이 소름 끼치며 지나갔다.

"당신, 뭐야? 나를 속인 거야?"

빽 날카롭게 소리를 지르는 연신에게 그가 난해한 얼굴로 가까이 다가왔다.

"우린 이제 끝장이야! 나 어떻게 살아?"

연신이 그의 목을 끌어안았다. 그는 어리둥절 아직 상황 판단이 안 된 채 연신을 마주 껴안았다. 둘은 서로 죽도록 껴안았다. 사방은 투명한 유리 박스. 그러나 둘은 세상의 눈을 잊었다.

"아니, 이것들이 여기서 만나 엉키고 있당게. 내 이상타 하고 나와 보니… 애시당초 이럴 줄 알았당게."

벼락같이 울려 퍼지는 애엄마의 고함 소리. 그녀는 또 후다닥 달려와 쇠갈고리 손으로 다짜고짜 연신의 머리칼을 잡아 전화 부스에서 끌어내 바닥으로 팽개치고는 사방으로 외쳤다.

"동네 사람들, 나와 보드랑게. 이 꼬랑지 열둘 달린 여시년이 남의 서방 꼬셔 내어 살림을 차렸당게. 이 육실한 년 좀 보드라고."

그 기세가 워낙 등등하여 연신은 그 손에서 벗어나지 못하고 변기섭은 망연자실 사색이 되어 보고만 있다. 근처 주민들과 지나던 사람들이 하나둘 모여들어 큰 구경거리가 난 듯 흥미롭게 지켜보았다. 변기섭은 한 박자

늦게 상황을 알아차리고 두 여자를 양손으로 질질 끌어 집으로 향했다.

아랫채 방에서는 큰 소동이 났다. 밤늦도록 애엄마의 패악 치는 소리, 노파의 울음 섞인 꾸지람과 하소연, 간간이 젖먹이 아이의 칭얼거리는 소리, 그리고 그이의 낮은, 아주 낮은 달래는 목소리. 자정이 넘으며 소음도 잦아든다. 조용해진다.

'어떻게 달랬을까? 어쩌면 그 막무가내 아내를 품에 꼭 끌어안아 잠재웠을까?'

상상만으로도 명치가 뻐근해지며 불꽃이 정수리까지 치솟아 뜨겁다.

이튿날 이른 아침 일어난 연신은 밥과 국을 넉넉히 하고 예나를 학교에 일찍 보낸 뒤, 그리고 아랫채 낯선 가족에게도 아침상을 보냈다.

그이는 일찍 직장에 출근했는지 보이지 않는다. 밥을 다 먹은 후 애엄마가 빈 상을 들고 와 연신의 부엌으로 들여놓는다.

"잘 먹었당게, 아우."

일단은 순하게 말했지만 다음 단호하고 고집스럽게 말한다.

"우리 아이들과 여기에 눌러살기로 했당게. 냄펜을 객지로 보낸 후 언제나 맴이 펜찮았는디 겔국에는 이 꼬라지 된 게 아닝가. 그라니 자네가 물러나세."

이 내용을 간밤에 의논한 게 아닌가? 연신은 기가 차서 말도 안 나왔다.

"이봐요, 여긴 내 집이에요. 당신네들이 나가 살아야지요."

"아니, 이년이 안죽도 주뎅이가 살았당가? 내 서방 붙어묵는 년을 어예 놔두고 내가 나가 살꼬. 네 못 믿어 난 여기 살란다. 한 번 속지, 두 번 속나?"

그 여자의 막된 언행은 거침이 없다.

연신은 맥없이 짐을 쌌다. 당장에 입을 옷가지와 돈을 챙겼다.

예나가 학교에서 돌아오자 손을 잡고 집을 나왔다. 집은 돌아보고 싶지도 않고 미련도 없다. 내가 선택하고 믿었던 사랑, 여기까지인가?

8. 겨울바다

이제 가을이 깊어 가고 겨울을 예고하는 싸늘한 바람이다. 낙엽들이 바람 따라 이리저리 뒹굴었다. 일과 공부, 그보다 변 선생과의 뜨거운 사랑으로 계절을 잊었었다.

"엄마, 어디 갈려구?"

"오랜만에 엄마 고향 가 볼려구."

강남 터미널에 나가 상주행 버스표를 사고, 버스에 오르기 전 오래 된 수첩을 찾아 동생 동연의 집에 전화를 했다. 마침 동연이 전화를 받았다.

"웬일이고? 누이 무신 일 있나?"

"아이다. 그냥 고향이 가고잡아 나왔다. 내 저녁 8시쯤 상주 버스터미널에 내릴 테니 네가 좀 나온나. 오랜만이라 내 통 지리를 모린다 아이가?"

"누이가 여길 오겠다고요? 지금 때가 좋지 않은데."

동연이 뒷소리는 우물우물하며 당황해한다.

"왜, 무신 일인데 그라노? 내 네 집에 신세 짓는 게 싫나?"

연신의 목소리가 날카로워진다.

"아이, 됐심더. 내 시간 맞추어 터미널에 나갈 끼고만. 그때 보입시다."

몇 년 만에 만난 동연은 몸집도 크고 중후한 모습이 나이보다 노숙해 보인다.

'장가를 일찍 가서 벌써 두 아이의 아범이 되더니 꽤 의젓하구만.'

연신은 몇 시간 전의 노여움은 사라지고 장성한 동생을 기껍게 바라보았다.

"누님, 오시느라 고생하싰구만요. 아이구, 예나도 많이 컸네. 예나 배고프지 않나? 외삼촌이 밥부터 살꾸로."

모녀를 이끌고 큰 한정식집으로 향했다.

"네 처와 아들은 다 잘 있고?"

연신도 인사를 차린다.

"우리사 머, 잘 있습니다. 내년 봄이면 한 식구 더 늘어예."

"그러나? 잘됐다. 축하한다. 그라모 머 더 바랄 게 있을라고."

연신도 기분이 좋아진다.

입에서 살살 녹게 맛있는 불고기와 뜨끈한 만둣국으로 배를 채운 모녀가 일어설 채비를 하는데 동연이 목소리를 낮추어 연신에게 말한다.

"지금 누이, 읍내나 고향 마을에 가서 사람 눈에 띄는 거 좋지 않습니다. 오늘은 여기 가까운 여관에서 하룻밤 유하시고 낼은 어서 떠나는 기 좋을 끼요."

연신의 의문과 노여움에 찬 날카로운 시선을 느낀 동연이 얼른 이어 말한다.

"자세한 말은 자리를 옮긴 담에 하입시다."

무겁고 신중하게 말한다.

"여긴 지금 소문으로 말이 많십니다. 아마 이 지방 신문에도 한 번 났을 끼요."

"무슨 소문?"

연신이 궁금하고 답답해서 묻는다.

"우리 죽은 어매 귀신이 매형을 잡아가는 바람에 매형이 그렇게 급살을 하싰다네요."

"뭐라? 그기 먼 말인고?"

"사실 매형 돌아가실 때부터 그런 소문이 있었십니다마는 근거 없는 헛소리로 웃어넘겼지러."

동연이 말을 끊고 잠시 누나를 본다. 숱 검은 눈썹으로 미간을 좁혀 걱정스런 표정이다.

"이제 삼 년이나 지냈시니께 잊혀질 만도 하구만, 사실 한 달포 전에 어매 살인범이 잡혔어요. 다른 사건으로 걸렸는데 취조를 하다 보니 매형 사건도 실토를 했더만이라. 그눔 입에서 이만석이 어매를 죽이 삐라고 사주를 했다 카대."

다시 누나 연신을 지그시 바라본다. '니는 뭐 좀 아는 기 없노?' 하듯이.

"와, 와, 예나 아빠가 어매를 와?"

목소리가 높아지려는 연신에게 동연은 곤히 자고 있는 예나를 눈짓하며 입술에 손가락을 들어 보인다. 둘이는 다시 목소리가 작아진다.

"그눔 말에 매형이 어메 미쳐 떠돌던 때 몇 번 만났다 카대."

"아마 엄마를 타일러 집으로 보낼락 한 게 아니었나?"

연신이 짐작으로 부드럽게 말한다.

"아이라. 어매가 남자만 보면 이만석, 이만석 하고 쫓아갔던 기라. 그라이 읍내에 '도대체 만석이가 누군데 그에 미쳤노?' 하고 쑥덕였다네. 읍내서 꽤 유지로 알려진 매형이 똑같은 이름에 엄청시레 맴이 불편했겠지. 더구나 사위 장모 간 아인가."

"그래서 와? 와, 죽이기까정? 너도 그눔 말을 믿나? 매형이 이미 저세상 사람이라고 덮어씌우는가? 매형은 그럴 사람이 절대 아이다."

연신이 힘주어 말한다.

"내도 누나처럼 믿고 싶지. 그란데 이상한 건 매형의 형님이란 작자가 비록 죽은 동상이지만 동생을 위해 아무 변호가 없는 기라. 이미 고인이 된 사람이지만 이렇게 추접하고 무서운 살인 사건에 연루된 동생에 대해 오직 난 모르쇠 하는 거야. 우와, 동생 재산 독차지해 부자가 됐으면서 어쩌면 그리도 인정머리가 없노?"

동연은 정말 속 터지고 열 받아 주전자 물을 컵에 따라 벌컥벌컥 마신다.

"그라고 누나 왜 고향 동네 가지 말라고 하냐면…."

동연은 눈을 감고 침을 삼킨다.

"모두들 누나를 욕하고 미워해. 누나 보면 죽일락 할 게다."

"와, 와! 그카는데?"

"어매 남자를 딸이 가로챘다고."

동연은 한숨처럼 내뱉는다.

"택도 읎는 소리 마라. 동연아, 이 무슨 해괴한 소리가?"

연신이 비명을 지른다.

동연은 또 예나를 가리키며 입에 손가락을 댄다.

"누나, 누나. 나도 알지. 누나의 배꽃같이 순백한 마음을 정연이하구 내는 알지."

동연의 목소리에 흐느낌이 가득 차며 연신도 가슴이 먹먹하다.

"근데, 누나야. 그 시댁네, 시아주버니라는 작자가, 매형의 형이라는 눔과 그 마누라가 그렇게 해괴한 이야기를 엮어 동네에 소문을 퍼뜨리는 거야. 사람들은 또 그런 얘기를 좋아라, 입방아를 찧어 대고. 누나, 나도 여기서 사는 거 괴롭다. 당장에 여기 뜨고 싶지만 장인어른이 이 고장서 한 발도 못 움직인다 카는데 데릴사위인 내가 별수 있노? 숨죽이고 살 뿐이제."

"왜, 니도 전답을 솔찮게 가지고 갔구만. 기 좀 피고 살그라."

연신의 응원에 동연이 서글프게 웃는다.

"그기 누나가 이만석 씨에게 시집가며 댓가로 받은 기 아니가? 그거 생각하면 내 피눈물 난다. 어찌 자랑스럽겄노?"

밤이 이슥하도록 밀리고 막힌 이야기를 하다 동연이 집으로 가겠다고 일어섰다.

한없이 서운한 연신의 맘이지만 붙잡지는 못했다. 그 서운한 마음을 알아챈 동연이 말했다.

"누나야, 여긴 잊어라. 모두 잊고 멀리 가그라. 손가락질 받지 않고 자유롭게 살 곳으로 떠나그라."

동연은 잠시 말을 끊고 생각에 잠겼다.

"내 정연이에게 말해 놨다. 누나 미국으로 델꼬 가라구. 아마 수속하고 있을 끼구만. 연락 오면 퍼뜩 떠나그라."

동연이 떠난 후, 연신은 수세미처럼 뒤엉킨 머릿속을 어찌해 볼 도리가 없다.

'엄마가 이만석 씨 때문에 미치다니, 그 엄마를 이만석 씨가 사람을 시켜 죽이다니, 아니 절대 그럴 리가 없다. 그이는 그럴 사람이 아니다.'

연신은 세게 머리를 흔든다. 머릿속은 더 엉망진창이다. 꼬리를 무는 해괴한 이야기들의 중심에는 연신 자신이 거기 있다. 아, 이번엔 연신이 미칠 것 같은 혼란의 극치가 되었다.

밤을 꼬박 지새운 연신은 예나에게 아침밥을 사 먹이고 터미날로 나가 속초행 버스표를 끊었다.

"예나야, 바다 보러 가자. 엄마도 처음 보는 바다지만 아마 너도 보면 좋아할 걸."

예나는 불안하다. 그 낯선 사람들이 우리 집에 쳐들어온 후 엄마는 이상해졌다. 생전 돌아보지 않던 고향을 다 찾고 고향 마을을 자세히 돌아보지도 않은 채 이젠 또 왠 바다인가. 엄마가 많이 심란하고 괴롭고 힘든 모양이다. 엄마가 불쌍하다는 생각에 정작 할 말은 꾹 참는다.

엄마는 군것질거리를 한 봉지 사 들고 예나 심심하면 보라고 만화책도 몇 권 샀다.

바다는 정말 엄청나다. 넓고 시퍼렇고 또 파도 소리, 새소리로 시끄럽다. 바다와 모래벌판을 휩쓸고 불어오는 바람이 너무 차가워 금방 손발이 오그라들었다.

"엄마, 춥다."

예나는 민박집의 따뜻한 방을 생각하며 엄마를 보았다.

엄마는 찬 바람이 느껴지지 않는지 돌비석처럼 서 있다. 무척 슬퍼 보여 또 할 말을 꾹 참았다.

연신은 대입 검정고시 공부할 때 달달 외웠던 시를 생각한다.

겨울바다에 가 보았지.
그대 생각을 했건만도
매운 해풍에
그 진실마저 눈물져 얼어 버리고
허무의 불
물이랑 위에 불붙어 있었네.
나를 가르치는 건
언제나 시간
끄덕이며 끄덕이며 겨울바다에 섰었네…….

이제 많이 잊어버렸지만 띄엄띄엄 기억 찾아 마음속으로 읊어 본다.

악의와 이기심, 치욕만이 가득한 저 바깥세상에 나가고 싶지 않다. 그냥 여기서 잠들었으면. 며칠 연신의 맘속에 우뚝 불거진 고집이다. 그런데 아직 어린 내 딸 예나, 예나를 생각하며 연신은 깜짝 놀랐다.

예나는 바닷가 추운 바람에 새파랗게 얼어 바들바들 떨고 있었다.

"어서 들어가자. 춥다."

예나의 반가운 음성이 들린다.

"그럼, 엄마 오늘 당장 집에 가는 거예요?"

연신은 민박집으로 향하며 딸에게 묻는다.

"예나는 빨리 집에 가고 싶어?"

"그럼. 엄마 벌써 5일째나 결석해서 선생님이랑 친구들이 걱정해요. 나도 빨리 학교 가고 싶구요."

예나는 뜸을 들여 망설이듯 엄마 눈치를 보며 말했다.

"그리구, 그 사람들이 우리 집 몽땅 차지하고 살까 봐 걱정돼요."

"하하! 아무려면 주인 있는 내 집을 함부로 뺏을까 봐? 예나 걱정꾸러기네."

그런데 예나의 걱정이 사실로 되어 있었다.

집으로 들어서니 거기네 식구들이 안채를 차지하고 있다. 안방과 건넌방의 번듯한 살림 가구는 그냥 놔두고 허접스런 물건들만 뜰아랫방으로 어지럽게 던져 놓았다.

어이가 없어 입만 벌리고 섰는 연신에게 다가온 건 애들 할머니.

"내 아들하고 많이 얘기해 봤다. 걔는 너와 절대 헤어질 수 없다 하더만. 그렇다고 엄연히 애까정 달린 눈 시퍼런 조강지처를 내친다 말가.

그도 안 될 말이고만. 우리 집안이 모여서 의논을 했다 아이가. 둘이서 여기 한 서방 섬기며 오손도손 살아라 카이. 우리 늙은이는 내려가 시골살이 할 테니 우리 걱정은 말더라고."

마치 큰맘이나 쓰듯 나직나직 부드럽게 말한다.

연신은 숨이 꽉 막혀 내쉬어지지가 않았다. 얼른 냉수를 한 컵 마시고 겨우 진정하며 물었다.

"그 사람이 그렇게 하자고 했십니까? 공무원씩이나 돼서 법률상 축첩은 안 된다는 거 모른답니까?"

"그라이 우리끼리 조용히 살면 되는 기 아이가? 자네도 알고 봉께 의지가지없이 딸 하나 델꼬 살더구만. 서로 기대 감서 의논껏 살면 안 되겠나?"

할매는 어설프게 웃는다

"내 아들 갸가 자네를 무척이나 고이더구마. 쟈와 갈라선다고 야단했싸는데 오매, 쟈가 애엄씨가 되어 씨알이 먹히나. 그나마 자네를 받아들여 함께 살겠다고 하는 것도 크게 양보하는겨."

"지는 그렇게 죽어도 못합니다. 말이나 되는 소립니까?"

연신의 음성이 높아졌다.

부엌에서 은근히 엿듣던 애엄마가 후다닥 뛰어나오며 갈고리 손을 들어 푸들푸들 떤다.

"오매, 오매, 이 빤빤한 년 좀 보소. 남의 서방 뺏은 년이 아주 서방 독차지하겠다네. 내 그만큼이나 이해하고 양보해서 서방 양쪽에서 이렁저렁 살락캤는데 이년 욕심이 무지하고만이라."

"난 당신 서방 가운데 두고 같이 살 생각 없어요. 다 소용없으니 애들 데리고 어서 이 집을 나가세요. 안 나가면 경찰에 신고할 거예요."

연신도 이번은 질 수 없다 하고 야무지게 나간다. 경찰에 신고한다는 말에 두 여인은 주춤 겁을 먹는다. 그들이 쫀 틈을 타 더 강도 높은 엄포를 놓는다.

"어디 주인 없는 틈을 타 안방을 차지하고 주인을 뜰아랫방으로 내몰아서 같이 살자 합니까? 내 보기에 당신네들은 흉악한 도둑들입니다. 어서들 썩 나가소!"

이튿날 예나가 학교에서 돌아온 후, 엄마에게 편지를 한 통 건네며 쌀쌀맞게 말한다.

"아랫방 아저씨가 학교까지 찾아와서 엄마에게 전해 주라 하대."

"이런 심부름 담부턴 절대 해쌌지 마라."

연신도 엄하게 말하며 편지를 받았다.

거기에는 다만, 만나 할 말이 있으니 나오라며 장소와 시간만을 간단히 적어 놨다.

'하여간에 한번 만나 관계를 정리하고 이 집 안에 주저앉아 대놓고 뻔뻔하게 나오는 그 가족들의 문제도 해결해야겠지.'

집에서 멀리 떨어진 외딴 곳, 조용한 다방에서 '본마누라가 나선 분란 이후' 처음으로 그를 대했다.

"연신아, 내 생각은 이랬다. 먼저 애엄마와 이혼하고 너와 결혼하려 했어. 그래서 시간이 많이 걸렸다. 너도 애엄마를 봤으니 알 거다. 얼마나 무식하고 사나운지 컨트롤이 안 된다. 그게 내 불행의 원인이다."

그는 평소 안 피우던 담배를 꺼내 불을 붙이고 깊이 빨아들였다.

"왜 진작에 처자식이 있다는 말을 안 했어요? 그게 속인다고 넘어갈 수 있는 일인가요?"

"나는 네가 너무 탐났어. 너를 놓치고 싶지 않았어. 내가 유부남인 걸 알면 너는 벌써 도망갔을 거니까."

"그럼 이제 와서 어쩌자는 건가? 당신은 생각이 있기나 한 거예요?"

"좀 더 참고 내 곁에 있어 주면 안 될까? 내 꼭 이혼을 성사시키고 너를 정식 내 아내로 모셔 올게."

모두 한통속 아닌가. 역겹다. 연신은 발딱 일어섰다.

"내 마음에서는 이미 당신을 지웠어요. 헛꿈 꾸지 말고 자식들에게 좋은 아버지나 되세요. 그리고 빨리 가족들 데리고 내 집에서 나가 주세요. 안채를 다 차지하고 꿈쩍 않는 당신네 가족들이 이해할 수 없고 혐오스러워요."

"애엄마가 저렇게 고집을 피우고 있으니 내 원 참!"

그는 무력하고 소심하게 말했다.

연신은 뜰아랫방을 치우고 예나와 함께 지냈다.

신고를 하면 그의 사회적 입지가 매우 곤란해지고, 그 가족들을 쫓아 내자 해도 극성스런 애엄마의 악다구니를 견디기 어려웠다. 그러나 더 견디기 어려운 건 밤마다 기어드는 그였다. 이상하게 가족들과 어떤 합의가 있었는지 안채에선 모르는 척 아무 기척 없이 조용하다. 하지만 귀를 곤두세워 이 방을 염탐하고 있겠지?

'아, 이건 아냐. 이런 추접한 일에 얽혀 들 수 없어.'

견딜 수 없어 저녁이면 예나를 데리고 낮에 일하는 식당으로 갔다. 영업이 끝나 문을 닫은 가겟방에서 자는 것이다.

"예나야, 미안해. 조금만 참아."

"엄마, 난 괜찮아요. 엄마가 너무 힘들어하는 게 속상해."

"이제 엄마는 이 세상 살아가는 데 너 하나뿐이야. 넌 나를 실망시키지 않을 거지?"

"엄마, 나도 엄마 하나뿐이야. 엄마에게 좋은 딸이 될게요."

모녀는 딱딱한 의자를 길게 붙여 만든 불편한 침상에서 소곤소곤 서로를 위로하며 손을 꼭 잡고 잠드는 것이다.

반갑게도 동생 정연으로부터 항공 우편이 왔다. 이민 허가가 떨어졌으니 수속을 밟고 어서 오라는 내용이었다. 수속하는 과정을 자세히 설명하고, 항공료도 예납해 두었으니 비자 발급이 완료되면 곧 오라는 것이다.

너무 반갑고 고마운 정연의 편지. 이건 지옥 불구덩이에서 파뿌리 한 줄기에 의해서 벗어나는 기분이다. 말도 통하지 않고 먹고살 길도 막막한 이국에 가서 어찌 사나 하는 건 걱정도 아니다.

"연신아, 어떻게 그렇게나 냉정할 수 있는 거니?"

이민 수속을 하기 위해 퇴거 신고를 한 것이 그 동사무소 동료에 의해 알려진 모양이다.

그는 연신이 일하는 식당까지 찾아왔다. 연신의 사정을 잘 아는 주인 아주머니가 밉살스런 눈총을 마구 쏘아 대는데도 그는 끈질기게 연신만 쳐다보았다.

연신은 그를 데리고 옆 다방으로 갔다.

"변 선생님, 그동안 감사했어요, 저를 가르쳐 주시고 또… 사랑해 주신 것도. 그러나 우리 여기까지가 끝이에요. 알면서 짓는 죄는 저 자신에게도 용납되지 않아요. 저를 선선히 보내 주세요."

9. 또 다른 출발

연신은 어둠이 짙은 밤, 간소한 짐을 꾸려 예나의 손을 잡고 집을 나섰다.

변 선생 가족을 만나서 이별의 인사를 할 엄두는 나지 않았다. 그 탐욕과 이기심, 악의로 가득 찬 이들에게 무슨 대화가 필요한가.

"예나야, 우린 미국으로 가서 새롭게 시작하는 거야. 엄마는 더 똑똑하고 씩씩해질 거야. 예나가 함께 있으니 난 용감한 엄마가 될 거야."

예나는 대답이 없다. 낮에 학교에서 반 친구들에게 이별의 인사를 한 것이 아직도 서운하고 슬픈 것일까.

"예나야, 우리 미국 가서 살면 뜰이 넓은 집에서 꽃도 가꾸고 예쁘게 꾸미고 재미나게 살자. 예나는 학교에 들어가 신기한 미국 친구들도 많이 사귀고, 또 공부 열심히 해서 아이비리그 유명한 대학도 다니고 멋진 사람으로 자라는 거야."

김포 공항 로비에서 밤을 지새운 연신 모녀는 다음 날 아침 일찍 출발하는 미국행 비행기에 용감하게 올라탔다. 이 오욕으로 멍든 땅을 떠나 새로운 출발이다.

알래스카 앵커러지 공항을 거쳐 뉴욕 케네디 공항에 도착한 것은 13시간을 거친 한낮이었다. 짐을 찾아 로비로 나오니 정연 부부가 마중 나와 있었다.

뉴저지 남부 프린스턴 지역에 사는 정연의 집은 산뜻하고 쾌적한 타운하우스였다. 아담하게 손질된 잔디와 꽃들이 어울려 파스텔 톤 물감을 뿌려 놓은 듯 화사했다.

정연의 처는 치과의사로 일하고 있으며, 정연은 로스쿨에서 국제 변호사 자격을 따기 위해 아직 공부를 계속하고 있다고 했다.

그들에게는 36개월쯤 되는 어린 사내아이가 있어 예나는 금방 그 아이와 어울려 데리고 논다. 예나는 어린 동생이 있다는 게 무척 기쁜 모양이었다.

예나를 학교에 전학시키고 연신도 일주일에 두 번 운전 교습을 받았다. 기초 영어라도 익히기 위해 이민자들을 위한 교육기관 ESL에 등록하여 영어 공부도 했다.

모든 게 만족스럽고 희망적이다. 정연이도 올케의 낙관적 예측대로 무난히 변호사 자격 시험에 합격했다.

자동차 라이센스를 획득한 연신이 중고차나마 하나 얻어 직접 운전하며 예나와 아기 리안을 학교와 데이케어로 라이드하며 미국 생활에 적응해 갔다.

여름날 뒤뜰 데크에서 구워 먹는 소고기나 생선, 바베큐의 맛이라니.

연신은 과거의 어두운 기억을 씻어 내고 예나와 함께하는 새로운 가능성, 희망에 힘이 났다.

어느 날 저녁 식사 후, 올케와 예나는 각자 방으로 올라가고 연신과 정연이 마주 앉았다.

"내 커피 한 잔 내려 줄까?"

"아니, 누나 오늘은 누나와 와인 한 잔 하려구."

와인 한 병과 잔 두 개를 내온다.

"누나에게 정착할 기반을 더 마련해 줘야 하는데 미안하게 됐어."

정연은 와인을 한 모금 마시며 이야기를 계속했다.

"사실 벌써부터 계획이 있었는데 우리 부부는 샌프란시스코로 곧 이사 가게 됐어."

"여기도 살기 좋구만 왜 그 먼 데로 가노?"

"거기에 와이프나 내게 좋은 찬스가 있어. 놓치기 아까운 기회야. 와이프의 친인척이 모여 살기 때문에 입지도 든든하고."

정연은 와인을 마신다. 무척 면목 없는 표정이다.

"장차 변호사로 일을 하려면 그곳이 여러모로 유리해."

"그래, 네게 좋은 여건이라면 그리로 가야지. 가서 크게 성공하그라."

말은 배짱 좋게 했으나 당장 겁이 나고 막연하다.

'낸 우찌 살아야 하노.'

연신의 머릿속이 복잡해졌다.

입 안이 바짝 타들어 연신도 얼결에 와인을 한 모금 꼴깍 마셨다.

"동연 형이 한국서 인편에 돈을 보내 왔더만. 누나 살 만한 발판을 만들어 주라고. 내 누나 이름으로 예금해 두었어. 뭘 할지 연구해 봐."

"갸가, 농투성이 갸가 무신 돈이 있다고…. 얼마나 보냈는데?"

"적지 않은 돈이야. 5만 불쯤 되더군."

연신의 홀로서기 프로젝트는 여간 비장한 게 아니었다.

우선 브렉퍼스트 가게에 일자리를 찾았다. 새벽 6시부터 오픈하는 이곳은 즉석에서 간단히 만들 수 있는 샌드위치나 핫도그, 볶은 소고기나 닭고기를 치즈와 함께 바게트빵 가운데 끼워 넣은 치즈 스테이크, 야채와 햄과 치즈를 듬뿍 넣은 호기, 그리고 커피, 주스 등의 다양한 음료를 파는 가게이다. 이 가게를 선택한 것은 새벽 일찍 일을 시작하지만 브렉퍼스트, 브런치, 런치까지만 써빙하고 장사를 끝내 두세 시쯤 문을 닫는다는 이점이 있는 것이다. 오후 시간을 예나와 같이 보낼 수 있는 여유가 생긴다는 것이 썩 맘에 들었다.

예나는 유치원 다닐 때부터 벌써 바깥 세상에 눈떴었다.

유치원 졸업을 할 즈음에는 이미 자신은 이 세상 이치를 훤히 안다고 자부했다.

집 안 가족들로 구성된 면면을 보며 그들의 속을 꿰뚫어 보았고 집을 드나드는 친척이나 이웃, 또는 아빠를 만나러 오는 손님들도 나름대로의 인간성이나 용무, 목적 등을 파악했던 것이다.

항상 낮은 목소리와 소극적인 행동반경 안에서 조용히 움직이고 사는 엄마를 답답해했으며, 그래도 든든한 아빠가 있어 다행이라고 생각했다.

그 태산같이 믿음직하던 아빠가 갑자기 돌아가시고, 급기야 엄마는 밤도망처럼 고향을 떠난다는 게 너무 어이없고 슬펐다.

이 기막힌 상황에서 아직 어린 자신이 무얼 할 수 있을까 생각해 보았다.

그 결과, 우선 공부를 열심히 하는 것이 중요하다는 생각이었다.

차츰 자라나며 예나는 엄마의 연애를 곁에서 지켜보게 되었다. 예나가 볼 때 변 선생님은 너무 쩨쩨하고 비겁해만 보이는 남자였다. 엄마는 왜 그에게 사정없이 넘어가는 건가. 그 원인을 생각해 볼 때, 엄마의 약점은 학력 콤플렉스였다. 공부를 가르쳐 준다는 바람에 그에게 빠져들지 않았던가.

가엾은 엄마를 위해서 예나가 해야 할 일이 하나 더 생겼다. 자신이 공부를 열심히 하는 것도 중요하지만, 분별없고 나약한 엄마를 앞으로는 내가 책임져야 한다는 것이다.

한껏 상심한 엄마가 동해 바닷가에서 그 찬 바람을 맞으며 돌덩이처럼 굳어 먼 바다만을 응시하고 있을 때, 예나는 죽도록 추웠지만 불쌍한 엄마를 자신이 보호해 주어야만 한다는 또 하나의 새로운 결심으로 주먹을 꼭 쥐고 추위를 참았던 것이다.

미국으로 건너온 뒤 예나의 역할은 정말 더 중요해졌다.

예나가 학교에 다니며 빠른 속도로 영어 소통의 실력을 키우는 동안 엄마는 식당에서 몇 가지 간단한 아침 식사 메뉴를 배우며 미국 생활의 터전을 닦아 갔다.

그리고 얼마 후, 조그만 브렉퍼스트 식당을 차렸다.

학교 복도처럼 긴 공간에 한편으로 길게 식탁과 의자를 배치한 아주 조그만 규모였다. 그러나 손님들은 주로 앉아서 느긋하게 식사를 하기보다는 봉지에 넣어 주는 음식 보따리를 손에 쥐고 총총 바쁘게 뛰쳐나가는 편이어서 좁은 장소는 별 문제가 아니었다.

다만 엄마가 영어가 너무 달린다. 재료를 주문하거나 결제하는 일, 글을 모르니 페이퍼워크도 쉽지 않고 모두가 못 미덥다. 예나는 학교에서 돌아오는 길로 가게에 들러 매상을 체크하고 재료 구입을 위해 마켓에 전화를 하며 또한 대금을 결제했다.

"어쩜 예나야. 너 없으면 이 무식한 엄마, 어쩔 뻔했니?"

엄마는 찬탄과 경이의 눈으로 쑥쑥 자라 처녀가 다 된 딸을 바라보았다.

"엄마는 손이 커서 재료를 너무 많이 넣는 거 알아? 좀 적당히 넣으세요."

"아이구, 우리 매니저님. 알아 모시겠구먼유. 하지만 햄이니 치즈가 두둑히 들어가니 우리 가게로 손님이 몰리는 거 아니겠나?"

소규모의 장사지만 곧잘 되는 가게에서 번 돈으로 꿈꾸던 집도 사게 되었다.

"예나야, 이제 나도 좀 이력이 붙어 나 혼자서도 이 가게 꾸려 갈 수 있거든. 일이야 종업원 한 사람 두고 하면 되고. 그러니 넌 이제 여기 손 끊고 학교 공부나 열심히 하그라."

예나는 집에서 가깝고 학비도 저렴한 커뮤니티 칼리지에 다니고 있었다. 근데 여기는 2년제이고 학업을 계속하려면 4년제 대학으로 전학을 해야 하는 단계이다. 그래서 엄마의 성화가 시작된 것이다.

"엄마야, 난 유명 대학 졸업장이나 변호사, 의사 직업 부럽지 않아요. 난 마케팅 전공으로 할 거여요. 대학을 졸업한 다음, 직접 유통업으로 뛰어들려구요. 그중에도 식자재 판매 쪽으로요. 돈을 벌려면 장사가 최고란 걸 알았거든요."

예나는 이미 자신의 장래를 위한 계획을 세워 놓았기에 자신감이 넘쳤다. 이제 23살의 나이. 예나에게 독립적이고 주관적이며 모든 가능성이 열린 신나는 세계가 펼쳐진 것이다.

이제 제법 새 직장에 익숙해지고 동료들과 친숙한 대화를 나눌 정도로 몇 달이 지난 10월 셋째 목요일, 예나는 여느 때처럼 일찍 자리에서 일어나 샤워를 하고 청바지에 코튼 하얀 블라우스 경쾌한 차림으로 출근하기 전, 살짝 엄마의 방으로 스며든다. 엄마는 새벽 장사라 벌써 일을 나가고 엄마의 익숙한 향기만 은은히 떠돈다.

> 오늘도 하늘만큼, 땅만큼 행복하세요.
> 엄마, 사랑해요!!

포스트잇에 굵은 펜으로 날렵하게 써서 화장대 거울에 붙이고 다시 한 번 방을 휘둘러보며 그 방을 나섰다.

예나는 차에 올라타고 안전벨트를 매며 다시 집을 올려다보았다.

'엄마와 내가 고르고 골라서 사고 정리하고 장식한 예쁜 집.'

예나는 미소를 지으며 천천히 차를 움직여 집을 떠났다.

다운타운에 있는 예나의 직장까지 연결해 주는 도로는 N613이다. 왕복 8차선의 넓은 도로는 논스톱 하이웨이로 모든 차들은 이 길로만 들어서면 미친 듯이 속력을 냈다.

예나는 여느 때와 같이 FM 91사이클에 맞춘 클래식을 들으며 비교적 안전한 이 차로로 들어서 침착하게 액셀을 밟으며 운전대를 똑바로 잡고 운전해 갔다. 완전히 모범 운전의 전형적인 자세다. 그런데 이게 뭔가. 알아차릴 새도 없이 거대하고 검은 물체가 폭탄처럼 달려와 예나의 운전석을 강타한 것이다.

예나의 과실은 전혀 없었다고 했다.

졸음 운전을 하던 트럭 운전자가 폭주를 하였다. 그 트럭에 앞서가던 차가 옆길로 빠지자 갑자기 60미터 전방에 예나의 차를 봤지만, 그 자체 속력을 제어하지 못하고 옆 차로로 피하려는 게 이미 예나 차의 운전석을 들이받게 되었다고 사건을 조사한 경찰이 경위를 말해 주었다.

그리고 예나의 죽음을 확인한 의사는, 너무 순식간에 일어난 사고여서 사망자는 미처 위험을 자각하지 못하고 그래서 죽음의 고통도 느끼지 않았을 것이라고 침통한 목소리로 말했다.

예나의 죽음을 확인하고 장례식을 치르고 그리고 빈집으로 돌아온 연신은 도무지 현실을 분간할 능력을 잃었다. 날짜와 시간은 저대로 영원이고, 저녁 어두워질 무렵이면 밖을 내다보며 예나의 깜찍한 빨간색 BMW가 오기를 목을 빼고 기다렸다. 긴 밤 텅 빈 예나의 방에서 딸의 부재를 확인한 후에는 쓸개를 짜낸 듯 쓴물로 가득한 위장 속을 세찬 구토로 비우며 세상과 삶을 저주했다.

"귀신아, 날 잡으러 와라. 내가 너를 이렇게 간절하게 기다린다."

아무런 대꾸 없이 집 안은 적막하고 어둡다.

그때, 누군가 현관으로 들어서는 기척이 난다. 묵직하게 감각으로 파동쳐 오는 어떤 움직임. 파르르 약한 바람결로 피부를 스치는 차가운 바람. 아닌 게 아니라 어둠 속에 흰 덩치가 희미한 윤곽을 보이며 다가

오고 있다. 연신은 눈을 크게 뜨고 그 의심스런 존재를 노려보았다. 그의 모습이 차츰 선명해지며 이만석 씨로 인식되었다.

"아, 당신, 예나 아부지. 으찌 예까지 찾아왔십니까?"

연신은 반가움에 겨워 그에게 손을 내밀었다.

다가온 만석 씨는 연신을 지그시 내려다보았다. 말없이 한참을 내려다보았다. 근심과 슬픔, 연민 가득한 다정한 시선이다.

"가엾은 연신아. 내 니 행복하게 살기를 그토록 바랐구만, 왜 이런 몰골로 슬프고 외롭게 있노."

만석 씨는 치밀어 오르는 격정에 못 이긴 듯 몸을 구부려 연신의 어깨를 잡는다. 그의 얼굴이 가까이 다가오며 입술이 뺨에 닿는다. 그 입김이 싸늘하다. 차가운 소름이 서늘하게 온몸을 휘감는다.

연신은 화들짝 놀라 그 얼굴을 힘껏 밀어낸다. 손에는 아무 걸리는 것 없이 허공에서 힘없이 나부낄 뿐이다. 두렵다. 공포로 인해 온몸이 굳으며 숨까지 조여 온다. 깊은 물속에서 허우적거리다 확 숨을 토해 내며 위로 솟구치듯 안간힘을 써 정신을 차렸다.

연신은 온 힘을 모아 비틀거리며 일어서 아웃재킷을 걸치고 밖으로 뛰쳐나왔다.

쨍한 새벽의 한기가 온몸에 오싹했다. 동트기 전 어둠이 옅어지고 터키 블루 하늘에 졸린 듯 깜박이는 별 몇 개.

연신은 무의식적으로 뛰고 달렸다. 옅은 안개가 땅을 애무하듯 가라앉아 흐느적거리는 적막한 길을 달리고 달려 뛰었다. 등 뒤가 공포로 아슬아슬하다.

저 앞으로 밝혀져 있는 오렌지 빛 환한 등불이 무척이나 반가웠다.

무의식적으로 달려온 곳, 그곳은 연신이 평소 다니던 교회였다. 연신은 숨을 헐떡이며 교회 안으로 들어섰다.

예배당 안은 희미한 조명 아래 몇몇 신자들이 묵묵히 엎드려 기도하고 있었다. 가끔 탄식하듯 흐느끼는 간구의 목소리도 들린다.

연신은 의자에 털썩 주저앉아 가쁜 숨을 고르며 머리를 숙인다. 그러나 기도는 없다. 다만 하릴없이 속으로 되뇔 뿐이다.

'내가 더 이상 바랄 게 없습니다. 나를 주의 뜻으로 거두어 주세요.'

얼만가 시간이 흐르고 실내의 불이 환해지며 간소한 새벽 예배가 시작되었다.

찬송가를 부르고 간단한 목사님의 설교 말씀으로 이어진다.

"시편 118장 5~6절을 보십시오. 찾으셨다면 다 함께 소리 내어 읽어 봅시다."

내가 고통 중에 여호와께 부르짖었더니 여호와께서 응답하시고
나를 넓은 곳에 세우셨도다. 여호와는 내 편이시라 내가 두려워하지
아니하리니 사람이 내게 어찌할까.

"우리의 삶 가운데 견딜 수 없는 어려움이 밀려올 때, 자비와 인자하심이 풍성한 하나님께서 우리를 틀림없이 보살피시고 우리가 필요로 하는 보호를 해 주신다는 약속의 말씀입니다. 그러니 언제나 우리 편이신 하나님 앞에 인생의 슬픔과 고통을 모두 맡기고 영혼을 잠잠케 하십시오. 모든 것 다 변해도 신실하신 하나님은 변치 않으십니다."

연신은 얼굴을 두 팔 안에 묻은 채 움직이지 않는다. 그대로 잠이 든 것일까.

예배가 끝나고 목사님의 광고 시간.

"이번 주 토요일부터 5일간 김요석 목사님을 초빙하여 집회를 열게 됐습니다. 김요석 목사님은 저 중국 오지에 있는 나환자 촌에서 환우들을 돌보며 그들에게 하나님을 전파하는 아주 귀한 사역을 하고 계십니다. 좀체 세상에 나오지 않으시는 분인데 우리가 누차 청을 올려 이번에 특별히 모시게 되었습니다. 여러분, 아무쪼록 많이 참석하시고 귀한 은혜 받으시기 바랍니다."

잠든 것처럼 미동도 않던 연신의 얼굴이 번쩍 들렸다.

'김요석? 내가 제대로 들은 걸까? 그 이름 요석 오빠 아닌가?'

어둡고 적막한 첩첩산중에서 한 줄기 밝은 빛을 본 듯 연신의 눈이 깜박 환해진다.

10. 여호아 이레

과연 반가운 요석 오빠를 먼발치에서나마 바라보게 되었다.

김요석 목사는 호리호리한 몸매에 60이라고는 생각할 수 없도록 해사하고 맑은 용모였다.

그의 목소리는 낮고 부드럽지만 강력한 신념과 신령한 기운이 넘쳤다. 그는 시종 웃음 띤 얼굴로 놀라운 이적이 가득하고 은혜 충만한 설교 말씀을 선포했다.

연신은 매시간마다 빠짐없이 집회에 참석하며 김요석 목사의 말씀으로 위안받았다. 그러나 요석 오빠 앞에 나선다는 용기는 없었다. 아주 옛날 어린 시절 한때, 요석 오빠는 어려운 일이 생기면 자기에게 오라고 말한 적이 있었다. 그러나 때묻고 상처받아 인생의 생기가 다 빠져 버리고 누추한 육신만 남은 내가 그 앞에 나서 봤자 무엇을 하겠다는 것인가. 그가 떠나기 전까지 설교 말씀이나 열심히 들으며 그의 모습을 가슴에 담은 채, 찢어지고 피 흘리는 상처를 스스로 핥아 치유하는 개처럼 그렇게 살아야겠지.

집회의 마지막날임을 알리고 김요석 목사는 웃으며 덧붙여 말했다.

"이제 저는 하나님이 지정하신 내 자리로 돌아갑니다. 목사는 너무 유명해지면 안 된다는 게 제 소신입니다. 그래서 아마 다시 나오지 않을 것입니다. 영영 다시 여러분을 못 뵐지도 몰라요. 내가 있는 곳은 정말 할 일이 많은 바쁜 곳입니다. 저만의 힘으로는 부족해요. 누군가의 도움이 필요해요."

그리고 잠깐의 침묵 속에 좌중을 둘러보다 말을 잇는다.

"그래서 부탁을 드립니다. 여러분 중에 혹시 나와 같이 그곳에 가서 함께 체험하고 봉사하실 분은 없습니까? 그러나 미리 말씀드릴 것은 한번 들어가면 평생을 그곳에서 함께 고락을 겪으며 살겠다는 의지와 각오가 있어야 합니다. 만약 그런 바람이 있는 분은 손을 들어 주십시오."

순간 장내는 조용하다. 서로를 둘러 보는 고갯짓만 바쁘다.

연신은 순간 자신의 생각이 미처 따라갈 새도 없이 반사적으로 손을 번쩍 들고 몸을 일으켰다.

"제가 함께 따라가겠습니다."

멀리서 자세히 알아볼 수 없는 한 여인. 둥글넓적하고 펑퍼짐한 몸매.

"아, 반갑습니다. 꼭 결심이 서신다면 함께 사역을 떠나십시다."

요석은 반기며 말했지만 진지하게 기대한 것은 아니었다. 얼마간 불신을 품고 자신을 탐색하는 신자들에게 향한 하나의 생각의 전환, 또는 자신의 진정을 밝히려는 간접 제스처 정도로 생각하며 재치 있게 말을 맺은 것이다.

잠시 소란했던 장내도 다시 침착한 분위기로 바뀌고, 조용해지며 그렇게 집회의 대단원이 끝났다.

세상 외출은 여기까지. 요석은 다시 중국으로 돌아가 오직 그곳에서 자신의 사명을 위해 최선을 다할 것을 다짐하며 떠날 준비를 마쳤다.

이튿날, 아침 일찍 숙소로 뜻밖에 한 여인이 찾아왔다.

머리는 윤기를 잃어 부스스하고 눈빛은 어둡고 불안하다. 굵은 허리 위로 추리닝 같은 허름한 바지를 걸쳤다.

"저를 알아보시겠습니꺼?"

그 여인이 의심과 번민 때문에 가볍게 떨리는 목소리로 물었다.

"어제 저녁 예배 중 광고 시간에 손을 들었던 분?"

"그렇기도 하지요. 하지만 그 전에 고향에서…."

여인이 말을 마치기도 전에 요석의 입에서 탄성이 흘러나왔다.

"아, 연신이. 정말 당신이 내 앞에 있는 거요?"

믿어지지 않아 다시 물었다.

"오빠, 요석 오빠. 낸 이름만 듣고도 금방 알았십니더."

요석은 두 팔을 활짝 펴서 그녀를 꼭 끌어안았다.

요석의 품에 안긴 연신의 몸피는 지난 세월 열여덟 가늘고 탄탄한 몸 매와 느낌이 다르다. 넓고 부드럽고 따뜻한 이브의 품.

긴 세월 외로움과 시련을 오직 신앙으로 극복하고 버티며 살아왔던 요석은 그 연신의 품에서 문득 잊어버리고 살던 한 인간의 그리웠던 향 기를 맡았다. 아늑하고 편안하다.

그러나 다음 순간 요석은 새삼 연신을 찬찬히 훑어보았다. 물질 문명 이 풍족해 기름기가 줄줄 흐르는 이 좋은 곳에 전혀 어울리지 않는 황 폐한 얼굴, 허술한 옷차림, 허기진 모습.

'도대체 당신은 어떻게 살고 있는 거요?'

마음속으로 심각하게 묻는다.

"우선 안으로 들어갑시다. 들어가서 아침 식사부터 합시다."

오래 전 학교 운동장 뒤편에서 허물없이 반찬을 나누어 점심밥을 먹던 그의 앞에서, 연신은 실로 오랜만에, 요석이 쥐어 준 숟가락으로 국을 떠먹는다. 오랜만에 먹는 따뜻한 밥과 국이다.

"연신이, 정말 나를 따라 중국 오지에 들어가 함께 일할 결심이 있는 거요?"

요석이 감상에서 벗어나 정색하고 진지하게 물었다.

"돌아볼 것이 없어예. 돌아보면 웬통 죽음뿐이라예."

기어드는 조그만 목소리.

요석은 혼란된 마음으로 연신을 깊숙하게 바라본다. 그 얼굴은 굵은 매를 맞으며 제대로 할 말도 못하고 참고 참으며 살아온 인고의 얼굴이다.

"한때 제게도 가족이 있었어요. 맹세하건대 난 그들을 위해 정성껏 힘을 다 바쳤어요. 근데 무슨 이유인지 하나둘 모두 나를 떠나는 거예요. 뭔가 하나하나 이유가 있을 텐데 난 그것을 알 수가 없어요. 난 그게 너무 슬프고 슬퍼 절망하고 있었어요. 지금 내 곁에는 아무도 없어예. 그래서 나도 인간관계가 텅 비어 버린 내 자신을 떠나려는 생각만 했어요."

'연신아, 나를 이곳으로 보내서 너를 만나게 해 주신 게 주님의 뜻이었구나. 그래서 망설이던 내게 주께서 나가라고 명령하셨어.'

요석은 연신의 푸석한 머릿결을 손으로 쓰다듬으며 마음속으로 탄식했다.

"오빠, 난 사람에게 정을 주고 또 인간에게 기댄다는 게 너무 두렵고 못 미더워요. 마음을 주고 기댄 만큼 그들이 떠나고 난 담에 그 절망을 견디는 게 죽음보다 더 힘들었어요."

연신은 얼굴을 떨구었다. 무릎 위로 뚝뚝 굵은 눈물이 떨어졌다.

"나도 세상이나 사람의 일은 잘 모른다오. 다만 나는 천지만물을 주관하시는 하나님만 바라보며 그분의 뜻을 따라 살아왔는데, 그분의 역사하심에 실망한 적은 한 번도 없었소. 오히려 그 은총 안에서 기쁨과 만족을 느끼며 행복하게 살아왔어요."

"과연 나도 그렇게 하나님 나라에 새로운 소망을 가져도 될까요?"

연신이 물었다.

"이 또한 하나님의 섭리가 당신을 내게 오도록 인도해 주신 거요. 하나님의 역사는 세밀하시고 변치 않으시니 이제는 당신에게 더 이상의 실망이나 슬픔은 없을 거요. 이제 우리들의 인간적인 고뇌는 주님께 맡기고 하나님을 전파하는 사역에 우리 능력과 힘을 모두 쏟으라고 주께서 주신 기회요. 우리에겐 아직도 할 일이 태산이란 말입니다."

요석은 연신의 손을 잡고 감사와 기쁨에 겨운 기도를 오래도록 했다.

요석과 함께 중국으로 떠나는 연신은 이제 시름을 씻어 낸 충족한 얼굴이다.

여태 많이 맞고 잃은 것도 많은 채 살아왔지만 맺히거나 한스러움이 아닌 천국의 평화가 스며든 지극히 편안한 모습이었다.

태초의 하나님이 선물로 주신 이브를 바라보는 아담의 마음이 이런 것이었을까. 요석 또한 벅찬 감동으로 연신의 손을 꼭 쥐어 주었다.

둘은 잡은 손을 놓지 않았다.

조순자 단편소설집

무엇이 되어 만나리

초판 인쇄 2017년 7월 21일
초판 발행 2017년 7월 27일

지 은 이 조순자
펴 낸 이 노용제
펴 낸 곳 정은출판

주 소 04558 서울시 중구 창경궁로 1길 29 (3F)
전 화 02-2272-8807
팩 스 02-2277-1350
출판등록 제2-4053호(2004. 10. 27)
이메일 rossjw@hanmail.net

ISBN 978-89-5824-337-3 (03810)
값 12,000원

이 도서의 국립중앙도서관 출판예정도서목록(CIP)은 서지정보유
통지원시스템 홈페이지(http://seoji.nl.go.kr)와 국가자료공동
목록시스템(http://www.nl.go.kr/kolisnet)에서 이용하실 수
있습니다.(CIP제어번호 : CIP2017018059)